SKANDOR VERLAG

Deutsche Erstveröffentlichung
Band 2 „Göttliches Vermächtnis – König der Welten 1“
3. Auflage, 2. Druck Juni 2016

Skandor Verlag
Schützendelle 52, 50181 Bedburg
skandor.verlag@gmail.com
www.kathrin-buschmann.de

Lektorat: Heike Eichinger
Textsatz: Kathrin Buschmann
Umschlaggestaltung & Layout: Kathrin Buschmann
Karte: Heiner Gruschke, Kathrin Buschmann
Illustrationen der Städte: Tolgahan Maydan, Kathrin Buschmann
Druck und Bindung: WIRmachenDRUCK GmbH,
Mühlbachstraße 7, 71522 Backnang

ISBN: 978-3-9817324-0-5

Göttliches Vermächtnis

König der Welten 1

Kathrin Buschmann

Für *Lucky*, meinen *Elozar*.

Und denke immer daran:

The only difference between the saint
and the sinner is that every saint has a past,
and every sinner has a future.

- *Oscar Wilde* -

Die Autorin

Kathrin Buschmann wurde im Jahr 1996 geboren und lebt im Rhein-Erft Kreis in NRW. Die Autorin interessiert sich sehr für Sprachen, Geschichte und Kunst. 2015 machte sie das Abitur und gründete in einem Alter von achtzehn Jahren den Skandor Verlag. Sie wünscht viel Spaß beim Lesen.

Weitere Informationen unter: www.kathrin-buschmann.de

Buchinhalte

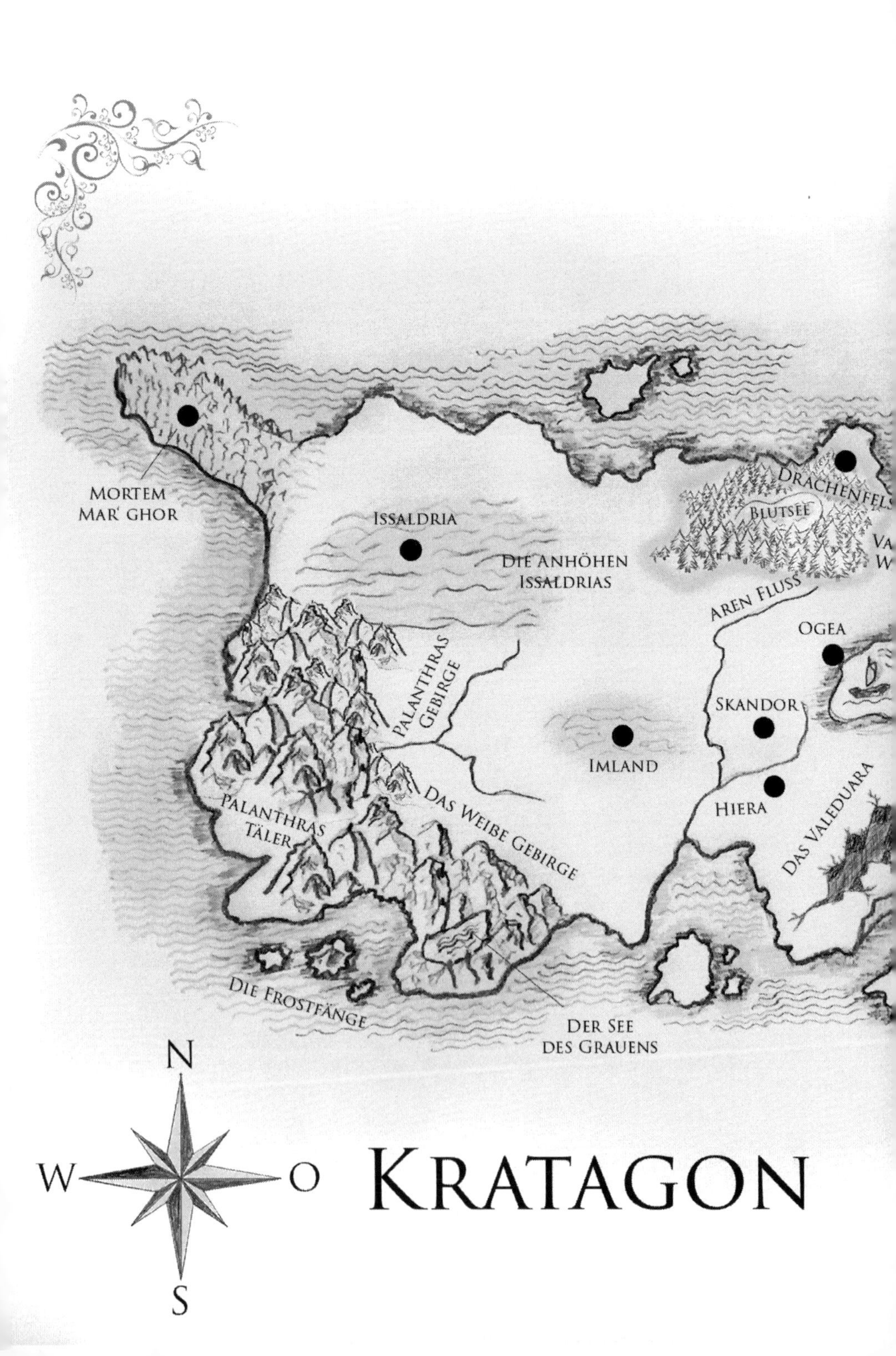
Mortem
Mar' ghor
Issaldria
Die Anhöhen
Issaldrias
Drachenfels
Blutsee
Aren Fluss
Ogea
Palanthras
Gebirge
Skandor
Imland
Hiera
Das Weiße Gebirge
Palanthras
Täler
Das Valeduara
Die Frostfänge
Der See
des Grauens
N
W
O
S
Kratagon

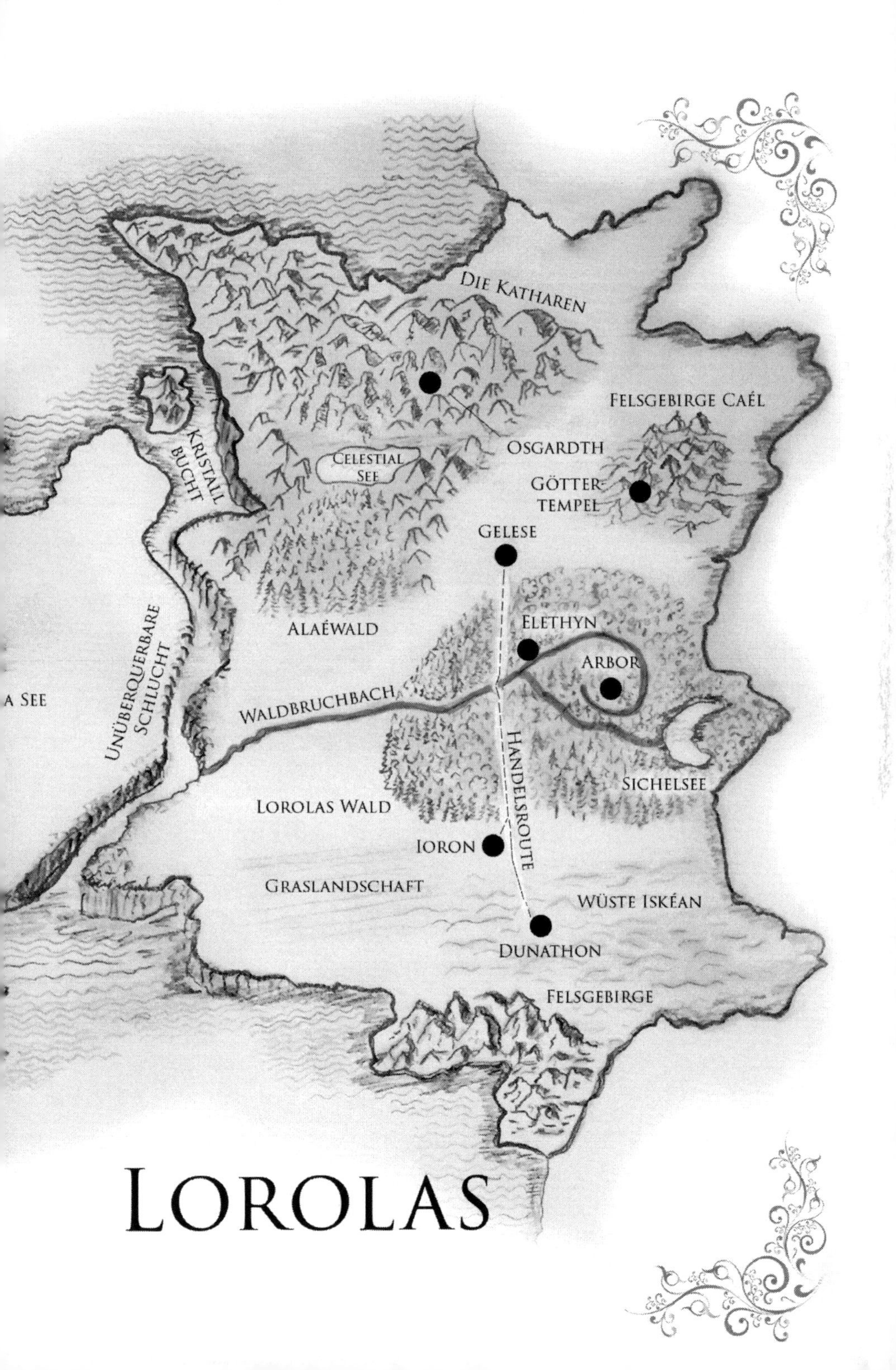
Die Katharen
Felsgebirge Caél
Osgardth
Celestial See
Kristall Bucht
Götter Tempel
Gelese
Alaéwald
Elethyn
Arbor
Unüberquerbare Schlucht
Waldbruchbach
Handelsroute
Sichelsee
Lorolas Wald
Ioron
Graslandschaft
Wüste Iskéan
Dunathon
Felsgebirge
Lorolas

Illustrationen zu der Karte

MORTEM MAR'GHOR

SKANDOR

ARBOR

GELESE

CAÉL

DUNATHON

Zusammenfassung

Band 1: Tochter des Lichts

Einst war die Welt des Löwengottes ein großes, friedliches Land. Doch die Brüder Loras und Kragon verwüsteten sie in einem grausamen Krieg um die Herrschaft. Um dem Ganzen ein Ende zu bereiten, schickte der Löwengott seinen Sohn in Gestalt eines Löwen in die Sterbliche Welt. Zusammen mit einem Sterblichen, durch ein magisches Amulett auserwählt und zu einem Halbgott gemacht, sollte er den Krieg beenden.

Doch die beiden Halbgötter ließen sich verlocken und verrieten den Löwengott. Dieser tötete die beiden und ihre Verbündeten und teilte seine Welt in zwei Hälften. Kratagon und Lorolas, die beiden neuen Reiche, waren durch eine Schlucht voneinander getrennt.

Fünfhundert Jahre später stand erneuter Krieg bevor. Das magische Amulett wählte Tayla, die Tochter des Wüstenhäuptlings Marlon, zur Halbgöttin. Aus Angst vor den alten Legenden setzten die Wüstenbewohner Tayla und Elozar, den Sohn des Löwengottes, zum Sterben in der Wüste aus. Doch Elozar nutzte den Zauber der Lichts, eine göttliche Macht, um sie beide in Sicherheit zu bringen.

Zwei Jahrzehnte wuchsen die beiden einsam im Lorolas Wald auf. Erst die Begegnung mit dem Wissenschaftler Porter weckte Taylas Interesse an der Welt der Menschen. Bisher unbekannte Kreaturen trieben ihr Unwesen in Lorolas, und Tayla vermutete, dass sie aus einem unterirdischen Reich kamen.

Auf ihrer Suche nach den Kreaturen begegneten Tayla und Elozar den Arboranern. Das Waldvolk entstand aus Flüchtlingen aus Kratagon. Tayla und Elozar wurden freundlich aufgenommen und verbrachten einige Zeit bei den Arboranern. Sie erfuhren wichtige Dinge über einen drohenden Krieg mit Kratagon und wurden von Thorak, Steve und dem Elf Lethiel in der Kampfkunst ausgebildet. Als Tayla endlich einen Beweis für die unterirdischen Kreaturen fand, machte sie sich auf in die Hauptstadt Gelese, um, wie versprochen, dem Wissenschaftler Porter davon zu berichten.

Doch Tayla ahnte nicht, dass Jadro, der König Kratagons, schon eine Gruppe Männer ausgesandt hatte, sie zu töten, den Bund der Gesandten. Die Männer, bestehend aus Juda, dem cholerischen Anführer, Karlsson, dem Erfinder, Rowan, dem Bogenschützen, einem sagenumwobenen Hexenmeister und Zacharias, dem Schüler des Königs, hatten einen Weg über die Schlucht gefunden und reisten nach Lorolas.

In Gelese gelang es Tayla Porter zu finden und mit ihm eine Audienz bei Lorolas' König Serai zu erwirken. Da der König sie nicht anhören wollte, erkämpfte sie sich den Weg in den Thronsaal. Doch König Serai glaubte ihr nicht und schlug ihre Warnungen in den Wind. Nach der missglückten Audienz traf sie erneut auf Zacharias. Schon auf der Suche nach Porter war sie dem Charme des jungen Mannes erlegen. Er hielt sich in ihrer Nähe auf, da er vermutete, dass sie mit den Halbgöttern zu tun hatte. Als Tayla aus Gelese fliehen musste, folgte er ihr, in der Hoffnung, dadurch die Halbgötter zu finden.

Zurück im Lorolas Wald fand Tayla das nächste Opfer der unterirdischen Kreaturen, ihren Kampflehrer Steve. Die Arboraner fühlten sich von ihr verraten, da die Halbgöttin sie nicht vor der Gefahr gewarnt hatte, und verbannten sie. Allein gelassen und verzweifelt, war Zacharias ihr einziger Halt, auch wenn Elozar misstrauisch war. Doch Tayla verstand ihn nicht.

Die Beziehung zwischen Tayla und Zacharias wurde mit jedem Tag enger und ihre Zuneigung füreinander wuchs. Doch als Zacharias herausfand, dass Tayla die Tochter des Lichts, die Halbgöttin, war, war er im Zwiespalt. Er musste sich entscheiden, für seine Liebe oder für seinen König. In der Nacht flößte er beiden Halbgöttern ein starkes Schlafmittel ein. Er erschlug Elozar, aber Tayla konnte er nicht töten. Also nahm er als Beweis das göttliche Amulett an sich und ließ die beiden in einer Höhle zurück.

In Gelese gesellte er sich erneut zu seinen Gefährten und berichtete ihnen von seinem Erfolg. Der einzige, der berechtigte Zweifel hegte, war der Hexenmeister, doch dieser schwieg. In ihrem Rückzugsort im Felsengebirge Caél durchschaute Juda, der Anführer, Zacharias' List und schlug ihn brutal zusammen. Die anderen Gesandten setzten den Wald in Flammen und ließen Zacharias und die Halbgötter zum Sterben zurück.

In letzter Sekunde befreite sich Zacharias aus dem Tempel und machte sich mit dem Greif Arkas auf den Weg zurück in den Wald. Doch die Rauchwolken am Himmel verhießen nichts Gutes...

Die Geschichte des Puppenspielers

In eine längst vergangene Zeit wurde ein Kind mit einem längst vergessenen Namen geboren. Es hieß Arwenar. Die Augen des Jungen erblickten noch die vereinte Welt des Löwengottes, so, wie sie war, bevor sie vor einem halben Jahrtausend durch den verheerenden Krieg der königlichen Brüder Loras und Kragon zerstört wurde.

Arwenar war bei seiner Geburt mit der seltenen Gabe der Magie beschenkt worden, wie es in seiner Familie üblich war. Doch das Kind mit dem rabenschwarzen Haar und den grauen Augen besaß eine solche Macht, dass sie mit bekannten Mitteln nicht kontrolliert werden konnte. Er trug die Kräfte von dutzenden Magiern in sich vereint, und war nicht Herr über sie.

Seine Familie tat alles, um seine Macht zu regulieren, denn wenn sie zu stark in ihm anwuchs, brach sie unkontrolliert aus und dann ließen auch schon einmal Menschen ihr Leben...

Arwenar hatte ein weiches Herz und ihn quälten die grausamen Methoden seines Vaters und des Magierordens, dem sie alle angehörten. Täglich misshandelt und auf das Äußerste gedrillt, floh er immer häufiger in die Nähe des Mädchens Narika, die in der Nähe des Magierturmes wohnte, in dem er mit dem Orden lebte.

In seinem einundzwanzigsten Lebensjahr wollte er sich von dem Orden lossagen, der zunehmend von ihm Besitz ergriffen hatte, und Narika heiraten. Arwenars strenger Vater, wie auch die Obersten des Ordens, verboten ihm die Verbindung mit der jungen Frau. In diesem schicksalhaften Moment setzte Arwenars Zorn die gebündelte Kraft der Magie frei, und er tötete alle seine Ordensbrüder und seine gesamte Familie. Mehr als vierzig Leiber erschlafften und fielen im Turm in sich zusammen. Seine fünf Brüder starben... Seine drei Schwestern starben... Seine Eltern starben...

Arwenar wurde von unvorstellbaren Qualen heimgesucht, als die Kräfte der toten Zauberkundigen in ihn drangen und sich in ihm vereinten. Diese Gabe, oder dieser Fluch, die Energie anderer in sich aufzunehmen, hatte es noch nie gegeben.

Als Arwenar realisierte was geschehen war, bemerkte er, dass er auch Narika getötet hatte, die den Turm betreten hatte. Voller Verzweiflung und Schmerz beschloss er, dass seine schreckliche Tat niemals ans Licht gelangen durfte. Er machte Gebrauch von seinen fast unbegrenzten, magischen Fähigkeiten und hauchte den Toten Leben ein, wenn sie in die Öffentlichkeit treten mussten.

Viele Jahre trieb er dieses Spiel, viele Jahre war er der Meister der Puppen, bis eines Tages entdeckt wurde, dass die Ordensbrüder und Narika schon seit einiger Zeit tot waren. Menschen aus dem Umkreis zogen wütend, und mit dem Willen den Puppenspieler zu töten, zu dem Turm und forderten Arwenar heraus. Der Magier, dessen Magie ihn jung hielt, ermordete sie alle bis auf einen, der entkommen konnte und König Kragon von den jüngsten Geschehnissen in Kenntnis setzte.

Die Geschichte und die Gräueltaten des Puppenspielers,

wie man ihn in der vereinten Welt flüsternd nannte, kannte bald jeder. Jeder wusste, dass es Kragon war, der den Puppenspieler schlussendlich mit seinen Soldaten überwältigte und einsperrte. Was niemand ahnte, war, dass der König, der seinem Bruder Loras in nur wenigen Jahren den Krieg erklären würde, geheime Pläne mit Arwenar hatte. In seiner Gefängniszelle wurde er nicht, wie von dem Orden, gefoltert. Andere mächtige Zauberer, die bereits in Kragons Diensten standen, lehrten ihn seine unglaublichen Kräfte zu kontrollieren. Dennoch schwor sich Arwenar, dass er sie niemals wieder einsetzen würde, um Unheil auszulösen.

Kragon aber berief ihn in seine Dienste, als der Krieg ausbrach. Er nutzte den Puppenspieler als geheime Waffe und zwang ihn mit unaussprechlichen Dingen dazu seine Magie freizusetzen und unzählige Feinde zu töten.

Als der Löwengott selbst den Krieg beendete und das Land teilte, wurde Arwenar nach Kratagon verbannt. Er fristete dort ein Dasein in Einsamkeit und verabscheute die Könige, wie auch alle, die für sie kämpften. Er schwor sich, dass er seine Macht nur noch für sich selbst einsetzen würde und niemals wieder zum Willen eines anderen. Aus diesem Grund legte er seinen Namen ab und man kannte ihn fortan nur noch als unbekannten Hexenmeister, dessen Leben wohl hunderte Menschenleben andauerte...

Es geriet in Vergessenheit, dass Arwenar der Puppenspieler war, dass der Hexenmeister einst Herr der Toten war.

Arwenar, der in Zukunft nur noch sich selbst und der Gerechtigkeit dienen wollte, vollbrachte große Taten in dem Land seiner Verbannung. Und eines Tages würde er seine Schuld von damals begleichen, und der Welt die Rettung bringen...

Kratagon

Die Herren Mortem Mar' Ghors

Seitdem der Bund der sieben Gesandten von König Jadro ausgeschickt worden war, konnte man in Kratagon etwas spüren, was dort lange verloren schien. Es war Veränderung.

Gerüchte über ein Grauen in Lorolas waren laut geworden. Gerüchte über ein Grauen, das sich bald erheben und die Sterbliche Welt des Löwengottes verändern würde. Es wurde über etwas gemunkelt, das so schön und grausam sei, wie der erste Sonnenstrahl am Morgen, und welches von göttlichem Ursprung sein sollte.

Die Kunde, von einem baldigen Krieg gegen das Königreich Lorolas, wurde in Kratagon von den Schergen des Königs verbreitet. Diese Kunde, die selbst in die einsamsten und verborgensten Täler vordrang, verschonte kein sterbliches Wesen. Nicht die Menschen und auch nicht die Tiere. In manchen, die ihr Gehör schenkten, löste sie Besorgnis und Furcht aus. Vielleicht auch die Hoffnung auf langersehnte

Erlösung. In zahlreichen jedoch weckte sie Kampfeslust und den eisernen Willen, dass gesegnete Land des Löwengottes in kratagonische Gewalt zu bringen. Jene, die Lorolas' Untergang herbeisehnten, wurden von ihren Rachegelüsten und dem ewig währenden Hass auf die Götter des Lichts weiter in die finsteren Abgründe ihrer Seele getrieben.

Die Nacht war ruhig. Nichts, außer dem Donnern der Wellen auf schroffe Klippen, war zu hören. Die sagenumwobene Küstenstadt Mortem Mar'Ghor lag friedlich auf den westlichen Klippen, die in Kratagon wie ein Dorn in den Ozean hineinragten. Gemächlich zogen dunkle Wolken auf und verdeckten das zuvor funkelnde, endlose Firmament.

Die Soldaten, die auf Mortem Mar'Ghors äußerem Verteidigungswall patrouillierten, schauten auf und senkten dann demütig ihre Häupter. So, als würden sie die bedrohliche Wettererscheinung um ihren Weiterzug bitten.

Es bahnte sich größeres Unheil, als ein verheerender Sturm an. Weit im Osten brach eine andere Dunkelheit übers Land hinein. Diese war wie eine dunkle, tanzende Linie am schwarzen Horizont, die sich stets ausbreitete. Je näher sie kam, desto größer wurde sie.

Schon bald erkannte man, dass es ein Heer von berittenen Kriegern war, welches auf die Küstenstadt zu galoppierte. Ein Späher auf dem äußeren Verteidigungswall Mortem Mar'Ghors wurde auf die Reiter aufmerksam. Sogleich schärfte er seinen Blick, um sich dessen zu vergewissern. Es bestand kein Zweifel, schwarze Reiter preschten auf die Küstenstadt zu.

Nun galt es herauszufinden, ob sie in Freundschaft kamen, oder ob es ein Angriff war, den sie im Begriff waren unweigerlich auszuführen.

Der Späher ergriff sein Horn, welches er an seinem Gürtel trug, und blies es. Der Klang des Horns schallte bald über den Verteidigungswall und versetzte die Soldaten in Bereitschaft.

„Reiter!“, rief der Späher, „schwarze Reiter nähern sich!“

Es dauerte nur kurze Zeit bis sämtliche Soldaten ihre Waffen gezogen hatten und ein hoch gewachsener Mann in stählerner Rüstung die schmale Steintreppe erklomm, die auf den Verteidigungswall hinaufführte. Der Mann mittleren Alters ging entschlossen Schrittes zu dem Späher.

„Bursche.“, sagte er, als er bei ihm angelangt war, „zeig mir die Reiter.“

Der Späher deutete mit einem Finger gen Osten: „Dort reiten sie, Graf Arroth. Bald erreichen sie Mortem Mar'Ghor.“

Graf Arroth war der Sohn des angesehenen Stadthalters von Mortem Mar'Ghor. Wenn Kratagons König Jadro nicht in der Küstenstadt residierte, herrschte dort der Stadthalter Derethor.

Der Graf sah über Mortem Mar'Ghors Umland hinaus und erblickte die besagten Reiter: „Ich erwartete ein weitaus größeres Heer, eine wahrhaftige Streitmacht, die würdig ist gegen unsere Stadtmauern anzurennen.“

„Ein Heer dieses Volkes bedient sich keiner vielen Krieger, um eine Stadt einzunehmen.“

„Wen hast du in den Reitern erkannt, Späher?“

„Ich glaubte Dunkelelfen auf ihren teuflischen Rössern gesehen zu haben.“

„Dunkelelfen?“

„Ja, Herr.“

„Dann sollen sich alle Soldaten Mortem Mar'Ghors zum Kampf bereit machen. Sie sollen sich in den Waffenkammern der Zitadelle rüsten und unter dem Befehl des Stadthalters in die Schlacht ziehen. Wir werden unsere Stadt mit unserem Leben verteidigen!“, rief Graf Arroth mit fester Stimme aus und riss sein Schwert in die Luft.

Die anderen Soldaten auf dem Verteidigungswall stimmten in sein Gebrüll mit ein.

Graf Arroth wandte sich wieder dem Späher zu: „Blas' die Hörner! Gib Alarm!“

Der Späher eilte sogleich zu einem Turm inmitten des Walls und blies in ein gewaltiges, schneckenförmiges Horn. Das donnernde Dröhnen des Horns bereitete sich über ganz Mortem Mar'Ghor aus. Bald erklangen Antworten, die vom Stadtinneren kamen und auch das Horn der Zitadelle im Norden der Stadt wurde geblasen.

Graf Arroth, der noch auf dem äußeren Verteidigungswall stand, wandte sich dem Stadtinneren zu und kommandierte zahlreiche Boten zu sich: „Weist alle Frauen und Kinder an, in ihren Häusern zu bleiben und die Türen zu schließen, sofern sie in den Grotten keinen Platz mehr finden.“

„Zu Befehl, Herr. Euer Herr Vater ist Euch jedoch zuvor gekommen und hat bereits angeordnet alle Frauen, Kinder und kampfunfähige Männer in die Grotten zu bringen.“, sagte einer der Boten.

Graf Arroth entgegnete: „Dann eilt zum Stadtherrn Derethor und sagt ihm, dass sein Sohn auf dem Weg zur Zitadelle ist, sobald die Stadt und alle Tore gesichert sind. Er soll mich vor dem Haupttor erwarten.“

Da sein Pferd, ein Schimmel, schon für ihn bereitstand, erreichte Graf Arroth die Zitadelle Mortem Mar'Ghors schnell. Schon vor deren Mauer hatte Stadthalter Derethor gewartet. Er war, wie sein Sohn, beritten und wurde von einem Dutzend Soldaten umringt.

Bei seinem Vater angelangt, schwang sich Graf Arroth von

seinem weißen Schlachtross.
Er verneigte sich: „Mein Herr."
„Graf Arroth."
Arroth, der von durchaus stattlicher Statur war, glich Derethor, wie es nur ein Sohn tun konnte. Sie unterschied lediglich die Pracht des Haares und die Falten, die das Gesicht des Stadthalters zeichneten. Beide waren stolz, hoch gewachsen und erfahrene Kriegsherrn.
„Ihr verlangtet mich zu sprechen?", fragte Derethor.
„Ja, mein Herr, das tat ich. Wie Ihr bereits erfahren habt, steht ein Angriff bevor. Wir vermuten, dass es Dunkelelfen sind."
„Wenn es wirklich die aus den fernen Wäldern sind, dann werden sie die Tore dieser Stadt brechen wie einen zarten Zweig."
„Die Soldaten Mortem Mar'Ghors werden für Euch und Eure Stadt kämpfen, dem Feind Einhalt gebieten, ihn bezwingen und zurück in seine Wälder treiben."
Derethor schüttelte leicht seinen behelmten Kopf: „Ihr seid hochmütig, Graf. Der Feind wird sich von Euren und meinen Mannen nicht in die Knie zwingen lassen. Doch lasst nicht noch mehr wertvolle Zeit vergehen. Nun ist es an der Zeit zu handeln."
„Verzeiht mir."
Sie betraten die Zitadelle. Derethor führte seinen Sohn in einen Raum, in dem sich lediglich ein großer Tisch, mit einer Karte darauf, befand. Derethors Leibwachen blieben vor der Flügeltüre des Raumes zurück.
„Folgt mir, Graf Arroth."
Derethor ging zu dem Tisch, beugte sich über die Karte, die eine Stadtkarte von Mortem Mar'Ghor war, und deutete mit dem behandschuhten Zeigefinger auf die Zitadelle. Die beiden Männer besprachen verschiedene Strategien und

beschlossen wie die Küstenstadt zu verteidigen war.

„Welche Rolle wird Kratagons König zuteil?“, fragte Graf Arroth, „seit Wochen residiert er hier, doch tut er nichts. Der Herrscher sitzt auf seinem Thron und brütet über Dinge, die wohl niemand außer ihm zu verstehen vermag.“

„Wenn Kratagons König beschließt zu kämpfen, wird er das tun. Doch haltet nicht an dem Gedanken fest, dass er Euch in der Schlacht zur Seite steht und selbst das Schwert schwingt.“

Der Graf schlug mit der Faust auf den Tisch: „Dann soll es so sein. Ich werde jetzt gehen und unsere Männer führen!“

„Der Wächter Satia möge über Euch wachen.“

Graf Arroth verneigte sich vor dem Stadthalter und verließ die Zitadelle.

Draußen angelangt schwang er sich auf sein Schlachtross und grub die Fersen in die Flanken des Pferdes. Die Dienerschaft hatte das starke Pferd bereits für die Schlacht gerüstet. Es trug nun Teile eines goldenen Harnischs, der extra für es angefertigt worden war. So war der Kopf des Tieres in Stahl gehüllt, ebenso wie Teile des Rückens und der Vorder – und Hinterbeine.

„Lauf, lauf so schnell wie der Wind der durch Mar'Ghors Straßen braust. *Lauf!*“

Das Schlachtross stieg auf die Hinterbeine und galoppierte davon.

Bald war Arroth am äußersten Verteidigungswall angelangt und sah wie sämtliche Soldaten Mortem Mar'Ghors dort formiert standen und das Signal zum Angriff erwarteten. Bogenschützen hatten sich in Reihen auf dem Wall eingefunden und auch die Kriegsmaschinen in den Türmen waren bemannt.

Vor dem Wall sprang Graf Arroth von seinem Pferd ab und gab es in die Hände eines Burschen. Dann stieg er die

Treppe hinauf. Die Bogenschützen machten dem Grafen sofort Platz und bildeten einen Gang, den er passieren konnte.

„Sie kommen.“, sagte Arroth mehr zu sich selbst, als er in der dunklen Formation erste Schemen als Reiter und Rösser erkennen konnte.

„Gleich erreicht der Feind Derethors Stadt!“, rief er, „doch er wird vergebens gegen unsere Stadtmauern anrennen!“

Die Soldaten brüllten laut.

„Zeigt keine Furcht, Männer! Zeigt dem Feind, wer ihr seid! Denn ihr alle seid Soldaten Mortem Mar'Ghors!“

Wieder brüllten sie.

„Ihr alle seid Soldaten Derethors! Und Ihr alle seid Mannen Graf Arroths!“

Die Männer waren gespannt und wild darauf, sich endlich in den Kampf zu stürzen.

Die Zeit, die verging, bis das feindliche Heer in nächster Nähe war, verstrich zum Einen elendig langsam und zum Anderen so schnell wie nur ein einziger Atemzug.

Die Wolkenfront hoch am Himmel war jetzt so schwarz wie die Nacht selbst. So schwarz, dass selbst das erste Morgenlicht kein Licht ins Dunkel brachte. Der Wind hatte an Stärke zugenommen und ließ die Soldaten unter seinen kalten Peitschen erzittern. Selbst der Ozean schien tosend vor Wut. Seine wogenden Wellen waren hoch wie Türme und schlugen gegen den Fels. Die schaumige Gischt spritzte hoch und türmte sich, wie das Wasser selbst, an den Klippen.

Graf Arroth blickte unerschrocken auf den nahen Feind hinab. Es waren Dunkelelfen, daran bestand kein Zweifel mehr. Denn jetzt konnte man die markerschütternden, gellenden Schreie ihrer schwarzen Rösser vernehmen und die kriegerischen Rufe der Reiter selbst. Doch auch

Wolfsgeheul erschallte in der Dunkelheit.

„Welche Hexerei soll das sein?“, wunderte sich der Graf, „oder kommen sie wahrhaftig auf Wölfen geritten?“

Er versuchte in der schwarzen Formation die Gestalt eines Wolfes zu erkennen, doch vergebens. Da erzitterte der Boden. Die Soldaten hinter dem Verteidigungswall fuhren zusammen und suchten nach der Ursache. Doch die hohe Mauer versperrte ihnen die Sicht.

„Sie reiten auf ihren schwarzen Rössern, auf Nachtmaren!“, rief Graf Arroth aus, „doch bangt nicht um Euer Leben! Es ist keine große Heerschar, die es wagt unsere Stadt anzugreifen.“

Nebel zog auf das offene Feld vor Mortem Mar'Ghor. Dieser begrub den Feind unter sich. Arroth spannte die Muskeln. Es herrschten keine Wetterbedingungen für Nebel.

„Hexerei.“, fiel es ihm dann wie Schuppen von den Augen, „unter den Dunkelelfen müssen Magier sein. Boten, hierher!“

Sogleich eilte einer zu ihm.

„Unterrichtet den Stadthalter darüber, dass wir es mit Hexerei zu tun haben. Lauft rasch!“

Der Bote verschwand sogleich in der Dunkelheit.

Da erschallte eine Fanfare und ein Horn. Der Nebel auf dem offenen Feld lichtete sich ebenso überraschend wie er aufgezogen war und zum Vorschein kam der Feind. Er hatte sich in einer Reihe formiert und an seiner Spitze stand ein Maskierter mit wehendem Umhag, der ein schwarzes Pferd, eines der gefürchteten Nachtmare, ritt.

„Es ist Umbra, der Fürst der Dunkelelfen aus dem Weißen Gebirge.“, sagte Arroth bei sich.

Dann gebot er den Bogenschützen Einhalt, da das Heer von schätzungsweise zweihundert Kriegern noch nicht in Reichweite ihrer Waffen war.

„Ich komme, Graf Arroth, um mit Kratagons König zu

sprechen.“, sprach Umbra, der Fürst und Heerführer der Dunkelelfen.

Der Graf war erschrocken, dass der Maskierte um seinen Namen wusste und seine Stimme so laut und mächtig klang.

„Es ist keine Audienz gemeldet.“, rief Graf Arroth.

Umbra lachte: „Jemand wie ich ist nicht gezwungen eine Audienz anzumelden. Wenn es mich danach verlangt, den Herrscher Kratagons zu sprechen, spreche ich ihn. Wenn es mich danach verlangt, einen Mann zu töten, töte ich ihn. Und wenn mir danach ist eine Stadt wie diese zu besetzten, besetze ich sie.“

„Unsere Verteidigung werdet Ihr nicht durchbrechen! Mortem Mar'Ghor ist keine Stadt der Dunkelelfen. Ihr seid ihrer nicht würdig!“

Der Elf zu Umbras Rechten spannte einen Pfeil auf der Sehne seines Bogens. Dann ließ der Schütze die Sehne des Bogens singen. Der Pfeil surrte durch die Luft und bohrte sich tief in Arroths Schulter. Der Graf riss ihn sofort aus dem Leib und warf ihn wutentbrannt zu Boden.

„Lasst sie bluten.“, knurrte er verdrossen und verschwand von dem Verteidigungswall. Die Bogenschützen hinter Arroth eröffneten das Feuer.

Am Ende der Treppe wurde Arroth von zwei Männern in Empfang genommen.

„Nehmt den Brustharnisch ab.“, keuchte er, als ein Heiler angeritten kam.

Der Heiler tat wie ihm geheißen und eine klaffende, tiefe Wunde kam zum Vorschein: „Ihr könnt diese Schlacht nicht schlagen, mein Herr. Euren Schwertarm werdet Ihr nicht mehr gebrauchen können. Nicht heute, und auch nicht in den kommenden Tagen. Der Pfeil hat wichtige Muskeln durchtrennt.“

„Das ist mir gleich! Ich werde die Männer nicht alleine gegen diesen Hexer kämpfen lassen!“

„Aber Euer Schwert wird heute nichts nutzen.“, beharrte der Heiler.

Graf Arroth versuchte sich loszureißen, war aber zu schwach um vollends von den beiden Männern loszukommen. Alles was ihm dieser Befreiungsversuch brachte, war ein schmerzhaftes Ziehen in der Wunde und höherer Blutverlust.

„Schafft ihn vom Schlachtfeld.“, wies der Heiler an.

Die beiden Männer waren verunsichert, ob sie den befehlshabenden Graf gegen seinen Willen von dem Schlachtfeld entfernen durften.

„Macht schon!“, drängte der Heiler.

Die Männer hoben Graf Arroth daraufhin auf den Rücken seines Schimmels und schafften ihn zu der Zitadelle. Von dort aus konnte Arroth sehen, wie sein Vater ein Bataillon berittener Krieger von Osten zu dem Feind führte. Wie es in diesem Augenblick schien, bemerkten die Dunkelelfen den Angriff aus dem Hinterhalt nicht.

„Der Stadtherr wird diese Schlacht an meiner Stelle schlagen.“, sagte Arroth zu den Männern.

„Herr, das wird er tun. Doch Ihr müsst ruhen.“

„Ruhen?! Pah! Siegreich ist, der rastlos ist.“, gab er zurück.

„Wir werden Euch in die Grotten geleiten, Herr. Dort wissen wir Euch in Sicherheit.“

„Nein, nicht in die Grotten. Bringt mich in den Nordturm der Zitadelle. Ich will sehen, wie meine Stadt siegt oder fällt.“

Die Männer widersetzten sich nicht und brachten ihn in den Nordturm. Von dort aus hatte er einen guten Überblick über das Schlachtfeld. Die Reihen der Bogenschützen auf dem äußeren Verteidigungswall wurden gelichtet, ebenso wie die Reihen der Fußsoldaten, die hinter dem Wall positioniert waren. Die Anzahl der Feinde schien sich, obwohl sie unter ständigem Beschuss standen, nicht zu dezimieren. Graf Arroth schätzte, dass lediglich zwanzig der zweihundert Dunkelelfen bis zu diesem Zeitpunkt ihr Leben gelassen hatten.

Nun traf das Bataillon des Stadtherrn Derethor auf das feindliche Heer. Im Galopp umkreisten die Soldaten die Formation der Dunkelelfen.

Graf Arroth hatte sich nicht getäuscht, als er meinte Wolfsgeheul gehört zu haben. Manche der Dunkelelfen ritten auf mannshohen, wolfsähnlichen Kreaturen.

„Angriff, Soldaten! Angriff!“, rief Derethor.

Er selbst riss an den Zügeln seines braunen Pferdes, welches, wie der Schimmel Arroths, von einer Rüstung aus rotgoldenem Stahl geschützt wurde. Der braune Wallach wieherte und bäumte sich auf. Dabei schlug er mit seinen Vorderhufen durch die kalte Luft.

Dann stand Derethor einer wolfsähnlichen Kreatur gegenüber und erkannte, dass sie ein Blutwolf war.

„Deine Fänge schlägst du nicht in mein Fleisch!“, schrie er und grub die Fersen in die Flanken seines Pferdes.

Dieses preschte, widerwillig aber gehorsam, auf den Blutwolf zu. Gefolgt von zweien aus seiner Leibwache riss Derethor das Schwert aus der edlen Scheide an seinem Gürtel.

Als er den Wolf beinahe erreicht hatte, veränderte dieser plötzlich seine Gestalt. Sein graues Fell färbte sich schwarz, sein Rücken krümmte sich, die Fänge und Krallen wuchsen und die Rute schrumpfte zu einem kurzen Stumpf. Außerdem verformte sich der Kopf des Wolfes und die Ohren verkleinerten sich und erhielten eine rundliche Form.

Derethors Wallach schrak zurück, als nun auch die Beine des Wolfes wuchsen und er sich unter einem finsteren Zaubers seines Reiters verwandelte.

„Eine neue Hexerei!“, schrie Derethor alarmierend und riss den Kopf des Wallachs herum, um ihn zur Flucht anzutreiben. Der Stadtherr glaubte, eine ähnliche Kreatur schon einmal auf einer alten Zeichnung gesehen zu haben.

„Es ist ein Morgorn!“, brüllte er dann, als ihm die Bezeichnung der Kreatur in den Sinn gekommen war, „ein Morgorn! Hierher! Formiert euch, Soldaten!“

Sobald sie konnten, taten die Soldaten wie ihnen geheißen. Sie trieben allesamt ihre Pferde an und reihten sich hinter dem Stadtherrn auf. Die Schilde zur Verteidigung vor die Hälse ihrer Reittiere haltend, rückten sie gegen den übermächtigen Feind einen Schritt vor.

Der Morgorn reckte den Kopf dem schwarzen, wolkenverhangenen Firmament entgegen und heulte laut, als wollte er weitere Artgenossen herbeirufen.

„Streckt diese Kreatur nieder!“, kommandierte Derethor seine Männer.

Die Speerträger an vorderster Front rückten ein Stück vor. Der Morgorn stieß daraufhin ein grollendes Knurren aus. Dabei sprang er vor und zurück, als wenn er angreifen wollte, jedoch von seinem Reiter zurückgehalten wurde.

Der Reiter des Morgorns zückte jetzt sein Schwert. Es war eine Waffe mit schmaler, blattdünner Klinge. Der dunkelelfische Krieger murmelte etwas in einer fremdartigen Sprache. Auf diese Worte hin lauschte der Morgorn seinem Herrn. Dann fuhr er die langen Krallen aus und bleckte das mit scharfen Zähnen gespickte Gebiss.

„Angriff! Streckt den Morgorn nieder!“, rief Derethor, der den Morgorn samt Reiter mit wachsender Besorgnis beobachtete.

Doch Derethors Mannen kamen nicht dazu, auch nur einen Speerstoß zu tun, denn plötzlich sprang neben den Morgorn ein Blutwolf. Gemeinsam stürzten sich die wilden Bestien auf Derethors Heer. Ihre dunkelelfischen Reiter waren derweil von ihnen abgesprungen und lichteten, wie auch die Wölfe selbst, Reihen von berittenen Soldaten.

Der Stadthalter Mortem Mar'Ghors gab, obwohl sich die Zahl seiner Männer mehr und mehr verringerte, nicht den Befehl zum Rückzug.

„Schließt die Reihen!“, befahl Derethor brüllend auf dem nebelverhangenen Schlachtfeld vor der Küstenstadt.

Er und sein Heer verteidigten sich schon seit einer endlos scheinenden Zeit gegen die Wölfe und ihre Reiter. Doch niemand hatte ihnen bisher Schaden zuführen können. Derethor hatte mehr als hundert Soldaten verloren und ebenso viele Pferde waren den Wölfen erlegen.

Die Pferde, die nun reiterlos waren, ergriffen vor den Wölfen panisch die Flucht und preschten von Mortem Mar'Ghor fort, in das offene, nebelverhangene Gelände. Die Städter würden diese Tiere wohl nie wiederfinden.

Derethor löste sich aus der Formation und trieb sein Pferd zum Galopp an. Er ritt zwei Runden um sein Heer und brüllte den Soldaten Befehle zu.

„Kommt her, dunkelelfisches Pack!“, rief der Stadthalter, als er einen Dunkelelf inmitten seines Heers die Reihen niedermähen sah.

Als der Elf diese Beleidigung hörte, sprang er aus der Mitte der Menschen heraus und landete elegant vor dem Stadthalter: „Derethor, Ihr werdet in diesem Kampf Euer Leben lassen.“, zischte der Dunkelelf und sprang elegant sowie kraftvoll vor.

So kreuzten Elf und Mensch die Klingen.

Derethor ließ nach blutigem Kampf sein Schwert auf den Schädel seines Gegners niederdonnern, als dieser überraschenderweise inne gehalten hatte. Der Dunkelelf sank in sich zusammen und ihm fiel das edle Schwert aus der Hand.

Der Stadthalter blickte sich erschöpft um. Es musste einen Grund für diesen plötzlichen, leichten Sieg geben. Mit aufgerissenen Augen entdeckte er, dass das Stadttor Mortem Mar'Ghors geöffnet wurde.

„Wer hat den Befehl zum Öffnen des Tores gegeben?“, fragte er. „Hoffnung, Soldaten! Es ist noch nichts verloren!“, schrie er, als ihm bewusst wurde, was das Öffnen des Tores zu bedeuten hatte.

Auf diesen Ausruf hin, schwang sich der Dunkelelf inmitten Derethors Soldaten auf den Morgorn und trieb ihn an. So ritten sie zurück zu den anderen dunkelelfischen Kriegern, die sich nun auf den Ansturm von Menschen wappneten.

„In den Nebel! In den Nebel!“, brüllte Derethor seinen Männern zu und riss sein Schwert in die Luft.

„Was tut Ihr nur?“, fragte sich Graf Arroth in der Zitadelle, als er sah, wie der Stadthalter seine Männer in das dichte Nebelfeld auf dem offenen Gelände trieb.

„Meine Rüstung! Schafft meine Rüstung herbei!“, befahl er einem der Männer.

Die Männer sahen sich unentschlossen an. Als Graf Arroth dann den Anschein machte, den Nordturm auf eigene Faust zu verlassen, rannte einer von ihnen los, um die Rüstung zu holen.

Als Graf Arroth seinen Brustharnisch wieder angelegt und die Zitadelle verlassen hatte, wurde sein weißes Schlachtross von einem Burschen zu ihm geführt. Der Bursche übergab dem Grafen das Pferd mit einer tiefen Verbeugung.

„Ihr werdet die Soldaten in den Grotten über den Verlauf der Schlacht unterrichten.“, wies Arroth die beiden Männer an.

Er bestieg sein Pferd schwerfälliger als gewöhnlich. Doch dann preschte er, so schnell wie man es von ihm kannte, davon. Je näher Arroth dem offenen Tor im äußeren Verteidigungswall kam, desto besser erkannte er den hohen Leichenberg, der sich hinter der Mauer türmte. Die Soldaten der Stadt warteten dennoch unerschrocken darauf, bis sie sich mit den Feinden messen konnten – gleich wie viele ihrer Kameraden schon ihr Leben gelassen hatten.

„Die Schlacht kann nicht mehr gewonnen werden.“, stellte der Graf fest, als er erkannte, wie präzise die Feinde angriffen und wie schnell und mühelos sie die Reihen seiner Soldaten lichteten.

„Nein, es darf nicht sein. Die Schlacht ist verloren.“

Graf Arroth hatte dieses Wort noch nie in den Mund nehmen müssen. Nun musste er den einen Befehl unweigerlich hinausschreien, um Mortem Mar'Ghor vor größerem Unheil zu schützen.

„Rückzug, Soldaten! Rückzug!“

Nachdem er geendet hatte, ergriff er ein silbernes Horn, welches er an seinen Gürtel trug. Auch sein Vater besaß ein Horn, nur war seines aus Gold.

Hell klang das Horn, als der Graf zum Rückzug blies. Alle Soldaten der Stadt zogen sich, sobald sie konnten, hinter die Schutz bietende Stadtmauer zurück.

„Schließt die Tore!“, befahl Arroth, als die Feinde die Soldaten verfolgten und versuchten hinter die Mauer zu dringen.

„Schließt die Tore!“

Wie aus dem Nichts erschienen schwache Lichter am dunklen Horizont, die durch das dichte Nebelfeld drangen. Sie waren erst klein und lediglich helle Schemen, doch sie nahmen rasch an Größe und Helligkeit zu.

„Derethor.“, sagte Arroth und fasste neue Mut.

Es war tatsächlich der Stadthalter, der sein Heer mit brennenden Speerspitzen und brennenden Pfeilen zurück in die Schlacht führte. Die berittenen Soldaten Derethors hatten die Dunkelelfen bald erreicht und vermochten es, an wenigen Stellen der Formation deren Verteidigung zu durchbrechen und manche der Feinde auf den lodernden Speeren aufzuspießen.

Die Männer Mortem Mar'Ghors brachen in Jubel aus, als die Dunkelelfen ihre Nachtmare zügelten und Mühe hatten, sie zu bändigen. Die schwarzen Rösser bäumten sich auf, und wieder zerrissen ihre gellenden, markerschütternden Schreie die Luft. Mit ihren glühenden Hufen donnerten sie auf den Boden, der daraufhin wie unter einem Erdbeben erzitterte.

Der Fürst der Dunkelelfen, Umbra, fluchte: „Krieger, schlagt sie nieder! Überrollt Derethors Stadt wie eine unaufhaltsame Welle der Unbarmherzigkeit!“

Die dunkelelfischen Krieger trieben ihre Reittiere an und preschten auf das nun geschlossene Tor der Stadt zu. Sie stießen wildes Kampfgeschrei aus und alles, was ihnen den Weg versperrte, wurde erbarmungslos niedergestreckt.

Die Bogenschützen der Stadt versuchten die Elfen mit Pfeilhageln davon abzuhalten das Tor zu brechen oder den Wall zu überwinden.

Der unsterbliche Fürst Umbra sprach mit bebender Stimme mächtige Worte, sodass die Luft vibrierte und das Tor aufflog. Es schien, als hätte es ein gewaltiger Rammbock aufgesprengt, doch es waren alleine die Worte des Fürsten gewesen.

„Herrscher Kratagons, gewährt mir eine Audienz, oder Eure Stadt wird fallen!“, rief der Fürst, währenddessen sein Nachtmar schnaubend stieg.

Plötzlich ertönte ein dumpfes Grollen in der Ferne und man konnte ein Brüllen vernehmen, als wenn eine Bestie in den Verliesen einer Burg schrie.

Augenblicklich wurde es totenstill. Man hörte lediglich den tosenden Wind, als er über die Ebene fegte und das Brechen der Wellen.

Ein dunkler Schatten erhob sich über Mortem Mar'Ghors Zitadelle. Ein geflügelter Schatten, so schien es, der jegliches Licht verschluckte.

Umbra sprach etwas in der Zunge seines Volkes und er, wie auch seine Krieger, fielen auf die Knie.

Selbst die acht Blutwölfe, der Morgorn und die Nachtmare des Feindes senkten ihre Köpfe, als würden sie sich demütig verneigen.

Da stieß der geflügelte Schatten zu ihnen hinab und gewann an Konturen. Er erhielt die Gestalt eines großen Drachen.

„Verneigen solltet ihr euch, Derethor und Graf Arroth. Dem Wächter gebührt dies.“, hörte man die Stimme eines Dunkelelfen sagen.

„Der Wächter?“, sagte Derethor bei sich.

Der Boden unter ihren Füßen erzitterte, als der sagenumwobene Wächter auf dem Verteidigungswall Mortem Mar'Ghors landete. Das drachengleiche Geschöpf breitete seine beschuppten Schwingen aus und reckte seinen majestätischen Kopf dem Himmel entgegen. Der Wächter Satia, so nannte man den Drachen, stieß ein markerschütterndes Brüllen aus, das weit über die Ebene hallte. Als er geendet hatte, schaute er aus seinen weisen Augen auf die Kämpfenden hinab.

Die Dunkelelfen begannen dem gottähnliches Geschöpf zu huldigen. Die Menschen hingegen, starrten den Wächter von Furcht erfüllt an. Sie fassten allesamt nicht, dass dieses Geschöpf, so todbringend und unsterblich scheinend, nun vor ihnen thronte.

„Der Herrscher erwartet Euch, Fürst Umbra.“, hörte man eine laute, hallende Stimme sagen.

Sie wollten es nicht für wahr haben, dennoch wussten sie alle, dass es der Wächter gewesen war, der zu dem Fürst der Dunkelelfen gesprochen hatte.

Umbra hob den Blick und nickte. Dann bestieg er sein Nachtmar. Der Fürst trieb das schwarze Ross an und galoppierte auf ihm zur Zitadelle, wo ihn der König von Kratagon erwartete.

„Genug des Kampfes. Der Herrscher verlangt, dass ihr eure Kräfte schont, damit ihr in naher Zukunft die Lorolasser zerschmettert.“, erschallte erneut die Stimme des Wächters.

Menschen und Dunkelelfen ließen die Waffen sinken und schauten dem Wächter Satia nach, wie er einige Male kraftvoll mit den Schwingen schlug und sich dann majestätisch in die Lüfte erhob.

„Ihr habt den Drachen gehört.“, nahm Derethor das Wort. Der Stadthalter rieb sich das schmierige Blut von der goldenen Rüstung.

Ein Dunkelelf, der Reiter des Morgorns, sah auf und und sprach als Stimme der Krieger: „Den Befehlen des Wächters wird mein Volk Folge leisten, nicht denen eines Stadthalters, der Satia als Drachen beleidigt.“

„Beleidigt sagt Ihr, Elf?“, schritt Graf Arroth ein, „Mortem Mar'Ghors Herr beleidigte weder den geflügelten Schatten, noch Euch.“

Der Elf schaute auf Vater und Sohn hinab, dann erhob er sich und bestieg den Morgorn. Der Wolf entblößte daraufhin sein Gebiss.

„Kehrt zurück in eure Wälder.“, sagte Derethor und trieb seinen fuchsbraunen Wallach vorwärts.

Das Pferd schnaubte und tänzelt unruhig, als es ins Blickfeld des Morgorns geriet. Der Wolf legte die Ohren an und kauerte sich hin, als wenn er sich gleich auf seine Beute stürzen würde.

„Kehrt zurück in das Weiße Gebirge.“, fügte der Stadthalter an und nahm die Zügel fester in die Hand.

„Die Dunkelelfen werden nicht ohne ihren Herrn in ihre Heimat zurückkehren.“, entgegnete der Reiter des Morgorns entschlossen.

„Doch bleiben werden sie ebenso wenig. Mortem Mar'Ghor ist keine Stadt für teuflische Hexerei und fleischverschlingende Bestien.“, sagte Derethor.

„Noch lege ich meine Waffe nieder, doch ich bin im Begriff von ihr Gebrauch zu machen, Stadthalter.“, drohte der Reiter.

„Tut was Euch beliebt, Elf. Mein Leben ist ohnehin bald verwirkt. Mir ist es gleich, ob ich heute sterbe oder in einem Jahrzehnt. Denn Graf Arroth wird an meiner Stelle Herr von Mortem Mar'Ghor.“

„So wird weiterhin unreines Blut und schwacher Geist über diese Stadt herrschen.“

Derethor knirschte verdrossen mit den Zähnen und rief aus: „Meine Mannen reiten in ihre Stadt. Doch niemand Eures Volkes wird auch nur einen Fuß auf meine Straßen setzen! Wartet vor den geschlossenen Toren auf euren unbarmherzigen Herrn! Erwartet von mir keine Gastfreundschaft.“

Mit diesen Worten riss Derethor den Kopf seines Wallachs herum und trieb das edle Ross im Galopp zum Tor des Verteidigungswalls.

Eine Nachricht des Königs

Der Himmel über dem Westen Kratagons hatte sich aufgeklärt und das erste graue Morgenlicht hüllte die Küstenstadt Mortem Mar'Ghor ein.

„Reitet Ihr zu den Grotten, Graf Arroth. Geleitet Kinder und Frauen heraus und sorgt dafür, dass sie auf sicherem Weg in ihre Häuser gelangen.“, sagte Derethor, der im Galopp neben seinem Sohn ritt.

„Wie Ihr befehlt.“, entgegnete der Graf.

Er lenkte seinen Schimmel von dem Stadthalter fort und trieb ihn nach Westen in Richtung des Ozeans. Bald erreichte Arroth einen Tunnel, der in die Tiefe führte. Er war den Klippen schon sehr nah und hörte die Geräusche der See, sogar die Schreie der Vögel.

Unerschrocken trieb er den weißen Schimmel in den Tunnel hinein.

Nach kurzer Zeit erhellte sich der Tunnel und mündete in eine unterirdische Grotte in den Klippen. Das Licht kam von einer großen Öffnung im Fels, die in Richtung des Ozeans gelegen war.

Graf Arroth sah erst auf den dunklen, heulenden Ozean,

der im grauen Morgenlicht wie ein milchiger Spiegel erschien. Dann wandte er sich den Frauen, Kindern und den wenigen Soldaten zu. Sie kauerten an den kalten Felswänden und die Frauen hielten ihre Kinder fest im Arm.

Eine wogende, turmhohe Welle brach an den Klippen und für einen kurzen Moment war alles, was man aus der Öffnung der Grotte sehen konnte, weiße Gischt. Als die Wassermacht auf das Gestein traf und Donner, wie der eines Gewitters, die Grotte erzittern ließ, wieherte Arroths Pferd und stieg panisch.

„Die Waffen wurden niedergelegt.“, sagte der Graf, als er den Schimmel beruhigt hatte.

„Wurde die Schlacht gewonnen?“, fragte einer der Soldaten.

„Nein.“, antwortete Arroth und schwang sich von dem Rücken seines Pferdes, „aber sie wurde auch nicht verloren.“

„Wie darf ich das verstehen?“

„Der Drache, der Wächter Satia, brachte Nachricht von unserem König. Mehr Worte lohnt es sich darüber nicht zu verlieren. Verlasst die Grotten und seht selbst.“

„Droht keinerlei Gefahr mehr?“

„Nein. Hat jemand Schaden erlitten?“

„Nein, Herr.“

„Sehr gut. Und jetzt folgt mir zurück in eure Häuser.“

Graf Arroth wurde am Nachmittag von dem Stadthalter angewiesen durch die Straßen der Küstenstadt zu reiten. Er tat wie ihm geheißen.

Gerade, als er auf den äußeren Verteidigungswall zuritt, galoppierte Fürst Umbra auf seinem pechschwarzen Nachtmar an ihm vorbei. Mit donnernden Hufen schoss das Ross des Dunkelelfs auf die Toranlage zu. Die Männer, die den Mechanismus zum Öffnen des Tores betätigten, waren wie erstarrt, als sie den Unsterblichen heran reiten sahen. Dann öffneten sie das Tor und der Fürst preschte auf die freie Ebene zu seinen Kriegern.

Graf Arroth, der das Geschehen beobachtet hatte, beschloss den Stadthalter darüber zu unterrichten.

„Stadthalter Derethor.“, grüßte Graf Arroth, als er eine kreisrunde Kammer im Nordturm betrat und seinen Vater erblickte.

Dieser stand, die Arme vor der Brust verschränkt, vor einem schmalen Fester. Derethor trug ein edles, weinrotes Gewand.

„Graf Arroth.“, sagte der Stadthalter und wandte sich zu seinem Sohn um, „was führt Euch zu mir?“

„Ich konnte beobachten, dass Fürst Umbra die Stadt verließ und zu seinen Kriegern zurückkehrte.“

„Auch ich habe es gesehen.“

„Wurdet Ihr bereits darüber unterrichtet, warum die Dunkelelfen Mortem Mar'Ghor angriffen und warum Fürst Umbra eine Audienz bei König Jadro erkämpfte?“

„Nein, ich bin der Überzeugung, dass wir nie erfahren werden, aus welchem Grund so viele unserer Männer ihr Leben in diesem Kampf lassen mussten. Doch seht.“ Der Stadthalter zeigte aus dem Fenster: „Der Feind reitet fort.“

Graf Arroth eilte zu dem Fenster und spähte hinaus: „Aber er reitet nicht zu seinem Weißen Gebirge. Er reitet gen Südosten.“

„Ja, er reitet nach Skandor. Er reitet ins Herz Kratagons.“, bestätigte Derethor.

„Der Krieg ist nicht mehr fern.“

„Nein, Sohn, das ist er gewiss nicht.“

Der Ozean lag ruhig im Mondenschein. Das Wasser umspielte schroffe Klippen mit sanften Wogen. Keine Welle brach. Kein Donnern zerriss die Stille der Nacht. Stumm flog ein einzelner Vogel des Meeres über die Küstenstadt, bis ein leichter Wind aufkam und er sich vom Festland weggleiten ließ.

Eine dünne Stimme wurde von der leichten Brise davongetragen. Diese Stimme war die einer Frau, die in Mortem Mar'Ghors Gassen kauerte und mit verängstigten Blicken eine traurige Melodie anstimmte. Die Klänge des Liedes hallten über die Mauern der Stadt, übers offene Gelände und über die See. Der Wind trug das Lied eines Mannes ins Land, dass Jahrhunderte alt war und doch ein Kind im Vergleich zu dem, von dem es handelte.

„Fürsten kommen, Fürsten gehen
lassen Knechtschaft und Räte flehen.
Einer besteht von denen die sind von blauem Blut,
selbst wenn von den anderen stirbt die ganze Brut.

Engelsgleich ist die Gestalt
so verliert ein jeder den Halt.
Wenn er nur seinen Schatten erblickt
er glaubt, er ward zu Gott geschickt.

Auglose seine Diener,
Schönheiten seine Kinder,
die jeden ziehen in ihren Bann
wie Gold, das einst in Flüssen rann.“

Der Sohn Derethors festigte den Griff um die Zügel. Er saß aufrecht und stolz auf dem Rücken seines Schimmels. Graf

Arroth bemerkte die Anspannung seines Pferdes. Er spürte, wie es mit seinen Vorderhufen scharrte und unruhig den Kopf herumwarf.

Reiter und Pferd befanden sich vor Mortem Mar'Ghors Tor im äußeren Verteidigungswall. Arroth sah vor seinem inneren Auge, wie der Fürst der Dunkelelfen genau dieses Tor mit bloßen Worten aufgesprengt hatte.

„Es sind bald zwei Wochen verstrichen und noch immer geistert dieses dunkelelfische Pack in unseren Köpfen herum.“, sagte er bei sich.

„Graf Arroth!“, rief ihn eine Stimme von dem Verteidigungswall an, „eine weitere Familie bittet um Einlass in die Stadt.“

Er sah auf und ordnete an: „Lass sie gewähren.“

Das massive Tor der Stadt wurde einen Spalt geöffnet, und sieben Gestalten betraten die Stadt, die mehr ein Schatten ihrer selbst waren, als stolze Menschen der nordwestlichen Küste. Die sieben Menschen führten zwei Ziegen, ein Pferd, das einen kleinen Karren zog, und zwei Gänse an Stricken mit sich.

Graf Arroth musterte die, die um Einlass in die Stadt gebeten hatten. Es waren ein alter Mann, mehr ein Krüppel am Stock, die Mutter und der Familienvater und vier noch sehr junge Kinder. Sie alle sahen erschöpft, dürr und verwahrlost aus.

„Willkommen in Mortem Mar'Ghor.“, sagte Arroth und ritt im Schritt zu der Familie.

„Seid gegrüßt, Graf Arroth.“, entgegnete der jüngere Mann, „wir kommen aus den Anhöhen bei Issaldria und erbitten Zuflucht.“

„Warum seid ihr aus eurer Heimat fortgegangen?“

Der Krüppel nahm das Wort: „Das Grauen kam über Issaldria und die Anhöhen und zog doch vorüber. Wir fürchten uns... Noch heute höre ich die grauenvollen Schreie derer, die wir sahen."

„Schon andere kamen vor euch aus den Anhöhen Issaldrias.", sagte der Graf, „auch euch werden wir die Zuflucht nicht verweigern."

„Wir danken Euch.", erwiderten die Männer.

„Geht zu den Grotten. Dort werdet ihr genug Platz finden, um hier einige Tage zu verweilen."

Nachdem die Familie aus den Anhöhen Issaldrias gegangen war, begab sich Graf Arroth auf den Weg zur Zitadelle. Dort angekommen eilte er zu dem kreisrunden Raum im Nordturm, in dem sein Vater zu dieser Tageszeit Karten Kratagons zu studieren pflegte.

Als Derethor hörte, wie jemand eintrat, wandte er sich zur Türe um: „Graf Arroth.", grüßte er mit den Gedanken noch bei der Landkarte.

„Derethor."

„Wie ich sehe heilt Eure Schulter."

Graf Arroth schaute auf die Schulter, die bei der Schlacht vor zwei Wochen ein dunkelelfischer Pfeil durchbohrt hatte.

„Ja, das tut sie. Meinen Schwertarm kann ich wieder gebrauchen."

Derethor lächelte und faltete die Hände: „Aber Ihr habt mich nicht aufgesucht, um mir das zu sagen, habe ich Recht?"

„Ja, das habt Ihr. Ich kam hierher, um Euch etwas von größerer Bedeutung mitzuteilen und Sorgen zum Ausdruck zu bringen."

In die grauen Augen Derethors trat ein betroffenes Schimmern: „Um was handelt es sich?"

„Das Heer Umbras hat sich auf dem Weg nach Skandor wohl nicht bemüht unauffällig wie ein Schatten von dannen zu gehen. Auf ihrer Fahrt haben sie Issaldria und Issaldrias Anhöhen passiert. Es sind schon zwei Dutzend verängstigter Menschen hierher geflohen. Manche, weil Issaldria keine weiteren Flüchtenden aus den Anhöhen aufnehmen konnte, andere, weil sie glauben, dass die, die ihnen Angst bereiteten, sich nicht an die sagenumwobene Geisterstadt Mortem Mar'Ghor heranwagen würden."

„Über diese Umstände wurde ich bereits unterrichtet.", sagte Derethor.

„In den Grotten Mortem Mar'Ghors werden noch weitere Platz finden können. Darin sehe ich kein Problem und dies bereitet mir keine Sorgen. Was aber sollen wir tun, wenn unzählige mehr hierher kommen und Schutz suchen? Die Dunkelelfen reiten durch halb Kratagon, um nach Skandor zu gelangen und auf ihrem Weg durchqueren sie Gegenden, in der Menschen leben, in deren Nähe keine Schutz bietende Stadt erbaut wurde." Graf Arroth schüttelte den Kopf: „Wo glaubt Ihr, werden sie Schutz suchen? Natürlich in Eurer Stadt. Selbst die schaurige Mär um Königin Valeria, mag sie wahr sein oder nicht, wird sie nicht davon abhalten den Weg auf sich zu nehmen. Was gedenkt Ihr zu tun, wenn sie an Euren Toren pochen und wie Hunde jaulend um Einlass ersuchen? Was werdet Ihr tun, wenn Ihr ihnen diesen gewährt und Eure Stadt erneut angegriffen wird und Mortem Mar'Ghors Bewohner verteidigt und beschützt werden müssen?"

„Graf Arroth.", begann Derethor gutmütig, „die Bevölkerung Kratagons lässt sich nicht von Reitern, die durch die Lande ziehen, Angst einjagen. Tagtäglich sehen sie eben solche."

„Und warum sind dann schon so viele hierher gekommen?

„Issaldria ist keine große Stadt, nicht zu vergleichen mit der Meinen. Die Meisten, die dort leben, sind ungebildete

Landstreicher, Vagabunde und abergläubische Geschichtenerzähler. Ganz zu schweigen von denen, die auf Issaldrias Anhöhen hausen. Versteht mich nicht falsch, Graf. Es gebraucht Bauern und jene, die ihnen dienen, ebenso wie Gelehrte und Kriegsherrn. Dennoch lassen sich eben diese schnell verängstigen, selbst wenn sie nur Phantome gesehen haben."

Graf Arroth wollte etwas einwerfen, aber sein Vater ließ ihn nicht zu Wort kommen: „Wie Euch wahrscheinlich bekannt ist, wissen die meisten der Schutzsuchenden nicht einmal wovor genau sie geflohen sind. Sie haben in dem Heer keine Dunkelelfen erkannt, wenn sie überhaupt von deren Existenz wissen. Seid unbesorgt, die, die sich jetzt in Mortem Mar'Ghors Grotten versteckt halten, werden bald in ihre Heimat zurückkehren. Alles ist in bester Ordnung."

„Vater, das ist es nicht!" Graf Arroth verlor die Beherrschung. „Bemerkt Ihr denn nicht, wie König Jadro in Eurem Thronsaal finstere Pläne schmiedet? Wie er selbst Fürst Umbras Sinne mit seinen schlangenzüngigen Worten täuscht? Wie er beginnt Unruhe zu stiften und den Krieg auf Lorolas vorzubereiten?"

„Natürlich bleibt mit das nicht unbemerkt.", erwiderte Derethor mit unverändert ruhiger Stimme.

„Warum hält er sich dann in der Zitadelle verborgen?! Warum kämpft er nicht an unserer Seite, wenn Mortem Mar'Ghor angegriffen wird? Warum schickt er stattdessen seine Bestie?"

„Jadro ist unser aller König. Wir haben zu akzeptieren und zu respektieren wie er Kratagon führt. Ihr unterschätzt unseren Herrscher. Er ist weitaus klüger, stärker und scharfsinniger, als Ihr vielleicht in diesem Moment glaubt."

„Ich weiß, dass Jadro ein fähigerer Mann ist, als wir beide zusammen. Ja, das tue ich allerdings. Doch wenn er wirklich so ein großer König ist, wie alle glauben, warum sorgt er nicht für Ordnung? Warum befiehlt er Umbra nicht sein Heer auf anderen Wegen nach Skandor zu führen?“

„Alles was er tut hat bestimmte Gründe. Niemand vermag es, seine Gedankengänge zu durchdringen, oder zu begreifen, warum er der König ist, der er ist. Doch Jadro allein vermochte es den Wächter zu unterwerfen und ins feindliche Lorolas einzudringen. Graf Arroth, er vermochte dies, und nicht die Herren Mortem Mar'Ghors.“

„Das weiß ich!“, schnaubte Arroth, „wie lange will er uns denn noch im Dunkeln lassen, bevor er uns über die Kriegspläne unterrichtet?“

„In fünf Zyklen der Sonne ist es so weit.“

„Was? Woher wisst Ihr...“

„Der König ließ mir ausrichten, dass er noch fünf weitere Tage in Mortem Mar'Ghor verweilt und dann aufbricht. Was genau er vorhat kann ich nicht sagen, doch er gab mir sein Wort mich zuvor in die Kriegspläne einzuweihen. Seid Euch gewiss, Sohn, in naher Zukunft wird auch einer von uns dazu auserkoren mit den Mannen dieser Stadt in den Krieg zu ziehen. Bald, schon sehr bald.“

Lorolas

Loderndes Feuer

Sie hörte lediglich ihren schweren Atem und ihren schwachen Herzschlag, der sie am Leben erhielt. Sie war nicht fähig ihre Augen zu öffnen, sich zu bewegen, geschweige denn, etwas zu denken. Ihre Sinne waren betäubt und die Gliedmaßen steif von den Schmerzen, die sie zu übermannen drohten.

Es schien, als hätte man einen tief verankerten Teil ihrer selbst brutal herausgerissen.

Die Gedanken wie nach einem langen Schlaf vernebelt, mühte sie sich ihre Augen zu öffnen. Dieser Versuch raubte ihr so viel der schwindenden Kraft, dass sie das Unterfangen aufgab und sich wieder dem Nichts in ihrem Kopf hingab.

Als sie endlich zu sich fand, konnte sie nicht abschätzen wie lange sie ohne Bewusstsein gewesen war. Sie sog, zu ersticken drohend, die Luft in sich ein. Als ihre Lungen vollends gefüllt waren, brach sie in Husten aus. Etwas war verändert, etwas gebot ihr nicht zu atmen, etwas gebot ihr aufzugeben.

Da sie nichts, bis auf den harten Grund auf dem sie lag, wahrnehmen konnte, konzentrierte sie sich auf ihr für gewöhnlich exzellentes Gehör. Nur das laute Rauschen von Blut, in Verbindung mit einem nie gehörten, unerträglich hohen Ton konnte sie vernehmen.

In der Angst taub zu sein, zwang sie sich ihre müden Augen zu öffnen. Sie erblickte eine einzige Panik verursachende Schwärze. Sofort schloss sie die Augen wieder, um das schreckliche Gefühl des Erblindens zu verdrängen. Sie bemühte sich einen klaren Gedanken zu fassen, versuchte sich selbst zu erklären, warum sie sich in einem todesähnlichen Zustand befand. Doch sie war nicht fähig, sich eine Antwort auf diese Frage zu geben.

Da erbebte der harte Grund auf dem sie lag.

„Was war das?“, fragte sie sich panisch, weil sie weder sehen noch hören konnte, was die Erde erzittern ließ.

Die Halbgöttin Tayla grub die Finger in die trockene Erde auf der sie lag. Sie versuchte ruhig zu atmen, doch wieder hustete sie unwillkürlich, als sich die verpestete Luft in ihrer Lunge ausbreitete. Ihre Haut fühlte sich heiß und verschwitzt an. Tayla fuhr sich mit der Zunge über die aufgeplatzten Lippen. Da breitete sich der unangenehme, metallische Geschmack von Blut in ihrem Mund aus und ließ sie zusammenzucken.

Obwohl Tayla das unregelmäßige Erbeben des Erdbodens Angst bereitete, war sie dankbar die Erschütterungen zu spüren, da diese die einzigen Beweise dafür waren, dass noch Leben durch ihren Körper floss.

Der zuvor hohe Ton in ihrem Ohr verlor an Intensität, genauso wie das Rauschen ihres Blutes, das vor wenigen Augenblicken noch so laut wie ein donnernder Wasserfall gewesen war.

Die Halbgöttin öffnete erneut die Augen. Um sie herum war alles in dramatisches, rotes Licht gehüllt. Dunkle silhouettenartige Schatten tanzten vor dem Rot und wurden schon bald in einen dunklen Abgrund gerissen.

Tayla stemmte die Arme auf den Boden und versuchte vergeblich sich aufzurichten. Noch erschöpfter als zuvor sank sie in sich zusammen und schlug mit dem Kopf auf dem harten Grund auf.

„Ich lebe noch.“, sagte Tayla zu sich selbst, um sich nicht dem Gedanken hinzugeben, dass der Tod sie schon bald von den endlosen Qualen erlösen würde.

„Ich lebe.“

Als sie den Satz wiederholte, stützte sie sich mit ihren Armen erneut auf und brachte sich benommen in eine sitzende Position. Erst jetzt schien sie zu begreifen, was sie zuvor gesagt hatte. Der Löwengott hatte sie noch nicht genommen.

Sie lebte.

Da ergriff blanke Furcht Besitz von ihr. Ihr kam ein schmerzlicher Gedanke in den Sinn, der in ihr größere Qualen auslöste, als sie bereits ertragen musste: „Elozar.“

Sie sah panisch um sich und suchte mit den Blicken nach dem halbgöttlichen Löwen. Doch sie konnte nur lodernde Flammen und tanzende Schatten sehen.

Die Ungewissheit, ob Elozar, der pferdegroße und goldene Löwe, lebte, oder ob seine Seele bereits ihre sterbliche Hülle verlassen hatte, ließ sie erzittern.

Tayla fror am ganzen Körper, als sich die brutale Angst in ihrem Bewusstsein einnistete, dass ihr treuer Gefährte nicht mehr lebte.

„Elozar!“, schrie sie so laut sie konnte, „*Elozar*!“

Der Löwe zeigte sich nicht, egal wie verzweifelt sie schrie.

„Elozar, komm zu mir, Elozar! Komm zu mir..."
Ihre Rufe gingen in verzweifeltes Schluchzen über und ihre braunen Augen wurden tränennass: „Elozar..."
Orientierungslos versuchte sie aufzustehen, ihre müden Beine zu zwingen ihre Befehle auszuführen, auch wenn es unter Peitschenhieben geschehen sollte.
„Wo bin ich nur?", fragte Tayla sich selbst, als die bedrohlichen Schatten die Gestalt ihrer schrecklichsten Albträume annahmen. Von Furcht und Verzweiflung überwältigt, ließ sie sich zurück auf den Boden fallen und rollte sich wie ein verängstigtes Kind zusammen.

Da erzitterte der Boden erneut.
Tayla sah auf, obgleich sie nichts außer dem glühenden Rot und den schwarzen Schemen zu erkennen vermochte.
Sie glaubte dunkles grau wahrzunehmen, welches das Rot verblassen und dann ganz verschwinden ließ.
Die Erde erzitterte nun nicht nur, sondern erbebte wie unter schweren Geröllawinen. Etwas musste sich ihr mit hoher Geschwindigkeit annähern. Verängstigt drückte sie das Gesicht in die Armbeuge und blieb flach auf dem Boden liegen.
Sie war verletzt, sie war wehrlos! Was auch immer da kommen mochte, sie wäre ihm ausgeliefert. Was mochte es sein? Ein Blutwolf oder eine andere bestialische Kreatur?
Da schärfte sich ihr Blick und sie wollte nicht glauben, welches Bild sich ihren Augen bot. Tiere preschten genau auf sie zu. Brüllend, kreischend, schreiend. Wild und in Panik rannten sie durcheinander. Ihre Hufe und Tatzen donnerten auf dem Waldboden. Sie flohen vor den alles verschlingenden Flammen.
Tayla hielt sich schützend die Hände über den Kopf, als die ersten Hirsche, Labrus und Wölfe über sie sprangen und

weiter gen Westen hetzten.

„Feuer.“, dachte Tayla.

Die lodernde Flammenwand bannte ihren Blick für einen Moment. Dann sah Tayla kurz auf und erkannte an der Höhe der Bäume, dass sie im Lorolas Wald sein musste.

„Feuer!“

Geistesgegenwärtig sprang sie auf und rief die vorbei preschenden Tiere an: „Wartet! Wartet auf mich! Lasst mich auf euch reiten, oder die Flammen werden mich verschlingen! *Wartet!*“

Keines der Tiere verlangsamte seinen Galopp, um sie aufsitzen zu lassen. Es war aussichtslos. Verzweifelt schleppte Tayla sich selbst vorwärts. Sie drohte an dem Rauch zu ersticken und das Bewusstsein zu verlieren. Bei jedem Schritt, den sie machte, wurden ihre Beine schwerer. Aber aufgeben würde sie nicht.

„Wartet! Haltet ein!“, rief sie erneut.

Tayla versuchte mit der Welle der Flüchtenden zu laufen, doch ständig wurde sie von einem vorbei hetzenden Tier umgestoßen oder fortgedrängt.

Die Halbgöttin hielt erschrocken inne, als sie ein starkes Schwanken des Baumes vor sich bemerkte.

Das Feuer hatte sich so tief in den vierzig Schritt hohen Stamm gefressen, dass dieser nahe dem Waldboden zu brechen drohte.

„Lauft!“, brüllte Tayla alarmierend, als sich der Stamm dem Waldboden zuneigte, „lauft!“

Doch die Tiere schenkten ihren Rufen keine Beachtung und der Stamm zerschmetterte Dutzende von ihnen unter schmerzerfüllten Schreien und wimmerndem Ächzen.

So wie der gewaltige Stamm zu Boden gekracht war, und auch die letzten Vögel aus seiner Krone geflogen waren, rannte Tayla zu dem Ort, an dem das Schicksal gnadenlos zugeschlagen hatte.

Noch auf die lodernde Feuerwand hinter sich sehend, kroch sie den Stamm entlang. Sie hoffte ein Leben retten zu können, doch selbst die Knochen der kleinsten Lebewesen waren unter dem ungeheuren Gewicht des Stammes zerschmettert worden.

Tayla rannen bei diesem Anblick Tränen über die Wangen. Schweren Herzens, aber in dem Wissen, dass sie nichts mehr für die Toten tun konnte, richtete sie sich auf.

Von Trauer und Angst überwältigt, sah sie auf die Feuerwand. Diese hatte sie nun eingeschlossen. Wenn sie nicht von ihr verschlungen werden wollte, blieb ihr nichts anderes übrig als über den Stamm zu klettern. Tayla legte die Hände an die raue Rinde und machte sich daran ihn zu übersteigen. Dieses Vorhaben bereitete ihr größere Schmerzen, als sie je zuvor erleiden musste. Aber sie kämpfte gegen ihre Leiden an.

Da der Stamm einen Durchmesser von mehreren Schritt besaß, wurde das Überwinden dieses Hindernisses zu einem Unterfangen, welches von qualvoller Natur war.

„Halte durch.“, sagte Tayla zu sich selbst, als sie schon beinahe über den Stamm hinweg sehen konnte.

Ihre Gliedmaßen schmerzten und sie fühlte sich wie eine gepeinigte Sklavin des Schicksals. Wie eine Sklavin, die sich wohl nie gegen ihren mächtigen Herrn erheben und aus der Gefangenschaft entfliehen konnte.

Sie griff ein letztes Mal nach oben und zerrte sich über den Scheitelpunkt der Beugung hinweg. Dort wünschte sie sich einen kurzen Moment zu verweilen, doch die sich nähernden Flammen ließen sie nicht ruhen. Sie sprang von dem Stamm hinunter und prallte geschwächt auf dem Waldboden auf. Mit dem Kopf voran war sie aufgekommen.

Ihre Beine waren so schwach, dass es ihr Angst bereitete.

Dennoch richtete sie sich unter Qualen auf und rannte weiter um ihr Leben.

„Elozar!“, rief sie, obgleich sie wusste, dass der Löwe nicht kommen würde, *„Elozar!“*

Sie brach in Husten aus.

„Hierher!“ brüllte sie dann, als sie vermutete, dass sie bald eine weitere Welle von Tieren überrollen würde.

Plötzlich sprang ein prächtiges Labru über den Stamm. Hinter ihm folgten weitere Labras.

„Hierher, Herr der Tiere!“, rief sie das hirschähnliche Wesen an.

Dieses schwang das große Geweih und trabte röhrend in Taylas Richtung.

„Die Halbgöttin, die Tochter des Löwengottes, bittet dich um deine Hilfe.“, sagte sie, als das Labru vor ihr angelangt war.

Dieses schaute sie aus seinen klugen Augen an und neigte den Kopf, als würde es sich vor ihr verneigen.

Tayla ergriff das Geweih des Labrus und schwang sich auf dessen Rücken. Das hirschähnliche Wesen schnaubte und stampfte mit den Vorderläufen.

„Lauf!“, schrie Tayla.

Das Labru röhrte und galoppierte davon. Ihre langen, braunen Haare wurden vom Wind gepeitscht.

Es dauerte nicht lange, und das Labru hatte die erste Welle von flüchtenden Tieren eingeholt. Dank seiner außerordentlichen Schnelligkeit lief der Herr der Tiere schon bald an deren Spitze.

Tayla lenkte ihr Augenmerk auf die Landschaft. Sie wollte herausfinden, wo genau im Wald sie sich befand. Sie erkannte, dass sie nahe dem Waldbruchbach bei den

Basaltfelshöhlen sein musste.
„Bald erreichen wir Arbor.", fiel ihr daraufhin ein. „Löwengott, wache über die Arboraner und lass sie nicht von den Flammen verschlungen werden!"
Schrecken breitete sich in ihr aus. Sie hatte nicht bedacht, dass auch das versteckt lebende Waldvolk dem Waldbrand ausgesetzt war.
„Thorak, Lethiel, Norolana! Ich muss sie retten!", sagte sie bei sich, „sie werden, nein, sie *müssen* meine Hilfe annehmen."
Tayla erinnerte sich an den Tod ihres einstigen Meisters Steve, an dem sie, wie Norolana, die Führerin der Arboraner, dachte, die Schuld trug.
Seit Steves Todestag hatte sie die verborgene Stadt in den Bäumen lediglich einmal betreten, und das nur, um das Volk um Verzeihung zu bitten. Doch Norolana hatte sie nicht erhört und gefordert, dass sie die Stadt verließ.
„Ich werde sie vor dem Tod bewahren.", entschied Tayla und beschloss über die tragische Vergangenheit hinweg zu sehen. Gleichzeitig hoffte sie, dem Waldvolk auf diesem Weg endlich beweisen zu können, dass sie vertrauenswürdig und ein Freund war.

„Halte ein.", sagte sie nach kurzer Zeit des Reitens zu dem Labru.
Dieses stemmte seine Vorderläufe augenblicklich in den trockenen Waldboden und kam rutschend aus vollem Galopp zum Stehen.
Tayla schwang sich unter Schmerzen von dem Rücken des Wesens und sprach: „Führe sie auf die andere Seite des Baches. Dort seid ihr vor den Flammen sicher." Sie deutete auf die Tiere, die an ihnen vorbei preschten. „Doch lauft rasch und bleibt auch am Südufer nicht stehen. Lauft weiter

gen Süden und bringt euch in Sicherheit.“

Sie gab dem Labru einen Klaps auf den hinteren Schenkel. Es schnaubte und galoppierte davon, wieder an die Spitze der Flüchtenden.

Tayla wusste, dass es von hier bis nach Arbor nicht mehr weit war. Unverletzt hätte sie den Weg innerhalb weniger Minuten zurückgelegt. Nun hoffte sie, dass sie es nach Arbor schaffte, bevor die Flammen die Stadt erreichten.

Der Elf Lethiel schwang in seiner Schmiede im äußeren Verteidigungsring Arbors den Hammer. Mit lautem Klingen bearbeitete er das glühend rote Metall auf dem Amboss.

Seine Schmiede war in rötliches Licht gehüllt.

Lethiel hob erneut den rechten Arm, um den Hammer auf das Metall hinabsausen zu lassen. Doch dann sah der schlanke, hochgewachsene Elf auf. Bedacht legte er den Hammer auf den Amboss und ging geschmeidigen Schrittes zu einem Fenster. Angestrengt lugte er aus der schmalen Öffnung und sah gen Norden, wo die Königsstadt Gelese lag.

„Was erblickt Euer Auge?“

Lethiel wandte sich um und sah den arboranischen Krieger Thorak. Er stand in der Türe seiner Schmiede. Sein dunkles Haar war geflochten und der Bart gestutzt. Lethiel nahm die Blicke von ihm und schaute erneut aus dem Fenster.

„Ich sehe Rauch, Thorak.“, antwortete der Elf. Er nahm seine Blicke nicht von dem Punkt der Landschaft, den er zuvor betrachtet hatte.

„Rauch? Wie Rauch eines kleinen Feuers zum Braten von Fleisch?“

„Ja, wie der Rauch eines Feuers zum Braten von Fleisch. Von blutigem Fleisch, von lebendigen Wesen.“

„Was sagt Ihr?“

Thorak trat näher an den Elf heran.
„Seht selbst.“, forderte Lethiel ihn auf.
Der arboranische Krieger stellte sich neben Lethiel ans Fenster und sah hinaus.
Dieser hatte die Wahrheit gesprochen. Es waren tatsächlich dichte Rauchschwaden über den Baumkronen im Norden zu sehen.
„Ein Waldbrand!“, rief Thorak aus, „wir müssen Norolana benachrichtigen!“
„Benachrichtigen solltet *Ihr* Norolana. Wie Ihr seht habe ich zu tun.“
„So legt den Hammer nieder und bewahrt Arbor vor dem Untergang! Es macht keinen Sinn eine Waffe zu schmieden, wenn es keinen Krieger mehr gibt, der sie führen kann!“
„Herrscht einen Elf, besonders wenn dessen Name Lethiel lautet, nicht an, Thorak. Und nun schert Euch aus meiner Schmiede, oder ich werde Euch eigenhändig aus dem Fenster werfen.“ Lethiels Stimme war gleichmäßig und gelassen wie immer.
Thorak knirschte verdrossen mit den Zähnen: „Schön, doch erwartet nicht, dass ich komme um Euch zu retten wenn die Flammen Arbor zu verschlingen drohen!“
Er eilte aus der Schmiede.
Thorak wollte, so schnell es nur irgend möglich war, zu der Führerin seines Volkes. Auf dem kurzen Weg zu Norolanas Baumhaus kommandierte er sämtliche Krieger die ihm begegneten.
„Gebt Alarm! Ein verheerender Waldbrand erreicht uns bald! Gebt Alarm! Sagt allen Arboranern, dass sie sich in Silva einzufinden haben!“

Ohne anzuklopfen polterte Thorak in das Baumhaus der Führerin der Arboraner: „Norolana!“

Die alte Frau mit den schlohweißen Haaren saß auf einer Bank zwischen vielen Kräutern, die sie zum Trocknen an dünne Fäden gespannt hatte.

„Es brennt, Norolana! Der Süden des Lorolas Waldes steht in Flammen."

Norolana hob ihren Kopf und sah Thorak aus müden, dennoch glänzenden Augen an.

„Ja, das tut er."

Der Krieger schüttelte den Kopf: „So tut etwas!"

Die alte Frau erhob sich bedacht von der Bank und ging zu Thorak, der noch immer in der Türe stand: „Kommt schon herein."

Sich unverstanden fühlend, trat er ins Baumhaus und Norolana schloss die knarrende Holztüre.

Als Thorak gerade Luft holte, um die Führerin erneut zum Handeln zu drängen, schnitt Norolana ihm das Wort ab: „Habt keine Angst vor dem Feuer, wir sind in Sicherheit."

Thorak blieb stumm.

„Arbor wurde, gleich nachdem wir es erbaut hatten, von Lethiel und mir von Schutzzaubern belegt. Diese Schutzzauber sollten die Stadt vor Angriffen der Natur schützen. Doch zwei Magiekundige alleine waren nicht in der Lage, Arbor vor mächtigen Naturgewalten zu verteidigen. Also mussten wir die Zauber neu definieren und deren Mächte begrenzen, da sie uns sonst die Lebensenergie aussaugen könnten. Wir durchwebten daraufhin die Bäume, auf denen Arbor erbaut wurde, und Arbor selbst mit Magie, die alle Naturgewalten, die von einem menschlichen Wesen entfacht wurden, an unserer Stadt abprallen lassen."

„Also kann Arbor nicht niedergebrannt werden?"

„Nein, Thorak, das kann es nicht. Jedenfalls nicht von einem Mensch oder einem Elf."

„Doch Ihr könnt nicht wissen, ob das Feuer gelegt wurde,

oder ob es sich durch die Sonne entfacht hat."
„Ich kann es sehr wohl wissen. Ich betrachtete den Wald, beobachtete Tiere und Wetter und erkannte, dass sich der lange Sommer seinem Ende zuneigt und dass bald der Herbst übers Land kommen wird. Also zeigt keine Furcht, Thorak. Jemand muss das Feuer entzündet haben, ganz gleich ob wissentlich oder unwissentlich. Einem könnt Ihr Euch dennoch sicher sein. Arbor wird von den Flammen nicht verschlungen werden."

„Darum verweigerte Lethiel mir zuvor seine Hilfe...", sagte der Krieger zu sich selbst.

Lauter Lärm unterbrach ihr Gespräch. Die Geräusche klangen wie ängstliche und verzweifelte Rufe von Menschen.

Thorak eilte sogleich zur Tür und spähte hinaus.

„Ich kann nicht sehen was geschehen ist.", sagte Thorak.

Er polterte die Treppe herunter und kam auf der sechseckigen Holzplattform unter dem Baumhaus aus.

„Entweder haben die Arboraner den Brand bemerkt, oder etwas anderes versetzte sie in Aufruhr."

Norolana kam zu ihm und erblickte über hundert Menschen, wie sie versammelt auf einer großen Holzplattform standen.

„Aus dem Weg.", sagte sie dann zu Thorak und schob ihn grob beiseite.

Der Krieger sah ihr überrascht nach und blieb allein zurück.

„Was gibt es hier zu sehen?", fragte Norolana, als sie bei der Menschenmenge angelangt war.

Die, die vor ihr standen, sahen betroffen zu ihr auf und dann wieder zu Boden.

Norolana drängte sich zwischen ihnen hindurch, bis sie die Mitte der Versammelten erreicht hatte.

„Halbgöttin?“, stieß sie ungläubig aus, als sie die Tochter des Lichts flach atmend vor sich liegen sah.

Deren Haut war am ganzen Körper verkohlt und glänzte wegen des schmierigen, roten Blutes. Verkrampft kauerte sie auf der Holzplattform und blickte hilfesuchend in den grauen Himmel.

Als Norolana die Fassung zurückerlangt hatte, wies sie ihr Volk an: „Hinfort mit euch!“

Die Arboraner traten widerwillig zurück und verschwanden von der Holzplattform. Norolana hatte sich derweil zu Tayla heruntergebeugt und ihr blutig rotes Gesicht in die Hände genommen.

„Halbgöttin.“

„Verzeiht mir, Norolana.“, brachte Tayla unter Qualen hervor, „vergebt mir all meine Sünden. Vergebt mir.“

Norolana festigte den Griff um ihr Gesicht und sah ihr starr in die Augen.

„Thorak, kommt her. Rasch!“, wies die Alte an.

Der Krieger kam herbeigeeilt und erstarrte, als er Tayla vor sich liegen sah.

„Tayla! Was ist mit Euch geschehen?“ Entsetzen sprach aus ihm.

„Der Lorolas Wald steht in Flammen. Ein verheerender Waldbrand wird Arbor bald erreichen.“, hustete Tayla bis ihre Stimme vollends versagte. Sie war nicht mehr fähig, auch Thorak um Verzeihung zu bitten. Sie hatte ihn lediglich mit von Pein gezeichneten Augen ansehen können und hoffte, dass er die Botschaft ihres Blickes verstehen würde.

„Tragt sie in mein Baumhaus, Thorak. Sie benötigt Arznei.“, befahl Norolana und richtete sich stöhnend auf.

Thorak wollte sich ihr zur Seite stellen und ihr beim Aufstehen helfen, doch Norolana lehnte mit scharfer Stimme ab: „Ich bin zwar eine alte Frau, doch das schaffe ich sehr wohl alleine.“

Dann war die Führerin der Arboraner vorausgegangen.

„Ich werde versuchen, Euch keine größeren Schmerzen zuzufügen, als die, die Ihr ohnehin zu erleiden habt.“, sagte Thorak, bevor er seine starken Arme um Tayla legte und sie behutsam aufhob.

Taylas Kehle entfuhr ein scharfes Zischen, als Thorak ihr verbranntes Fleisch berührte.

„Verzeiht mir.“, sagte er, bevor er ihren Leib fester umschloss.

Tayla traten Tränen in die Augen, doch sie zwang sich gegen die Schmerzen anzukämpfen und nicht zu schreien. Die Berührungen des Kriegers brannten wie das lodernde Feuer, das dem Wald Stück für Stück das Leben nahm.

Der kurze Weg bis zu Norolanas Baumhaus schien ihr wie der weite Weg bis nach Gelese. Sie war schon bald nicht mehr fähig, die Umgebung wahrzunehmen und sah nur noch Thorak an, der ihr Halt bot.

Als Thorak auf der sechseckigen Holzplattform unter Norolanas Baumhaus angelangt war, klammerte Tayla sich an seinen ledernen Brustharnisch.

„Was habt Ihr, Tayla?“, fragte er sie besorgt und blieb kurz stehen.

Tayla schluckte und eine einzelne Träne perlte über ihre Wange: „Wisst Ihr wo Elozar ist?“

Der Gedanke an Elozar schmerzte sie mehr als alles andere.

Thorak senkte den Blick: „Nein, Halbgöttin, das weiß ich nicht.“ Er stieg die Treppe hinauf und trat in das Baumhaus.

Norolana hatte auf dem Boden bereits große Bahnen von Tuch ausgebreitet. Sie bedeutete dem Krieger Tayla darauf abzulegen.

Der Halbgöttin rannen Tränen über die Wangen, als sich

der Stoff in ihr heißes Fleisch drückte: „Es brennt. Ihr müsst gegen das Feuer ankämpfen.“, weinte Tayla, die bald jegliche Kraft verlassen würde, „sorgt euch nicht um mich. Ich bin stark.“

„Ihr mögt große Kräfte besitzen, Halbgöttin. Diese sind dennoch nicht groß genug um Euch am Leben zu erhalten, wenn Ihr solche Verletzungen und Verbrennungen davongetragen habt.“, widersprach Norolana.

„Doch, das sind sie. Das sind sie gewiss...“

Mehr war Tayla nicht mehr im Stande zu sagen, denn sie fiel in eine endlose Finsternis.

Thorak war von Norolana aus dem Baumhaus hinausgebeten worden, nachdem Tayla das Bewusstsein verloren hatte. Er hatte sich dieser Anordnung nicht widersetzt. Dennoch hatte er, bevor er die Schwelle überschritten hatte, noch einmal zu der Halbgöttin gesehen.

Nun stand er auf der sechseckigen Holzplattform unter Norolanas Baumhaus und sah auf Arbor hinab. Seine Gedanken kreisten um Tayla und um das Fortbestehen der Baumstadt, um das Fortbestehen einer ganzen Zivilisation. Beide Sorgen füllten seine Gedanken und ließen ihn unentschieden zurück.

Der Krieger Arbors sah mit leerem Blick an sich hinab. An seinem ledernen Harnisch haftete halbgöttliches Blut.

„Es steht nur noch in Norolanas Macht, ob sie überlebt.“

Da Thorak wusste, dass sich alle Arboraner in Zeiten der Not in Silva einzufinden hatten, machte er sich auf zur Burg. Auf dem Weg meinte er, dass leichte, wogende Wellen von warmer Luft nach Arbor strömten. Sie trugen den Gestank von verbranntem Fleisch herbei.

Als Thorak Silva erreicht hatte, betrat er die Burg über die südliche Toranlage. Er eilte im Laufschritt durch die hölzernen Flure, bis er in den Palas gekommen war. Dort befand sich eine große Tafel, an der nahezu alle Arboraner Platz fanden.

Sämtliche Blicke richteten sich auf den Krieger, als er den Palas betrat, und ängstliche Rufe hallten ihm entgegen.

„Beruhigt euch.“, wies Thorak die Arboraner an.

„Der Wald brennt!“, rief ein bärtiger Mann namens Gerion aus.

Er war ein arboranischer Waffenschmied und Vater von Alrik.

„Das ist mir bekannt, Gerion.“, erwiderte Thorak.

„Was ist mit der Halbgöttin geschehen?“, fragte ein braunhaariges Mädchens namens Lara.

„Ich weiß es nicht genau... Doch eines kann ich dir sagen, Lara. Die Halbgöttin wird ihren Verletzungen nicht erliegen, gleich welchem Ursprung sie auch sein mögen.“, antwortete Thorak, während er erneut das Blut auf seiner Rüstung betrachtete.

„Genug des Geschwafels von der Halbgöttin!“, empörte sich Gerion und hob seinen Schmiedehammer, der zuvor an seinem Gürtel gesteckt hatte, „der Wald brennt! Dies sollte uns mehr kümmern, als ein jämmerliches Weib!“

Thorak trat vor Gerion und packte die Hand, in der er den Hammer hielt: „Noch eine solche Beleidigung und Euer Leben ist verwirkt, Schmied!“

Der Waffenschmied funkelte ihn aus seinen schmalen Augen an, zischte verächtlich und sah dann zu Boden.

„Gerion spricht die Wahrheit. Der Wald brennt!“, rief Thorak aus, „doch zeigt keine Furcht. Die Flammen können Arbor nichts anhaben!“

Misstrauische Blicke begegneten den Seinen. Thorak ließ

sich von dem Glauben, dass Norolana die Wahrheit gesprochen hatte, nicht abbringen.

„Schenkt mir euer Vertrauen, Arboraner. Vertraut in den Bataillonsführer und Krieger, der einer von euch ist.“ Thorak sah sie alle an: „Doch nun muss ich gehen.“

Viele riefen ihm nach und verlangten, dass er bei ihnen bleiben sollte. Doch Thorak hatte nicht im Sinn sein Vorhaben aufzugeben. Der Krieger rannte durch die Burg, bis er die südliche Toranlage erreichte.

„Thorak! Ihr dürft Silva nicht mehr verlassen!“, mahnte einer der Wachen.

„Weist Euren befehlshabenden Hauptmann nicht zurecht.“, erwiderte Thorak.

„Die Gefahr ist zu groß. Wir dürfen Euch nicht mehr passieren lassen.“

„Niemand außer mir ist in der Position Euch für dieses Vergehen zu bestrafen.“

Mit diesen Worten lief er davon.

Lethiel stand auf der Holzbrücke vor seiner Schmiede im äußeren Ring der Stadt. Am Horizont konnte er die Flammen sehen, die dem Wald alles Leben raubten. Der Himmel hatte bereits begonnen, die dunkle Farbe des Rauchs anzunehmen.

„Lethiel!“, hörte er eine Stimme rufen.

Er wandte sich um, und erblickte nicht weit von sich Thorak auf einer Holzplattform. Als der Krieger bemerkte, dass er ihn entdeckte hatte, kam er zu ihm.

„Und ich war in dem wundervollen Glauben, dass ich Euch nicht mehr sehen würde, Thorak. Wie sagtet Ihr noch gleich? Ach ja, Ihr sagtet 'Schön, doch erwartet nicht, dass ich komme um Euch zu retten, wenn die Flammen Arbor zu verschlingen drohen'."

In Lethiels Stimme und Haltung klang nicht ein Hauch der Ironie. Er stand aufrecht da und hatte die Arme hinter dem Rücken verschränkt. Das lange, dunkle Haar fiel ihm über die Schultern und rahmte sein schmales Gesicht ein.

Thorak wich grinsend einen Schritt von dem Elf zurück und räusperte sich: „Es tut mir Leid Euch enttäuschen zu müssen, doch Euer Ende steht Euch wohl doch noch nicht bevor."

Nun erschien auf Lethiels farblosen Lippen ein Hauch von einem Lächeln. „Was ist mit Euch geschehen?", fragte er ohne Thorak anzusehen.

„Was soll mir widerfahren sein?"

„Eure Rüstung ist blutverschmiert. Daher frage ich mich, woher dieses Blut stammt..."

Thorak rang nach Atem: „Die Halbgöttin ist zurückgekehrt."

„Dennoch lässt mich Eure Stimmlage darauf schließen, dass dies nichts Gutes verheißt.", erläuterte Lethiel, nun wieder dem nahenden Feuer zugewandt.

„Nein, das tut es auch nicht."

Der Elf sah auf: „Erklärt es mir."

„Das Blut stammt von Tayla."

„Was sagt Ihr da?"

„Es stammt von Tayla. Ich weiß nicht genau, von wo sie kam. Wahrscheinlich aus dem brennenden Norden. Aus dem Norden, der bereits von den Flammen genommen wurde."

„In welchem Zustand war sie?"

„Ihre Haut war verbrannt, das Fleisch verkohlt oder blutüberströmt. Wie Ihr wisst, bin ich kein kundiger Heiler. Mir schien es, als würde sie noch von etwas anderem, als nur von ihren augenscheinlichen Leiden gepeinigt zu werden."

„Wo ist die Halbgöttin jetzt?“

„Sie befindet sich in Norolanas Obhut.“

„Norolana ist fähig ihre Wunden und Verbrennungen zu heilen? Verfügt sie über genügend Arznei?“

„Ich denke, dass wir uns um Tayla nicht sorgen müssen. Norolana hält ihre heilende Hand über sie und versorgt sie so gut sie kann.“

Lethiel hob eine der schmalen Augenbrauen: „Sicher... Sicher wird sie das.“ Er warf Thorak einen scharfen Blick zu: „Wird unsere Führerin über die vergangenen Geschehnisse hinwegsehen können?“

Thorak wusste sofort, dass Lethiel von Steves Tod sprach: „Ich hoffe es.“

Wieder fand Lethiels Blick den des Kriegers: „Dann liegt das Schicksal der Halbgöttin jetzt in ihren Händen.“

„Habt Vertrauen in sie, Lethiel. Norolana wird sich nicht von ihren gekränkten Gefühlen verleiten lassen, Tayla ihre Hilfe zu versagen.“

„Das hoffe ich.“

Thorak trat von einem Fuß auf den anderen und ergriff nach längerem Schweigen das Wort: „Wenn Euch die Vorstellung, dass Tayla sich in Norolanas Obhut befindet, beunruhigt, solltet Ihr zu der Führerin gehen und Euch von ihren Absichten überzeugen.“

„Nein, das werde ich nicht tun. Der Glaube an die gute Seele und das reine Herz dieser Frau gebietet es mir Ruhe zu bewahren.“

Der Krieger legte seine Hand auf den Knauf seines Schwertes und nickte leicht.

„Das Feuer naht.“, bemerkte der Elf.

Thorak trat neben Lethiel an die Brüstung der Holzbrücke und sah zum Horizont: „Bald wird es Arbor erreichen. Hoffen wir, dass die Baumstadt wirklich gegen diese Macht geschützt ist.“

Der Krieger Arbors blickte auf die Flammen in der Ferne. Wenn er dazu fähig wäre, würde er sein Schwert ziehen und sie damit erschlagen. Doch Feuer ließ sich nicht von Metall ersticken. Feuer verschlang Schwerter wie Fleisch. Da machte es keinen Unterschied.

„Ich werde nach Silva gehen, Lethiel.“, begann Thorak, „werdet Ihr mich begleiten?“

„Nein. Ich werde der Gefahr ins Auge sehen und als erster sterben, wenn Arbor genommen wird.“

Thorak blieb nichts anderes übrig, als diese Entscheidung zu akzeptieren.

Es verstrich noch einige Zeit, bis die Flammen Arbor erreichten. Die Nacht tastete bereits mit ihren grauen Fingern nach den Ländern des Löwengottes, als die ersten Flammen nach der Stadt in den Bäumen gierten. Den nördlichen Teil des äußeren Rings erreichten sie zuerst. Dort lag auch Lethiels Schmiede.

Der Elf stand allein und regungslos auf der bogenförmigen Holzbrücke vor seiner Schmiede. Der Wind, der in diesen Höhen herrschte, wirbelte ihm durchs Haar und ließ es nach hinten peitschen. In seinen klugen Augen spiegelte sich das wütende, zerstörerische Feuer. Lethiel atmete die rußige Luft ein. Er ekelte sich vor dem Gestank von verbranntem Fleisch. Unter sich auf dem Waldboden sah er Tiere und andere Wesen des Waldes panisch vor dem Feuer fliehen. Über seinem Kopf stiegen Vögel auf und stießen verängstigte Schreie aus. Auch die Tiere am Boden schrien und brüllten. Aus den Schreien war nicht nur Furcht herauszuhören. Zorn hallte in ihnen wieder. Unermesslicher Zorn auf die, die dieses Unheil heraufbeschworen hatten.

Lethiel nahm die Gefühle der Tiere in sich auf und hatte

Mühe sich zu beherrschen. Der Elf, der seine Gefühle für gewöhnlich nie offenbarte, ballte seine schlanken Hände zu Fäusten und grollte. Ruhe und Zuversicht fielen von ihm ab, und er lehnte sich weit über die Brüstung. Er sah erneut auf die Tiere hinab. Nun erkannte er einige, die dem Feuer nicht entkommen konnten. Es waren ein paar Hirsche und zwei Wölfe, die in Flammen standen und heulend davonliefen.

In Lethiels Augen loderte ein Funke der Wut auf.

Er zog seine lange Klinge und wog sie in der Hand: „Keine Waffe der Sterblichen Welt kann diese Naturgewalt bezwingen! Nur Magie kann es tun."

Er hatte sich einst geschworen, von seiner Fähigkeit Magie zu wirken keinen Gebrauch mehr zu machen. Jetzt überging er dieses Versprechen. Er sprach fremdartige Worte und lenkte seinen Blick auf die brennenden Tiere. Die Flammen, die nach deren Leben gierten, wurden erstickt.

Lethiel sah wieder auf und stand plötzlich Auge in Auge mit der Flammenwand. Der Elf spürte die Hitze in seinem Gesicht. Sie drang sogar durch seinen Harnisch. Er wartete geduldig darauf, das die ersten Flammenzungen nach ihm und Arbor gierten.

Dann war es soweit, die Flammen loderten mit scheinbar doppelter Intensität auf und kämpften gegen die unsichtbare Barriere, die Arbor schützte, an. Doch egal wie sehr das Feuer loderte, durch die Schutzzauber gab es kein Durchdringen.

Tayla erwacht

Finsternis und Tod hatten sich über den Lorolas Wald und dessen Bewohner gelegt. Dunkle Rauchschwaden verdeckten das Firmament und drohten alle Hoffnung zu ersticken. Doch die Sonne durchbrach die Dunkelheit und schenkte den Gequälten Wärme und Licht. Es sollte nicht das Ende sein.

Tayla schlug die Augen auf. Sanftes, gelbliches Licht drang in den sonst dunklen Raum. Sie versuchte ihren Kopf zu heben, gab dieses Vorhaben aber sogleich wieder auf. Ein pochender Schmerz entflammte in ihrem Nacken. Dieser Schmerz breitete sich unaufhaltsam über den ganzen Körper aus.

Taylas Kehle entfuhr ein scharfes Zischen, als ihre Muskeln verkrampften. Sie gab sich für einen Moment der Hoffnung hin, dass die Schmerzen verebben würden. Doch im Gegenteil – sie wurden zu einer unerträglichen Pein.

„Aufhören!“, schrie sie unter Tränen, „aufhören! Lasst mich zufrieden! Aufhören!“

Bald bemerkte sie, dass dieser Schmerz etwas war, das ihr bereits widerfahren war. Es waren die Qualen, die sie heimgesucht hatten, als ihr das Amulett von Ugbold und Hilda gestohlen worden war und es waren die Qualen, die sie durchlebt hatte, als Zacharias in jener schicksalhaften Nacht bei ihr gewesen war.

„Mein Amulett!", schoss es ihr in den Sinn, „mein Amulett!"

Für einen kurzen Augenblick war sie fähig die Schmerzen zu vergessen und sie tastete nach dem tränenförmigen, goldenen Anhänger. Sie trug ihn nicht mehr um den Hals.

Tayla schrie so laut, dass ihre markerschütternden Schreie in ganz Arbor widerhallten. Ungehalten krümmte sie sich, schlug und trat wild um sich, ungeachtet aller Qualen.

„Tayla!" Plötzlich kam jemand in den dunklen Raum geeilt. Es war Thorak: „Tayla, beruhigt Euch! Beruhigt Euch."

„Nein!", brüllte Tayla verzweifelt unter Tränen, „nein!"

„Halbgöttin, ich flehe Euch an, bitte findet zu Euch.", sagte Thorak, während er sich neben sie kniete.

„Zu wem soll ich finden? Nichts existiert mehr!"

Der Krieger ergriff ihre Hände und drückte sie so fest er konnte, obgleich er sah, dass sie mit Leinentüchern umwickelt waren: „Ihr seid nicht alleine, Tayla. Ich bin bei Euch."

„Verschwindet! VERSCHWINDET!", schrie sie den Krieger an. Sie entriss ihm ihre Hände, sprang auf und schlug wie wahnsinnig geworden auf ihn ein.

„*Tayla!* Haltet ein!"

Doch sie konnte nicht aufhören. Sie war so in ihrer Wut und der Verzweiflung gefangen, dass sie fähig war einen Mann zu verletzen, der immer zu ihr gehalten hatte. Bilder der Vergangenheit spülten unbarmherzig über sie hinweg. Sie sah Zacharias vor ihrem inneren Auge, spürte seinen letzten Kuss auf ihren Lippen. Dann wurde sein unvergleichliches Antlitz verbrannt und Flammen züngelten vor ihr. Der goldene Löwe Elozar wurde vom Feuer umringt.

Auf einmal brach die Bilderflut ab. Noch immer schlug Tayla unkontrolliert auf den Krieger ein.

„Halbgöttin!“ Thorak wich zurück und sprang an eine Wand.

„Macht das es aufhört! Macht das es aufhört, Thorak!“

„Was soll aufhören, Tayla?“

„Drängt meinen Peiniger zurück. Löscht das Feuer, das in mir brennt!“

Als Thorak sie fassungslos und überfordert ansah, erkannte Tayla, dass sie ihn mit ihren wütenden Hieben und Tritten verletzt hatte: „Es tut mir so Leid...“

„Legt Euch zur Ruhe, Tayla. Es wird Euch besser gehen, wenn Ihr etwas geschlafen habt.“

Thorak legte seine Hand behutsam auf ihre Schulter und führte sie zu dem Holzblock mit den Labrufellen, auf dem sie auch zuvor gelegen hatte. Nun erkannte Tayla, dass sie sich in der Baumhöhle in Arbor befand. Sie brach bei dem Anblick dieser vertrauten, unbeschadeten Umgebung in Tränen aus.

Thorak festigte seinen Griff um ihre Schultern und zwang sie mit leichtem Druck sich hinzusetzen. Tayla wollte daraufhin mit ihren Händen durch die weichen Labrufelle streichen, doch sie konnte nichts spüren. Sie blickte misstrauisch auf ihre Hände und bemerkte erst jetzt, dass sie verbunden waren.

„Was ist geschehen?“, fragte sie in Panik auszubrechen drohend, „Thorak, was ist geschehen?“

Der Krieger suchte nach den richtigen Worten, um Tayla zu erklären, warum ihre Hände verbunden waren. Er suchte nach den Worten, die ihr die Wahrheit so schonend wie möglich beibrachten. Sie aber ließ ihm nicht die Zeit, die von Nöten gewesen wäre. Mit den Zähnen riss sie sich die Leinentücher von den Händen. Als Tayla auf rohes Fleisch blickte, begann sie panisch zu schreien.

Der Krieger versuchte sie vergeblich zu beruhigen.

„Meine Haut!“, schrie sie von Furcht und Ekel erfüllt weiter.

Dann ließ sie ihre verängstigten Blicke an ihrem Körper herunter wandern. Ihr gesamter Brustkorb, ebenso wie der linke Oberschenkel, der linke Knöchel und der rechte Unterarm waren verbunden. Ungeachtet aller Schmerzen und Ängste, wollte Tayla sich auch die anderen Verbände vom Körper reißen.

„Nein, Halbgöttin! Tut das nicht!“, versuchte Thorak sie von ihrem Vorhaben abzubringen. Er griff nach ihren Händen, als sie nach den Verbänden tastete.

„Lasst mich los!“, zischte sie unter Tränen, „lasst mich los!“ Hass und Zorn klangen in ihrer Stimme mit.

Thorak schauderte, als sie ihn das zweite Mal zum Loslassen aufgefordert hatte. Dennoch fand er schnell wieder zu seiner inneren Stärke: „Ich werde Euch nicht loslassen, Tayla. Hört Ihr? Ich werde nicht zulassen, dass Ihr Euch das antut!“, sprach er voller Entschlossenheit, „seht mir in die Augen.“

Tayla hob ihren Blick.

„Ich werde es nicht zulassen.“

Mit diesen Worten ließ er von ihren Händen ab. Er trat dennoch keinen Schritt zurück, blieb stattdessen so nah bei ihr stehen, dass er schnell in das Geschehen eingreifen konnte.

Da zog sich ein langer Schatten durch die Baumhöhle. Er gehörte zu Lethiel.

„Tretet beiseite.“, forderte er Thorak mit nie gekannter Härte in der Stimme auf.

Als sich der arboranische Krieger seinem Befehl widersetzte, sprang Lethiel vor und rammte ihm ansatzlos den Knauf der Klinge in den Magen. Mit einem ächzenden Stöhnen ging Thorak zu Boden. Dort erstarrte er in einer gekrümmten Haltung.

Ohne weiter auf seinen gefallenen Gegner zu achten, ging Lethiel zu Tayla. Eine lange Zeit sahen sie sich nur an. Lethiel konnte dabei aus Taylas Blicken jegliche Gefühle entnehmen, die sie bald überwältigen würden. Er nahm ihre Schmerzen, die unermessliche Wut und vor allem die Trauer um den Halbgott Elozar in sich auf.

Als er erkannte, dass der Druck zu groß wurde, murmelte er leise Worte. Als der Elf geendet hatte, kippte Tayla unsanft zur Seite und erstarrte zur Regungslosigkeit.

In die Flammen !

Während Tayla in Arbor ruhte, war der Kratagoner und Gesandte Zacharias auf dem Greif Arkas unterwegs. Der attraktive Mann mit den blauen Augen und dem herkulischen Körper trug seine Rüstung, die von kratagonischen Schmieden angefertigt worden war. Noch befanden sie sich im Felsgebirge Caél, welches im Nordosten von der Königsstadt Gelese und dem Lorolas Wald lag.

Zacharias schloss das goldene Amulett, welches er an seinem Gürtel befestigt hatte, in seine Faust ein. Dann sah er kurz auf das göttliche Relikt mit der blutroten Götterzeichnung hinab und erinnerte sich an seine Besitzerin. Er erinnerte sich an Tayla, die Halbgöttin, die Tochter des Lichts. Augenblicklich drängte sich ein Bild von ihrem Gesicht in sein Bewusstsein. Seine freie Hand streckte er unwillkürlich nach diesem aus. Mit seinem Daumen strich er über ihre Lippen und er blickte in ihre braunen Rehaugen. Er ließ eine Strähne ihres langen, braunen Haares, welches in diesem Moment so real wirkte, durch die Finger gleiten. Dann verschwamm ihr Antlitz und in Zacharias' Sichtfeld trat wieder die finstere Wand aus Rauch in weiter Ferne.

„Flieg schneller, Arkas.“, forderte er den Greif auf.

Dieser stieß einen gellenden Vogelschrei aus und schlug hart mit den schwarz gefiederten Schwingen. Ein heftiger Ruck ging durch den Körper des Flugwesens, der Zacharias dazu zwang, sich am Sattel festzuhalten.

„Lass es noch nicht zu spät sein.“, sagte der Kratagoner bei sich, „lass sie noch leben. Ich flehe dich an, treibe sie nicht in den Tod.“ Zacharias wusste selber nicht, zu wem er betete. Doch er musste seinen Glauben und seine Hoffnung in etwas legen, auch wenn es nicht existierte. Ohne diese Hoffnung hätte sein Leben den Sinn schon jetzt verloren.

„Nimm der Halbgöttin nicht das Leben.“

Zacharias hielt für die nächste Zeit an dem verzweifelten Gedanken fest, dass es in der Ferne oder in einer anderen Welt jemanden gab, der Herr über Leben und Tod war.

Ruckartig wurde er aus seinen Gedanken gerissen. Hinter den Bergen aus Stein erstreckte sich der Lorolas Wald. Zacharias hatte diesen Wald als ein blühendes Paradies in Erinnerung. Er sah die gigantischen Bäume und die wundersamen Wesen, die dort hausten, nahezu vor sich. Nichts von dieser Erinnerung war erhalten. Helle Flammen loderten dort, wo einst der größte Wald des Landes gewesen war. Die genauen Ausmaße des Waldbrandes konnte Zacharias nur erahnen. Arkas und er waren noch zu weit von dem Schicksalsort entfernt.

„Ich kann nur beten, dass sich Tayla nicht inmitten des mörderischen Feuers befindet.“

Sie erreichten den Lorolas Wald am frühen Nachmittag. Arkas näherte sich dem roten Meer von Nordosten. Bevor er aber über das wogende Feuer hinwegflog, legte er deutlich an Flughöhe zu. Der starke Rauch verschlechterte die Sicht dramatisch. Zacharias hatte seine suchenden Blicke stets auf den Boden gerichtet. Er hoffte Tayla irgendwo entdecken zu können.

„Halte ein, Arkas.“, wisperte er abrupt misstrauisch geworden.

Der Greif riss sein Adlerhaupt hoch und zischte angriffslustig. Dann gehorchte er seinem Reiter. Dieser forderte ihn auf, sich in Richtung des Waldrandes zu drehen. Dort standen sechs dunkle Gestalten.

„Die Gesandten!“, rief Zacharias erschrocken.

Arkas zischte erneut und riss den Kopf herum, als würde er angreifen wollen.

„Wir können deinen Herrn nicht holen, Arkas.“, sagte Zacharias eindringlich, „noch muss Rowan bei ihnen bleiben. Ich würde ihn nur in große Gefahr bringen, wenn ich zu ihm flöge. Mir bleibt einzig die Hoffnung, dass die Gesandten, samt ihrem Anführer, mich nicht entdeckt haben. Flieg tiefer in den Rauch hinein, Arkas. Keiner von ihnen wird uns so erspähen können.“

Unten am Boden stand der Bund der Gesandten neben dem Anführer Juda am Rand des Lorolas' Waldes.

Der barhäuptige Mann mit dem Stiernacken, den tiefliegenden Augen und den schmalen Lippen stand an der Spitze der Formation und hatte die muskulösen Arme vor der Brust verschränkt. Seine finsteren, mordlustigen Gedanken kreisten stetig um die Tochter des Lichts, den halbgöttlichen Sohn des Löwengottes und den Hochverrat, den Zacharias begangen hatte.

Die sechs Kratagoner betrachteten ihr grausames Werk, geboren aus dem Hass und der Abscheu gegen die Götter des Lichts. In ihren Augen spiegelte sich das lodernde Feuer wieder, das unersättlich danach strebte zu wachsen und die gesamte Welt zu verschlingen.

Zu Judas Linken standen der Bogenschütze Rowan und der weise Hexenmeister, um dessen Namen niemand wusste. Zu seiner Rechten befanden sich der Erfinder Karlsson und die anderen beiden Gesandten.

Juda ließ seine Blicke nicht von der Feuerwand vor ihm weichen, deren Anblick in ihm ein Gefühl der Erregung heraufbeschwor. Die grenzenlose Grausamkeit dieser Flammen erfüllte ihn mit Zufriedenheit und stillte seinen Durst nach heißem Blut. Juda atmete tief ein. Die anderen Gesandten schauten ihn erwartungsvoll an.

„Die Halbgötter brennen.“, begann er mit tiefer Stimme.

„Sie brennen.“, wiederholte er und schien erst jetzt zu verstehen was das bedeutete.

„Kratagon wird schon bald in Lorolas einfallen.“, fuhr er fort und ließ seine durchdringenden Blicke auf jedem der fünf Gesandten für einen Moment ruhen.

„Die Halbgötter brennen! Wir haben ihren Tod heraufbeschworen!“

Zustimmend trommelten die Gesandten auf ihre Brustpanzer.

„Wir haben den verfluchten Bestien den Tod beschert!“

Die Männer brüllten.

„Wir sind die Gottesbezwinger! Wir töteten die Tochter des Lichts, die Tochter des Löwengottes!“

Sie zogen ihre Schwerter und rissen sie in die Luft. Mit dröhnenden Schlägen und lautem Gebrüll hallte ihre Herausforderung durch den Wald.

Plötzlich verstummte ihr von Sieg kündendes Geschrei. Rowan, der sein Gebrüll ebenso einstellte, auch wenn er den Grund dafür nicht kannte, schaute in die angsterfüllten Gesichter seiner Mitstreiter. Lediglich der Hexenmeister schien, wie er selbst, nicht von plötzlicher Furcht ergriffen zu sein. Jedoch machte er den Eindruck den Grund für die unbeschreibliche Panik zu kennen, die sich in den anderen ausbreitete.

In ihren Köpfen erklang eine unheilvolle Stimme, die sie keiner Kreatur zuordneten konnten. Ihre Leiber erzitterten vor Angst.

„Der Bund der Gesandten wird für seine Gräueltaten bezahlen. Ganz Kratagon wird für Euer Vergehen bluten. Die Halbgötter werden sich aus der Asche erheben und stärker als je zuvor zurückkehren! Und die Tochter des Lichts wird heller strahlen, als das gleißende Licht der Sonne!", zürnte der Löwengott in der Götterwelt.

Die starken Leiber der Männer erbebten unkontrolliert. Als die übermächtige Stimme des einen Gottes in ihren Köpfen verhallt war, sahen sie sich von unbeschreiblicher Furcht erfüllt an.

„Der Löwengott.", wisperte Karlsson.

Rowan und der alte Hexenmeister sahen sich kurz an, dann stimmte Rowan in das ängstliche Wispern mit ein: „Es war der eine Gott."

Sämtliche Gesandten sahen zu Juda. Dieser hatte sein Gesicht zu einer schaurigen Fratze verzogen und blickte angewidert in den grauen Himmel. Die Zähne wie eine wilde Bestie gebleckt, knurrte er: „Ich werde mich deiner Macht nie beugen, Löwengott." Seine Miene verhärtete sich und er fuhr mit abscheulich grässlicher Stimme fort: „Meinen Willen wirst du nie brechen. NIEMALS!"

„Der Löwengott wacht über seine Kinder.", sagte der Hexenmeister weise.

„In der Tat. Das tut er." Juda wirkte nachdenklich, „er wacht über seine Kinder!" Nun schien er begriffen zu haben, „wir müssen sie erneut töten!"

„Wir sollen was tun?", fragte einer der Gesandten sichtlich schockiert.

„Wir müssen sie ein zweites Mal töten. Ich will mit meinen eigenen Augen sehen, wie sie zu Grunde gehen."

„Ich werde keinen Fuß in diesen Wald setzten! Er ist verflucht, genauso wie die Gottheiten, die über ihn wachen."

„Ihr werdet mir in diesen Wald folgen, oder Ihr werdet sterben!", drohte Juda, „Eurem Anführer seid Ihr zur Treue verpflichtet und Ihr habt seinen Befehlen Folge zu leisten!"

„Mir ist es gleich, ob ich jetzt oder gleich mein Leben lasse. Ich werde diesen Wald nicht betreten. Ihr habt den Löwengott doch auch gehört, so grausam und unbeugsam! Seine Stimme erscholl doch nicht nur in meinem Kopf, wie eine von Unheil kündende Fanfare!", rief der Gesandte von Furcht ergriffen aus.

„Wie Ihr wünscht! Ihr habt Euer eigenes Todesurteil gefällt!" Juda zog sein Breitschwert und ging auf den Gesandten los, „Ihr werdet den Boden Kratagons nie wieder betreten!"

Der Bogenschütze Rowan, der Hexenmeister, Karlsson und der andere Gesandte blieben regungslos stehen und beobachteten den Kampf. Unbeherrscht hieb Juda mit seinem Schwert auf seinen Gegner ein. Er brüllte laut und unbarmherzig. Der Gesandte verteidigte sich so gut er konnte gegen den Anführer. Doch bald musste er vor diesem zurückweichen. Noch nie hatte er in das Gesicht eines Mannes gesehen, welches so von Zorn gezeichnet war.

Juda brüllte, als er sein Schwert auf die Schulter des anderen niederdonnern ließ: „Elendige, dreckige Made!"

Die 'Made' wand sich panisch, als ihre Schulter zertrümmert wurde. Juda aber kannte keine Gnade. Erbarmungslos schlug er weiter auf den Mann ein. Auch als dieser winselnd am Boden kauerte, gebot er sich selbst keinen Einhalt. Er warf seine Klinge nach weiteren Hieben zu Boden und beugte sich über den Geschlagenen, als würde ein Raubtier seiner Beute die Kehle zerfleischen. Er schloss seine prankenartigen Hände um den Hals des anderen und begann ihn erbarmungslos zu würgen. Seine tiefliegenden Augen zog er dabei zu Schlitzen zusammen.

„Stirb!", zischte er und gab alle Kraft in die Hände.

Der Gesandte schlug und trat hilflos um sich, doch Juda ließ sich nicht von seinem mörderischen Vorhaben abbringen.

„STIRB!"

Die Gliedmaßen des Gesandten zuckten ein letztes Mal, bevor alles Leben aus seinem Körper wich.

Juda richtete sich langsam und triumphierend auf: „Kein Gott ist mächtiger als ein Mann Kratagons. Werdet ihr mir nun folgen?"

Die verbliebenen Kratagoner senkten die Köpfe: „Ja."

Juda nahm den leblosen Leib des Gesandten, als würde er eine Feder aufheben, und warf ihn kaltherzig in die Flammen vor sich.

„Dort kreist etwas am Himmel.", sagte Juda, als er kurz aufgesehen hatte. „Rowan, was seht Ihr?"

Der Bogenschütze machte Gebrauch von seinen geschulten Augen und spähte hinauf: „Es scheint mir ein großes Geschöpf zu sein.", umschrieb er scharfsinnig: „Ja, es handelt sich um ein Flugwesen. Es müsste die Größe eines Pferdes haben."

„Die Größe eines Pferdes?", hinterfragte Juda, „Ihr habt also einen Greif erspäht?"

„Ich kann es nicht mit Gewissheit sagen, aber es könnte sich um einen handeln."

Der Bogenschütze hatte schon längst begriffen, dass es Arkas gewesen war, der über sie hinweggeflogen war. Da Arkas nicht zu ihm gekommen war, musste er Zacharias im Felsgebirge gefunden haben und war mit ihm auf der Suche nach der Tochter des Lichts. Rowan verbot sich dennoch erleichtert aufzuatmen. Gleich wie glücklich er über das Überleben seines Freundes Zacharias war.

Der Anführer der Gesandten nahm das Wort: „Mehr könnt Ihr nicht sehen, Schütze?! Wenn Eure Augen nicht fähig sind mehr zu erkennen, kann ich sie Euch genauso gut ausstechen!“

„Meine Augen sehen besser als die Euren und auch besser als die aller anderen Gesandten. Wenn Euch, Juda, ihre Dienste nicht genügen, werden sie sich Eurem Willen bald nicht mehr beugen.“

„Hütet Eure Zunge, Rowan, oder ich schneide sie Euch heraus!“

Jeder der Gesandten wusste, dass diese Worte keine leeren Drohungen waren.

„Ihr haltet mich wohl für einen dummen Mann, Rowan. Ich habe Euch längst angesehen, dass Ihr mehr in dem Flugwesen erkannt habt. Also gebt die Informationen preis.“

Rowan schwieg.

„Wenn Ihr nicht sofort ausspuckt, wen oder was Ihr erkannt habt, werdet auch Ihr gleich nur noch Asche sein.“

Rowan sprach keine Silbe.

„Wie konnte ich nur so... blind sein? Natürlich ist es Zacharias, den Ihr erkannt habt. Warum solltet Ihr sonst schweigen?“ Juda lachte triumphierend. „Es kann nur dieser dreckige Bastard sein.“ Dann wandte er sich dem Hexenmeister zu: „Folgt mir.“

Juda ging voran. Als er außer Hörweite der anderen Gesandten war, blieb er stehen und wartete bis der bärtige Mann bei ihm war. Dieser stützte sich auf seinen Stab.

„Seid Ihr fähig einen Zauber zu wirken, der uns vor den Flammen schützt?“

Der Hexenmeister fuhr sich mit einer knochigen Hand

durch den langen, weißen Bart: „Haltet Ihr mich etwa für unfähig, Juda?“

„Nein, natürlich nicht.“

„Ich kann Euren Geist beruhigen. Meine Kräfte reichen sehr wohl aus, um unsere vergänglichen Leiber vor den nach Fleisch gierenden Flammen zu schützen.“

Juda sprach seine Befürchtungen aus: „Versteht mich nicht falsch. Ich zweifle nur an Euch, wenn ich dies überhaupt so nennen kann, da in dem Wald die Kinder des einen Gottes hausen.“

Der Hexenmeister stockte nicht einmal: „Diese Überlegung macht Ihr zu spät, Anführer. Vor Wochen wäre es bereits an der Zeit gewesen, dies zu bedenken.“

Juda grollte in sich hinein: „Ich lege hohen Wert auf Eure Worte, Magier, doch vergesst nicht, dass ich der Befehlende bin – und nicht Ihr.“ Mit einem mahnenden Blick verlieh er seinen Worten Nachdruck.

Der Hexenmeister lehnte sich an seinen Stab: „Und Ihr solltet nicht vergessen, Juda, dass Ihr tot wärt, wenn ich es nur wollte. Selbst wenn Ihr zum Anführer ernannt wurdet, und diesen Stand bis zum Überreiz ausnutzt, solltet Ihr bedenken, dass Ihr nicht der Mächtigste in diesem Bund seid.“

Juda zog die dunklen Augenbrauen zusammen: „Das reicht! Wirkt Ihr nun diesen Zauber, oder nicht?“

„Ja, das tue ich. Aber haltet Euch zurück, Juda, denn sonst lasse ich Euch im Feuer verschmoren.“ Die Stimme des Hexenmeisters klang scharf.

Juda begegnete seinem Blick, dann wandte er sich von ihm ab und kehrte zu den anderen Gesandten zurück.

„Wir werden jetzt aufbrechen und in den Wald gehen. Solange, bis wir die Tochter des Lichts gefunden und getötet haben – wenn sie nicht schon dem Tode nah ist.“

Rowan fragte: „Wie soll es uns gelingen, die Halbgöttin lebendig zu erreichen? Der Wald brennt.“

„Der Hexenmeister wird dafür sorgen, dass uns das Feuer nichts anhaben kann.“ Juda deutete auf den weisen Magier, der sich ihnen langsam und mit ernster Miene näherte.

„Aber was ist mit dem Löwengott? Er hat nicht die Macht, um die des Gottes unwirksam zu machen.“, sagte Karlsson.

„Der eine Gott ist nicht einmal in der Lage seinen Sohn und seine Tochter vor dem Ende zu bewahren! Glaubt Ihr wirklich, Karlsson, dass er uns von unserem Vorhaben abbringen kann? Dass er uns vertreiben, oder gar töten kann?!“, hinterfragte Juda spöttisch.

Karlsson schwieg und ließ seinen Blick beschämt sinken.

Da nahm der Hexenmeister das Wort: „Kommt zusammen. Ja, genau so. Ich werde jetzt einen Zauber wirken, der euch vor den Flammen schützt. Ihr werdet noch die Hitze des Feuers spüren, aber ganz gleich wie heiß es auch sein mag, ihr werdet nicht verbrennen.“

Der Hexenmeister schloss die Augen und begann wortlos seinen Zauber zu wirken. Als er die Augen nach wenigen Momenten wieder öffnete, fragte Juda: „Ich habe nichts gespürt. Hat es funktioniert?“

„Hättet Ihr etwas gespürt, dann wärt Ihr nicht mehr in der Lage diese Frage zu stellen.“

Mit dieser Aussage gab sich der Anführer des Bundes zufrieden. „Nun denn.“, räusperte er sich und baute sich vor den anderen auf, „wer schreitet voran?“ Er deutete auf die Flammenwand.

Da sich niemand meldete, packte er kurzerhand Karlsson und stieß ihn in die Flammen. Als diese den Erfinder eingeschlossen hatten, schrie er, als wäre er zum Tode verdammt.

„Bewahrt Ruhe, Karlsson.“, ermahnte der Hexenmeister.

„Ich brenne! Helft mir! Verdammt, helft mir!“, schrie Karlsson. Er sprang wild umher und schlug um sich.

„Ihr brennt nicht! Es ist bloß die *Hitze* des Feuers, die Ihr spürt. Doch sie kann Euch nichts anhaben.“

Der Erfinder stellte sein Geschrei ein und blieb ruhig stehen. Von Verwunderung und Scham erfüllt sah er an sich hinab.

„Und nun voran!“ Juda trat entschlossen in die Flammen, „folgt mir!“

Dwars Reich

Der Bund der Gesandten wanderte durch die glühende Landschaft. Bald hatte das Feuer alles am nördlichen Waldrand verzehrt, und zurück blieb ein totes Land.

Als es Nachmittag wurde, war der Bund von Kratagonern schon tief in den Lorolas Wald eingedrungen. Die Königsstadt Gelese war nur noch eine leuchtende Pyramide in der Ferne.

Rowan ging an der Spitze der Formation. Hinter ihm kamen Juda, der Erfinder Karlsson und ein weiterer Gesandter. Der Hexenmeister bildete die Nachhut.

„In der nächsten Zeit werden wir auf keine neuen Gefahren treffen.“, versicherte Rowan dem Anführer, bevor er sich bis zu dem Hexenmeister zurückfallen ließ.

Juda blickte misstrauisch über die Schulter, dann beschloss er sein Gefolge wortlos weiterzuführen.

Rowan bedeutete dem weisen Zauberkundigen den Abstand zu den verbliebenen Gesandten zu vergrößern.

Als sie außer Hörweite waren, ergriff er das Wort: „Ihr habt heute in dem Flugwesen am Himmel mehr erkannt, weiser Mann. Ihr habt, genau wie ich, Zacharias auf Arkas erspäht.

Bitte sagt mir nur eines, warum habt Ihr Juda nicht sofort darüber unterrichtet?“

„Nicht jeder Mann ist auserkoren alles zu wissen. Außerdem hatte ich für mein Schweigen Beweggründe, die Ihr nicht fähig seid zu begreifen, die Ihr *noch* nicht fähig seid zu begreifen.“

Rowan erinnerte sich an den Abend im Gasthof 'Zum goldenen Fass' in Gelese, als er schon einmal erfolglos versucht hatte den Hexenmeister über Zacharias auszuhorchen.

„Dann lehrt sie mich verstehen.“, beharrte er.

„Nein. Es ist noch nicht an der Zeit.“

„Aber warum? Ich begreife die ewige Geheimniskrämerei nicht. Was verschweigt Ihr mir?“

Der Hexenmeister ignorierte ihn.

„Was ist es wert für diesen Preis verheimlicht zu werden? Wie viele unseres Bundes sollen denn noch sterben?“

„Euch geht es also nur um das Wohlergehen und Überleben der Gesandten?“

„Es kommt darauf an, ob Ihr Zacharias noch als einen Gesandten Kratagons betiteln könnt.“

Der Hexenmeister nickte: „Der Zögling des Herrschers Jadro ist kein Gesandter mehr. Er wurde unserem Land abtrünnig.“

„Versteht mich nicht falsch. Ich werde das Gefühl nicht los, dass er nicht der einzige ist, der im Begriff ist die Seite zu wechseln.“ Er sah dem alten Mann in die Augen. „Ihr wisst mehr, als Ihr vorgebt.“ Rowans Blicke verhärteten sich, und in seine Augen trat ein Funkeln, welches der Hexenmeister noch nie in ihnen gesehen hatte.

„Ich weiß sehr viel mehr, als Ihr es Euch überhaupt vorstellen könnt, Rowan. Ich bin ein weiser Zauberkundiger, der seit Jahrhunderten auf dieser Welt wandelt. Natürlich ist mir mehr bekannt, als jedem anderen."

„Das meinte ich nicht. Ich sagte, dass Ihr mehr wisst, als Ihr vorgebt, Hexenmeister. Denn ich bin davon überzeugt, dass Ihr Zacharias' Beweggründe kennt, warum er die Halbgöttin verschonte."

„Das tue ich nicht. Ich bin ein weiser, alter Mann. Kein Hellseher und schon gar kein Allwissender."

„Und doch kann ich Euch nicht glauben. Seitdem Ihr vor wenigen Tagen mit Zacharias aus dem Lorolas Wald zurückgekehrt seid, seid Ihr verändert. Etwas ist an jenem Tag geschehen. Etwas, mit dem die Halbgötter und vor allem Zacharias zu tun haben. Ich bin nicht sicher, ob Ihr wisst, was mit den Halbgöttern passiert ist. Doch Ihr verschweigt etwas, Hexer."

„Eure Zunge ist nicht die eines Sprachkünstlers, Bogenschütze. So werdet Ihr mir das Geheimnis nie entlocken, wenn denn überhaupt eines existiert..."

Rowan knirschte mit den Zähnen: „Ich sorge mich lediglich um einen Freund. Ich hoffte, Ihr könntet meine Gedanken beruhigen. Scheinbar habe ich mich getäuscht."

Nachdem sie weitere Meilen marschiert waren, blieb Juda stehen. „Hier sollte es sein.", sagte er, „Hexenmeister, ich verlange von Euch, dass Ihr einen Zugang zum Reich der Schattenaffen erschafft. Durchbrecht mit Euren Zaubern den Boden."

„Es wird mich sehr viel Energie kosten."

Juda blickte den alten Mann scharf an und dieser verstand, dass es ihm gleichgültig war. Der Zauberkundige sprach mächtige Worte und seine Handflächen begannen zu leuchten. Lautstark beendete er den Zauber und donnerte das Ende seines Stabes auf den Boden. Dieser erbebte und es tat sich ein dunkler Abgrund auf. In diesem zog sich eine steinerne Treppe in die Tiefe. Das Leuchten seiner Hände erlosch und der Hexenmeister stützte sich entkräftet auf den Stab. Er atmete schwer und man merkte ihm an, dass er die Augen nur mit Mühe offen halten konnte.

„Sehr gut.“, sagte Juda lächelnd und schritt die Treppe hinab.

Dort, wo die Treppe endete, wuchsen mehrere kahle, verdorrte Bäume in der Dunkelheit und ein grauer Wasserlauf mit starker Strömung zog sich durch die felsige Landschaft. Juda hatte seinen Untergebenen befohlen aus den Bäumen ein Floß zu bauen, welches sie über das Wasser tragen würde. Der Strom floss in Richtung des Reiches der Schattenaffen um Fürst Dwar, genau dorthin, wo er hin wollte. Dem Hexenmeister hatte er gewährt, sich während des Floßbaus auszuruhen.

„Alter Mann.“, sagte Juda und ging zu dem Hexenmeister, der auf einem Felsbrocken am Fluss hockte.

„Ich habe schon in Caél vermutet, dass uns unser Weg hierher führen wird.“, äußerte der Zauberkundige.

„Es ist nun mal einfacher von schnellem Wasser getragen zu werden, als über Boden von Asche zu laufen. Wenn wir diese Nacht auf dem Wasser treiben, sollten wir morgen das Reich der Schattenaffen erreichen. Somit auch den See, der uns wieder in den Wald bringt.“

„Wissen die Horden um Fürst Dwar das wir kommen?“

„Nein, doch bald werden sie es erfahren. Überall lauern die Späher des Fürsten. Er geht das Risiko nicht ein, dass Feinde unbemerkt in seine dunkle Welt eindringen.“

Der Hexenmeister schüttelte langsam den Kopf: „Auch wenn wir nicht zu den Feinden der Schattenaffen zählen, werden sie es nicht dulden, dass wir unbefugt in ihr Reich eindringen.“

„In ihr Reich.“, spottete Juda, „das Valeduara, das Südtal

in Kratagon, ist ihr 'Reich', nicht diese elendige Behausung unter der Erde in dem Land des Löwengottes."

„Gewiss, Anführer. Dennoch lässt mich der Gedanke nicht los, dass sie diese unterirdisch gelegene Welt weiterhin für sich beanspruchen werden. Sie werden, wenn ihre Dienste hier nicht mehr von Nöten sind, nicht einfach heimkehren. Sie werden in Lorolas bleiben, gleich ob Sieg oder Niederlage im baldigen Krieg errungen wird."

Juda ging nicht weiter auf die Sorge des alten Zauberkundigen ein. Er schaute zu den anderen Gesandten, die bereits die aneinandergelegten Baumstämme mit Seilen zusammenbanden.

„Arbeitet schneller!", knurrte Juda, „ich habe nicht vor Stunden hier zu verweilen. Schließlich gilt es Halbgötter zu töten, und nicht das Handwerk des Floßbaus zu perfektionieren."

Der Bogenschütze Rowan war der einzige, der nicht zu Juda aufblickte, als dieser sprach. Rowan hatte seinen Bogen in der Nähe abgelegt und zog die Seile um zwei Stämme stramm.

Juda beobachtete ihn kurz, dann wandte er sich wieder dem Zauberkundigen zu: „Ihr seid ein Meister der Magie.", begann er.

Der Hexenmeister blickte ihn misstrauisch geworden an.

Juda fuhr fort: „Ich weiß, dass Ihr fähig seid Zauber zu wirken, die Euch zeigen, wo sich Lebewesen oder Dinge befinden. Ein Zauber dieser Natur würde Euch ebenso bemächtigen, den Aufenthaltsort der Halbgötter zu sehen, nicht wahr?"

Der Hexenmeister festigte den Griff um seinen Stab: „Nein, das würde er nicht."

Er begegnete Judas verwunderten Blicken: „Wozu hätten wir die Tochter des Lichts und den Sohn des Löwengottes dann auf so mühseligem Wege suchen müssen?“

„Verflucht soll die Brut des Löwengottes sein! *Verflucht!*“, brüllte Juda ungehalten.

Er sprang auf und donnerte die Fäuste gegen die schroffe Felswand hinter sich: „Wie Verdammte sollen sie den Zorn unseres Königs Tag für Tag ertragen! Leiden sollen sie unter seinen Hexereien und Flüchen! Und sterben sollen sie, getötet vom Schwert, welches meine Hand führt...“

„Sprecht nicht so im geweihten Land des Löwengottes!“, begehrte der Hexenmeister auf und schlug das Ende seines Stabes auf den Boden, „niemandem, gleich ob König oder Knecht, ist es erlaubt solche Worte auszusprechen!“

„Solltet Ihr Euch noch einmal erdreisten, mir das Wort zu verbieten, Hexenmeister, werdet Ihr nie wieder eines in den Mund nehmen können! Egal wie edel es auch sein mag.“

„Vor einem Mann wie mir solltet Ihr auf die Knie fallen, Juda, und nicht wie der Herr zu seinem Sklaven zu ihm sprechen.“

Juda straffte die Schultern und ging wütend zu denen, die er mit dem Floßbau beauftragt hatte: „Vorwärts!“, trieb er sie an, „zurrt die Stämme zusammen und dann lasst das Floß ins Wasser!“

Die arbeitenden Männer beugten sich seinem Befehl. Nur Rowan schaute zu ihm auf, bis er dann wieder einen Stamm an dem bereits fertigen Teil des Floßes befestigte.

Als der Floßbau abgeschlossen war, trugen sie es zu dem grauen Strom. Rowan und Karlsson hielten dabei zwei Stricke in der Hand, damit das Floß nicht sofort von der starken Strömung mitgerissen wurde.

„Hinauf! Hinauf!“, rief Juda, als das Gefährt im Wasser trieb.

Erst betrat der alte Hexenmeister das Floß. Hinter ihm

folgte ein weiterer Gesandter.

„Gebt mir schon die Stricke.“, sagte Juda barsch zu Rowan und Karlsson.

Diese taten wie ihnen geheißen. Als Juda das Floß nun alleine an den Stricken hielt, wurde er ein Stück näher an den reißenden Strom herangezogen.

„Los! Beeilt Euch!“, brüllte er Rowan und Karlsson zu.

Rowan, der seinen Bogen nun wieder geschultert trug, nahm kurz Anlauf. Dann sprang er vom felsigen Ufer ab. Ein Ruck fuhr durch das Floß, als er darauf landete. Karlsson wollte es dem Bogenschützen gleich tun, doch er konnte weniger gut springen. Der Erfinder landete erst mit einem Fuß auf dem Floß, dann kippte er nach hinten über und fiel ins Wasser. Zu seinem Glück hatte Rowan ihn sogleich am Mantel gepackt und wieder auf das Floß gezogen.

„Unfähige Schwachköpfe!“, hörte man Juda vom Ufer aus fluchen.

Nun hatte sogar der starke Anführer des Bundes Mühe das Floß an seiner Position zu halten. Unverhofft rannte er auf das Ufer zu. Die Stricke hielt er dabei fest in den Fäusten eingeschlossen. Das Floß wurde, sobald Juda losgelaufen war, von der Strömung mitgerissen und trieb ab. Die anderen Gesandten hatten fast alle einen langen Ast in der Hand, mit dem sie das Floß durch den Fluss steuern wollten. Manche von ihnen kamen mit dem Ende des Astes auf dem Flussbett auf. Doch Halt finden konnten sie dort nicht. Juda war an dem dunklen Ufer schon bald nicht mehr zu sehen. Dann ertönte jedoch ein verbittertes, wütendes Brüllen und etwas schlug nicht weit von ihnen ins Wasser.

„Der Anführer!“, rief Karlsson aus, der diesen als erster vor sich gegen die Strömung des Flusses ankämpfen sah.

„Haltet ihm die Äste hin. Rasch!“, sagte der Hexenmeister.

Karlsson hielt Juda seinen Ast unmittelbar von die Brust.

Dieser griff nicht danach. Er kämpfte sich aus eigener Kraft bis zum Floß, welches jetzt vollends von der Strömung mitgerissen wurde.

„Seid Ihr wohlauf?“, fragte der Erfinder, als sich Juda entkräftet auf das Floß gezogen hatte.

Juda spuckte hustend Wasser. Dann herrschte er Karlsson scharf an: „Ich brauche weder Eure Hilfe noch Eure Sorge!“

Der Erfinder trat einen Schritt zurück und nahm Haltung an. Juda, der bislang gekniet und sich mit den Händen aufgestützt hatte, richtete sich auf. Er streckte den Rücken und blicke gen Süden.

„Sorgt für etwas Licht. Erschafft einen leuchtenden Ring, der dieses Floß umsäumt.“, sagte er zum Magier gewandt, „der erhellt unsere finsteren Gedanken und hält jene ab, die nach Fleisch und Blut gieren.“

Der Hexenmeister ließ keine Einwände laut werden, doch man sah ihm deutlich an, dass er nicht mehr fähig war viel seiner magischen Kräfte freizusetzen.

Als er dennoch im Stillen beginnen wollte einen Zauber zu wirken, trat Rowan vor ihn: „Seht Ihr denn nicht, wie es ihn quält? Seht Ihr nicht, wie sehr es an seinen Kräften zehrt?!“

„Geht zurück an Euren Posten, Rowan!“

„Das werde ich nicht tun! Dieser Zauberer wird uns später von größerem Nutzen sein. Verschwendet seine Energie nicht mit Dingen, die wir auch selbst zustande bringen können.“

„Gut. Dann beauftrage ich nun Euch, Rowan, für Licht zu sorgen.“

„Tragt Ihr Eure Feuersteine bei Euch?“, fragte Rowan an Karlsson gewandt.

„Ja, aber sie sind nass und daher unbrauchbar.“

Rowan überlegte fieberhaft, wie er sonst noch Feuer entzünden könnte. Leider befand sich nichts Brauchbares auf dem Floß.

Rowan stellte sich neben den Hexenmeister, der sich auf seinen Stab stützte.

„Warum habt Ihr das getan, Rowan? Ich bin ein Mann, der sehr wohl in der Lage ist für sich selbst zu sprechen. Es ist keiner von Nöten, der mich, wie ein edler Ritter die Maid im Turm vor dem Drachen, beschützt. Denn ich bin Ritter wie Drache."

„Ich habe erkannt, wie sehr Euch Euer letzter Einsatz von Magie geschwächt hat. Und mitansehen, wie Ihr Euch mit Euren eigenen Fähigkeiten tötet, wollte ich nicht."

Er lachte: „Töten? Ich mich töten?"

„Ich kannte einst einen Mann, der selbst zum Sklaven seiner Hexerei wurde, ehe er deren Gesetze überhaupt begriffen hatte. Und ja, seine seltene Gabe ließ ihn im Tod enden."

„Ich bin kein Mann, der nicht weiß, was er fähig ist zu vollbringen."

„Dann möchte ich mich an dieser Stelle entschuldigen. Es war nicht meine Absicht Euch zu kränken. Nein, das war es ganz gewiss nicht."

Der Hexenmeister nickte.

„Kostet es Euch viel Kraft dieses Holz zu entzünden?", fragte Rowan und hielt seinen mannshohen Ast hoch.

Der Hexenmeister betastete ihn mit seinen knochigen Fingern: „Nein, das tut es nicht."

„Würdet Ihr ihn dann wie eine Fackel entzünden?"

Zur Antwort entflammte die Spitze des Astes.

„Ich danke Euch."

Rowan ging zu Juda und überreichte ihm die Fackel: „Da habt Ihr Euer Licht."

Der Anführer zuckte die Schultern: „Zwar kein beeindruckender Lichtring, dennoch ausreichend."

Der Bund der Gesandten war den restlichen Tag und die darauffolgende Nacht mit dem Floß über den grauen Strom gefahren. Es musste die erste Stunde nach Sonnenaufgang sein, in der sie in das Reich der Schattenaffen kamen. Dort war es noch dunkler als in den Gebieten der unterirdischen Welt, die sie bereits hinter sich gelassen hatten. Grauen erfüllte die Männer Kratagons außer ihren unerschrockenen Anführer, der dem Herr dieser Dunkelheit bereits mehrere Male begegnet war. Dieser Herr trug den Namen Dwar, und er war ein wahrer König unter den Kreaturen seines Volkes.

Juda stand starr an der Spitze des Floßes. Er ließ seine Blicke durch das Dunkel schweifen. Das Reich der Schattenaffen, der Genra, hatte er das letzte Mal vor mehreren Wochen betreten. Ihn erfüllten gleichsam Hoffnung und Furcht einem aus Dwars Horden zu begegnen. Er sehnte sich danach, mit einem der gorillaartigen Kolosse die Kräfte zu messen – und das fernab von ihrem Fürst, der seine wachenden Blicke immer auf seinem Volk und Land ruhen ließ.

Die Strömung des grauen Stroms war in dem Reich der Schattenaffen merklich schwächer und er erinnerte mehr an einen Wasserlauf, als an einen reißenden Fluss. Da Juda wusste, dass der graue Strom bald einen Bogen nach Westen machen und diese Richtung beibehalten würde, befahl er, das Floß ans Ufer zu steuern.

Als sie wieder an Land waren, banden sie das Floß nicht an einem Felsen fest. Sie stießen es von dem steinigen Grund ab und ließen dem Strom freie Wahl, wo seine Reise ein Ende finden würde.

„Wenigstes einer kommt Kratagon wieder näher.“, sagte Karlsson und sah dem Floß sehnsüchtig nach. Die Fackel hatte er zuvor zwischen zwei Baumstämme gerammt.

„Bald werden auch wir wieder die Flaggen unserer Heimat

sehen.“, sagte Juda. Auch er sah dem Floß nach, welches nur noch ein schwach leuchtender Punkt in der Dunkelheit war. „Wir müssen ab hier auf der Hut sein. Die Genra lauern sicher schon auf uns. In den Schatten der Felswände halten sie sich im Verborgenen. Vielleicht sind sie auch ganz nah, nur noch so weit entfernt, dass sie der Schein des Feuers nicht berührt.“

„Euren Bogen könnt Ihr an diesem Ort wohl ablegen, nicht wahr, Rowan?“, meinte Karlsson gehässig grinsend.

„Das werde ich auch. Doch hilflos und unbewaffnet bin ich trotz allem nicht. Ein Langdolch wird mir auch im Reich von Dunkelheit und Schatten nicht seinen Dienst versagen.“, sagte er und zeigte einen edlen Dolch vor.

Der Erfinder begutachtete diesen mit den Augen, fasste ihn jedoch nicht an.

„Genug des Geredes.“, sagte Juda scharf und trat entschlossen zwischen die beiden, „dies sind Zeiten der Taten und nicht des Tratsches. Kämpfen solltet ihr, und nicht reden. Und nun lasst uns gehen. Die Zeit läuft uns davon.“ Mit diesen Worten wandte sich Juda ab und ging gen Südosten. Die anderen folgten ihm.

Je näher sie dem Reich des Fürsten Dwar kamen, desto schwärzer wurde die Landschaft. Lediglich die Lichter der Fackeln erhellten die Umgebung. Die besorgniserregenden Geräusche wurden immer lauter. Ein Fauchen und Zischen umkreiste den Bund. Ebenso vernahm man ein raues Schleifen, als würde ein Schattenaffe mit seinen langen Klauen über Gestein fahren.

„Wir sind da.“ Juda blieb stehen.

„Hier ist nichts.“, sagte Karlsson, der das Reich Dwars noch nie betreten hatte.

„Hexenmeister.“, sagte Juda, „sorgt für Licht.“

Für einen Moment waren nur die leisen Worte, die der alte Mann sprach, zu hören. Dann begann ein sanftes, bläuliches Licht wie eine schwache Sonne über ihren Köpfen zu leuchten. Karlsson atmete erschrocken auf, als er sah wie das Reich der Schattenaffen aussah. Die Gesandten standen in einer Schlucht zweier schroffer Felswände. In diesen befanden sich Höhlen und hoch oben war ein Gebilde zu erkennen, welches einem Tempel ähnelte. In den Höhlen standen die todbringenden, gorillaartigen Kolosse. Sie brüllten und bleckten ihre Zähne. Manche trommelten sich auf die lederbehäutete Brust, andere fuhren die unterarmlangen Klauen aus, aus denen das tödliche Gift tropfte.

Das Augenmerk eines jeden Gesandten lenkte sich auf einen Schattenaffen, der in dem Eingang einer Höhle über dem Tempel stand. Wie ein König thronte er dort oben. Starr und mit bohrenden Blicken.

„Dwar.“, sagte Juda mit tiefer Stimme und ballte die Hände zu Fäusten.

Als hätte der Fürst es gehört, stemmte er sich wie ein mächtiger Gorilla auf alle Viere und brüllte. Dieses Brüllen übertönte sämtliche anderen Laute und brachte alle Anwesenden zum Schweigen. Dwar kletterte unter der Beobachtung aller die Felswand bis zur Hälfte hinab.

Dann stieß er sich ab und landete donnernd vor dem Anführer der Gesandten.

„Juda.“, schnaubte er und seine Nüstern bebten.

Niemand der Gesandten außer Juda hatte den Fürst bislang zu Gesicht bekommen. Sie hatten nur die Schauergeschichten über ihn gehört. Daher standen sie wie gelähmt vor dem übermächtigen Wesen aus dem Schattenreich. Gerade Karlsson konnte nicht glauben, dass der Fürst Judas Namen so deutlich aussprechen konnte.

Dwars tiefe, dröhnende Stimme jagte ihm Angst ein.
Er musterte den Fürst unauffällig: „Gegen den sieht sogar Juda wie ein erbärmlicher Schwächling aus. Und die Kraft dieses Mannes würde ich schon gerne besitzen."
Dwar nahm das Wort: „Ich habe Eure Ankunft nicht erwartet, noch nicht."
„Ihr hättet unsere Ankunft nicht erwarten können.", entgegnete Juda.
Dwar ließ seine bohrenden Blicke auf seinem Gegenüber ruhen: „Ich hoffe, meine Krieger haben Euch nicht auf Eurem beschwerlichen Weg angefallen. Denn Befehle dies nicht zu tun, war ich nicht in der Lage zu erteilen."
„Unsere Fahrt wurde weder von einem Eures Volkes, noch von anderem Unheil behindert."
Mit bebenden Nüstern fragte Dwar: „Was führt euch hierher, Gesandte?"
Juda antwortete anstelle aller: „Die verfluchten Halbgötter... und Zacharias."
„Zacharias?", fragte Dwar und seine Stimme grollte, „lasst uns darüber an einem anderen Ort sprechen."
Mit diesen Worten wandte Dwar sich um und ging stolz auf allen Vieren davon. Die Gesandten folgten ihm.

Als sie die Schlucht hinter sich gelassen hatten, und der See der unterirdischen Welt nicht mehr fern war, blieb Dwar stehen. Dort wo sie nun waren, lagen lediglich schwere Felsbrocken auf dem kalten Boden. Sie waren in der Dunkelheit fast nicht wahrzunehmen.
„Ich werde mit Juda alleine sprechen.", verlangte Dwar.
Die anderen Gesandten traten daraufhin aus dem Schein der Fackeln und waren nicht mehr zu sehen.
Juda wunderte es, dass Dwar sich dem schwachen Licht der Fackeln freiwillig aussetzte. Es schien ihm nichts

anzuhaben und wenn doch, ließ er es sich nicht anmerken.

Dwar ergriff das Wort: „Ihr sagtet, dass Euch Zacharias hierher führt? Warum begleitet er seine Kameraden nicht?“

„Zacharias wurde Kratagon abtrünnig.“

„Was reden die denn da?“, fragte Karlsson, der weder die anderen Gesandten noch Dwar und Juda sehen konnte.

„Gleich was sie besprechen, es geht uns nichts an.“, antwortete der Hexenmeister.

„Immer diese Geheimniskrämerei.“, empörte sich der Erfinder, „als wäre Juda etwas Besonderes... Schließlich war *ich* es, der den Waldbrand überhaupt möglich gemacht hatte. *Ich* hatte schließlich die Feuersteine, nicht Juda.“

„Hört auf Euch mit diesen Steinchen zu brüsten Karlsson. Er braucht kein großes Geschick um sie zu erwerben und zu verwenden.“, gab der Hexenmeister zurück.

„Nicht jeder Mann ist ein Zauberer.“

„Genug des Streitens.“, schritt Rowan in den Streit ein. Er war hörbar angespannt und aufgebracht.

„Wer hat um Eure Mitsprache gebeten?“, fuhr der Erfinder ihn an.

„Ihr scheinbar nicht.“ Rowan hielt einen kurzen Augenblick inne: „Habt ihr das gehört?“

„Was soll man schon außer Euch gehört haben, Rowan?“, meinte Karlsson.

„Ich hörte es auch.“, sagte der Hexenmeister, „es war ein Grollen... Es klang wie ein Genra.“

„Entzündet Feuer!“, rief Rowan alarmierend, als er verstand, was das zu bedeuten hatte.

Doch es war schon zu spät. In der Dunkelheit getarnt, stürzte sich eine der schattenhaften Kreaturen auf die Gesandten. Sie aber konnten nichts sehen und greifen womit sie sich hätten verteidigen können. Durch ihre Kampfschreie fanden sie schnell zusammen.

„Zieht eure Waffen!“, befahl der Hexenmeister und für einen Augenblick glomm ein schwacher Schein über ihnen auf. Man hörte, wie Schwerter aus den Scheiden gezogen wurden. „Bleibt dicht zusammen und löst die Formation nicht auf. Alleine sind wir des Todes.“

„Alles was von Nöten ist um zu überleben ist Licht!“, beharrte Rowan, der seinen Langdolch gezogen hatte.

Da riss ihn etwas zu Boden. Er spürte an seiner freien Hand eine behaarte Gliedmaße. Wahrscheinlich einen Unterarm. Mit seinem Dolch stach er blitzschnell zu. Daraufhin spürte er heißes Blut über seinen Handrücken sickern. Der Bogenschütze sah auf und blickte in ein wütend funkelndes Augenpaar.

Als sich die Blicke Rowans und die der Kreatur begegneten, stieß diese ohrenbetäubendes Gebrüll aus. Rowan versuchte sich zu befreien, obgleich er nicht wusste, wie der Schattenaffe ihn gepackt hatte.

Auf einmal heulte der Koloss auf und Rowan sah eine Klinge aufblitzen. Er wusste nicht, von wem sie geführt wurde, doch sie verschwand bis zur glänzenden Parierstange in dem massigen Körper. Je tiefer die Klinge eindrang, desto qualvoller wurde das Geheul der Kreatur.

„Befreit Euch, Rowan!“, hörte er die Stimme des Hexenmeisters rufen.

Im selben Moment begann der Stab des Alten schwach zu leuchten und donnerte der Kreatur in den Nacken.

„Flieht!“, schrie der Magier und rammte das Ende seines Stabes in den Rücken der zu Boden gegangenen Kreatur.

Sein Gegner grollte und stemmte seine muskelbepackten Arme auf den Boden. Dann richtete er sich zu voller Größe auf. Der Koloss überragte alle Gesandten. Selbst Juda würde ihm nur bis zu den breiten Schultern reichen.

Der Hexenmeister schlug sein bodenlanges Gewand zurück und stellte sich vor den Schattenaffen: „Dein Fürst wird nicht kommen, um dich zu retten."
Dann holte der Alte erneut mit dem Stab aus und sein Gegner ging zu Boden. Alle Gesandten, die auf Befehl des Zauberkundigen zurückgewichen waren, traten wieder näher an ihn heran.
„Seid Ihr wohlauf?", fragte Rowan.
„Ja." Die Gesichtszüge des Alten waren verhärtet. Sein langes Haar lag in zerzausten Strähnen in seinem bleichen Gesicht.
Rowan schenkte seiner Antwort keinen Glauben.
Plötzlich stand Juda mit einer Fackel in der Hand hinter den Männern: „Seid ihr von Sinnen?!" fauchte er. „Durch vergossenes Blut lockt ihr die Genra an wie fauliges Fleisch die Fliegen!"
Fürst Dwar stolzierte aus der Dunkelheit zu ihnen: „Wie Recht Ihr habt, Juda. Die Kinder meines Volkes werden kommen, und sie werden sich erbarmungslos auf euch stürzen. Sie werden kommen – und ich werde sie nicht aufhalten."
Judas Kopf wurde vor Wut hochrot und er ballte die prankenartigen Hände zu Fäusten: „Verschwinden wir."
Als die Gesandten wie erstarrt stehen blieben, schrie er: *„Beeilt euch!* Elendige, dreckige Maden! Des Lebens unwürdig seid ihr!"
Er wandte sich Dwar zu und ihm gelang es für einen kurzen Augenblick seine Wut zu bezähmen: „Ich danke Euch für Eure Gastfreundschaft, Fürst der Schattenaffen aus dem Valeduara, dem Südtal Kratagons."
„Geht jetzt, oder ihr werdet mein Reich nie wieder verlassen." Mit diesen Worten verließen sie das Reich des Fürsten Dwar und bald auch die unterirdische Welt.

Hort des Lebens

Fern der Dunkelheit der unterirdischen Welt, war ein Mann auf der Suche nach der einen Frau. Und er würde nicht aufgeben. Selbst wenn die Winde ungünstig standen und sie das Vorankommen seines Reittieres erschwerten.

Mit kräftigen Flügelschlägen wurde Arkas, der Greif, schneller. Er neigte den Kopf nach vorne, damit der Wind leichter an ihm vorbeigleiten konnte.

Zacharias sah auf die graue Landschaft unter ihnen hinab. Der wundersame, unergründliche Lorolas Wald war nur noch ein qualmendes, graues Meer der verlorenen Seelen und des Todes. Bis zu dem Bach, der die Heimat Taylas in zwei Hälften zerteilte, war alles verbrannt. Die Asche, die sich auf dem Waldboden türmte, strömte in weichen Wogen auf und ab. Windböen zogen ihre Bahnen über sie und formten sie zu höheren und seichteren Wellen. Manchmal schien es Zacharias, als würde er auf dem Kamm einer Woge stehen, und dann ungehalten ins finstere Tal hinabstürzen.

Als Zacharias sich ganz in den weichen Bewegungen des grauen Meeres verloren hatte, begann Arkas zu sinken. Zacharias bemerkte zuerst nicht, dass sie an Flughöhe verloren. Er starrte noch immer auf das Auf und Ab der Asche. Dadurch fiel die Anspannung von ihm ab, und die Schmerzen der Wunden, die Juda ihm beigebracht hatte, flammten wieder auf. Zacharias hatte die Schläge und mächtigen Fausthiebe, die ihn töten sollten, schon beinahe vergessen. Der Gedanke an Tayla vertrieb alles andere.

Für einen kurzen Moment ließ er die Zügel los und fasste sich an die pochenden Schläfen: „Nichts kann mich davon abhalten Tayla zu suchen und zu finden. Selbst wenn Juda mir meinen Schwertarm abgeschlagen hätte, wäre ich zu ihr gegangen. Ja, selbst dann.“ Er wandte sich Arkas zu: „Flieg dichter über dem Boden.“

Arkas breitete die gefiederten Schwingen aus und segelte, wie ein dünnes Stück Pergament, dem grauen Grund entgegen. Nur eine Handbreit über dem Boden lehnte Zacharias sich an Arkas' Seite hinab und streckte die Hand nach den Aschewogen aus. Diese fühlten sich auf der Haut weich und hart zugleich an. Manche Teile in dem farblosen Meer glommen noch.

Bald bedeutete der Kratagoner Arkas zu landen. Der mächtige Jäger der Lüfte sträubte sich gegen den Befehl. Ihm war es zu unsicher in diesem Gebiet sein Element, die Luft, zu verlassen. Zacharias wollte sich schon bald geschlagen geben, als dann ein Gebiet in Sicht kam, an dem die Asche nicht so hoch war. Es war sehr klein und wurde von einem dunklen, zackenartigen Ring umgeben.

„Wahrscheinlich war dort einst eine Lichtung.“, vermutete Zacharias, als Arkas auf den Ring zuflog.

Der Greif landete mit lautem Zischen gerade so lange, dass Zacharias sich von seinem Rücken herunterschwingen konnte. Dann sprang er sofort wieder ab und stieg in den grauen Himmel auf.

Zacharias hatte Arkas noch nachgesehen, als sich sein

Sichtbild geschärft hatte. Er wusste nicht, ob Arkas wieder zu ihm zurückkehren würde. Ehrlich gesagt scherte er sich auch nicht darum.

Zacharias sah an sich hinab. Die Asche reichte ihm bis zu den Knöcheln. Da er zu erschöpft war, um sich die Schuld für dieses Grauen zu geben, schlurfte er zu dem Ring, der aus der Luft wie Zacken ausgesehen hatte. Jeder einzelne Zacken war ein Fels, der vom Feuer unberührt geblieben war. Zacharias lehnte sich an einen der Felsen und ließ sich zu Boden sinken.

Mit jedem Augenblick wurden seine Schmerzen stärker.

„Lass sie noch leben.", dachte er bei dem Gedanken an Tayla.

Er tastete nach dem Amulett an seinem Gürtel und betrachtete dessen tränenförmigen Anhänger. Kurz glaubte er Taylas Gesicht in dem reinen Gold zu sehen. Dann verschwommen ihre Züge wieder und alles was zurückblieb war die Götterzeichnung, die ihn mit Zorn erfüllte.

„Ich darf nicht ausruhen... Ich muss weitergehen...", sagte er vor sich hin, „ich darf nicht ausruhen..." Nachdem er diese Worte ein letztes Mal geflüstert hatte, fiel er in den Schlaf.

„Tayla.", begrüßte er sie.

Sie stand in einem Rosengarten auf einer schmalen Brücke, die über einen Fischteich ragte. Die Sonne neigte gerade ihr Haupt hinterm Horizont und ließ das Wasser in warmen Farben schillern. Zacharias ging zu der Halbgöttin herüber, die ihn einladend zu sich gewunken hatte. Sie trug ein weites, gelbes Kleid, was einen genauen Blick auf ihren Körper nicht erlaubte. Ihr langes Haar ergoss sich in Wellen über ihre Brust und den Rücken.

Für Zacharias sah sie aus wie eine frohlockende Botin des

Sommers, vielleicht auch des Frühlings.

„Was führt Euch zu mir, Zacharias?", fragte Tayla.

Zacharias' Blicke klebten noch immer an ihr. Er weidete sich an ihrer Schönheit.

„Alleine Ihr.", entgegnete er lächelnd.

Sie legte mit gespielter Verwunderung den Kopf schräg: „Ist das so?"

Er wagte sich einen Schritt vor und verharrte dicht vor ihr. Am liebsten würde er sie berühren, sie küssen. Durfte man die Botin des Sommers berühren?

„Ich bin von weit her gekommen und das alleine um Euch zu sehen, Tayla."

Sie lächelte, sodass es ihm den Atem raubte. Wie gerne würde er jetzt seine Hände nach ihr ausstrecken, über ihre Wange streichen, über ihre sinnlichen Lippen, die von einem zarten rosa waren?

„Ihr starrt mich an.", bemerkte sie, ohne das es barsch geklungen hätte.

Fühlte sie sich geschmeichelt?

„Wie könnte ich Euch nicht ansehen? Ihr seid von atemberaubender Schönheit."

Wie aus dem Nichts stand sie dicht vor ihm und ihre Körper berührten sich leicht. Diese Bewegung, die so zufällig und gleichzeitig so gewollt war, erhitzte sein Blut.

Tayla sah ihm in die Augen und umfasste zärtlich sein Gesicht. Ihre Finger hinterließen brennende Spuren auf seiner Haut.

Er wollte sich bewegen, seine Arme um sie schlingen und sie küssen. Er begehrte sie.

Aber er konnte seinen Sehnsüchten nicht nachgeben.

War er gelähmt?

Warum gehorchten ihm seine Gliedmaßen nicht?

Als Zacharias aufwachte fühlte er sich besser. Die Schmerzen seiner Wunden hatten merklich nachgelassen und ihm war es, als wäre er im Traum einem Engel begegnet. Leider war diese Begegnung mit Tayla nur eine Phantasie gewesen. Wie sehr wünschte er sich zu ihr in den Rosengarten zurück.

Zacharias stand auf und streckte seine steifen Gliedmaßen. Da der Himmel noch immer unverändert grau war, konnte er nicht schätzen, wie lange er geschlafen hatte. Das Gefühl von großem Hunger und noch größerem Durst überkam ihn. Dennoch ließ er sich nicht verleiten, sich auf die aussichtslose Suche nach Nahrung zu machen.

Stattdessen rief er so laut er konnte: „Arkas!"

Er musste unweigerlich husten, weil seine Kehle völlig ausgetrocknet war.

„Arkas!"

Die Silhouette des Greifs tauchte nicht am Himmel auf. Auch nicht, nachdem er lange in dem Steinring verharrt war.

Der Kratagoner sah sich um. Er stand mitten im Aschemeer, ohne Sicht auf Land.

„In welchem Teil des Waldes bin ich nur?", fragte er sich selbst.

Er versuchte am Stand der Sonne zu erkennen, in welche Richtung er gehen musste. Doch keine Sonne schien.

„Arkas!", rief er erneut. Dieses Mal klang es verzweifelt und beinahe hoffnungslos. „Wie soll ich dich nur finden, Tayla?" Er ging in die Hocke und griff in die Asche: „Vielleicht halte ich dich ja gerade in den Händen."

Doch er zwang sich wieder neuen Mut zu schöpfen und richtete sich auf: „Immer habe ich mich zurecht gefunden – und immer habe ich das gefunden, wonach ich gesucht habe. Dieses Mal wird es nicht anders sein!"

Und so machte Zacharias aus Kratagon sich auf den

ungewissen Weg durch das Grau.

Zacharias wusste nicht, wie lange er schon gegangen war, als er die Insel erblickt hatte. Ja, es war eine Insel, würde er heute sagen, es war eine Insel im Meer der Verderbnis. Später, in einer fernen Zeit, berichtete Zacharias einmal: „Ich habe diesen Hort des Lebens gesehen und fühlte mich selbst wieder lebendig, fühlte mich wie den gierigen Klauen des Todes entrissen. Erst habe ich meinen Augen nicht trauen wollen, als ich die grüne Insel im Meer der Verderbnis sah. Sie war so unberührt von allem Unheil, dass sie beinahe unwirklich schien."

„Wie kann es sein, dass ein kleiner Teil des Waldes unversehrt blieb?", fragte er sich verwundert, bei dem Anblick der Insel.

Die hohen Bäume des Lorolas Waldes grünten dort so prächtig wie eh und je.

„Die Natur kann dies nicht vorhergesehen haben. Es muss der Wille eines Gottes sein... oder einer Halbgöttin."

Bei diesem Gedanken flammte Hoffnung in ihm auf und trotz aller Qualen ging er zu der Insel.

„Ein Wunder. Ja, diese Insel ist wahrhaftig ein Wunder.", sagte Zacharias.

Er stand nun vor den mächtigen Bäumen, dessen Kronen sich dem grauen Firmament entgegenstreckten. Zacharias trat einen weiteren Schritt näher an die Insel und streckte eine Hand nach einem grünen Farn aus.

Plötzlich vernahm er ein leises Surren und ein Pfeil bohrte sich vor ihm in den Boden. Zacharias schrak zurück in die kniehohe Asche, die sich vor der Insel türmte. Dabei griff er nach seinen Schwertern und riss sie aus den Scheiden. Er beugte leicht die Knie und nahm Kampfhaltung ein.

Eine Bewegung im Blätterwerk weckte seine

Aufmerksamkeit, aber er konnte nichts und niemanden entdecken.

„Welches Verderben lauert schon wieder auf mich? Waldmenschen? Elfen? Wildes Getier?“

Obwohl er zuvor angegriffen wurde, beschloss er die Insel wieder zu betreten. Zacharias trat dabei nur in seine Fußstapfen. Bald bückte er sich und zog den Pfeil aus dem Boden. Dieser hatte sich tief in die Erde gebohrt und er ahnte, dass ihn dieser Schuss hätte töten können. An der Art, wie der Pfeil gefertigt worden war, erkannte er, dass er von einem Menschen gemacht sein musste.

„Also doch Waldmenschen? Waldmenschen im Lorolas Wald? Sehr unwahrscheinlich...“

Als er ein fast nicht wahrnehmbares Knacken hörte, blickte er auf. Er spürte, dass sich hinter einem Baumstamm in geringer Entfernung ein Feind verbergen musste. Auf der Hut schlich er sich an diesen heran.

Plötzlich sprang ein bewaffneter Mann hinter dem Stamm hervor. Er riss sein Schwert über den Kopf und stürzte sich auf Zacharias. Dieser hatte keine Zeit sich einen Eindruck von seinem Angreifer zu machen. Er sah nur die Klinge und verteidigte sich so gut wie er in seinem Zustand konnte. Bald aber merkte er, dass die Hiebe des anderen weitaus kraftvoller als die Seinen waren und dass dessen Streiche besser durchdacht waren. Dennoch hielt er jedem der wütenden Angriffe stand.

„Wer seid Ihr?“, rief Zacharias im Gefecht.

Eine Antwort erhielt er darauf nicht.

Zacharias sprang einen Schritt zurück, als er seine Schwerter nicht mehr lange in der Hand halten konnte. Er verfluchte Juda ein weiteres Mal dafür, dass er ihn im Göttertempel fast zu Tode geprügelt hatte. Denn die Wunden hinderten ihn daran Gebrauch von seinen Kampffertigkeiten zu machen.

„Verlasst dieses Land!“, zischte auf einmal der Angreifer.

„Nicht bevor ich die Halbgöttin gefunden habe.“

In die Augen des fremden Mannes trat auf einmal ein erschrockenes Funkeln: „Die Halbgöttin wollt Ihr holen? So wie den Halbgott?!“

Mit diesen Worten stürzte er sich ein zweites Mal auf Zacharias. Dieses Mal konnte er seinem Angriff nicht standhalten.

Als er entkräftet auf die Knie sank und die Schwerter aus seinen Händen fielen, spürte er nur noch seine ausgetrocknete Kehle und das Brennen der Wunden.

Ein Gefangener in Arbor

Tayla wachte in der Baumhöhle auf und sah Lethiel neben sich auf den Labrufellen sitzen. Sein edles Schwert hatte er auf die Oberschenkel gelegt.

Als der Elf bemerkte, dass sie zu sich gekommen war, sah er sie an.

„Lethiel.“, hauchte Tayla und richtete sich auf. Sie war glücklich ihn zu sehen. Noch nie war sie so froh über seine Anwesenheit gewesen.

„Ich freue mich Euch zu sehen, Meister.“, sagte sie und ihre Lippen umspielte ein schwaches Lächeln.

„Die Tage des Grauens sind hereingebrochen, Halbgöttin.“, sagte er, „ja, das sind sie und wir waren nicht in der Lage ihnen Einhalt zu gebieten. Kratagon ist weitaus stärker als ich hoffte.“

Tayla entsann sich dem Waldbrand. Dann kamen ihr ihre Verbrennungen in den Sinn. Sie schaute auf ihre Hände. Sie waren noch immer verbunden.

„Wie geht es Thorak? Meine Erinnerung verlässt mich, als ich mich auf ihn stürzte und Ihr ihn niedergeschlagen habt.“

Trat da etwa ein leichtes Lächeln auf die Züge des Elfs?

Lethiel deutete auf die gegenüberliegende Seite der

Baumhöhle: „Thorak ist wohlauf.“
„Thorak.“, sagte Tayla und wollte aufstehen.
Lethiel hielt sie zurück: „Er hat sich, als er wieder zu sich kam, geweigert von Eurer Seite zu weichen. Nun schläft er und erholt sich von meinem Schlag.“
„Ist er verletzt?“
„Nein, das ist er nicht.“
Tayla sah auf und betete zum Löwengott: „Danke.“
Dann wandte sie sich wieder Lethiel zu. Den Kopf hatte er zu ihr geneigt und sie betrachtete sein Gesicht, welches kaum vom Alter gezeichnet war.
„Warum tragt Ihr Eure Rüstung, Meister?“, fragte Tayla, als sie bemerkte, dass Lethiel nicht in elfischer Tracht gekleidet war.
„In solchen Zeiten ist es sehr unklug Tuch und Seide zu tragen...“
„Vielleicht sollte ich dann meinen Brustharnisch anlegen.“, meinte Tayla, die nur ein helles Hemd trug das ihr bis zu den Knien reichte.
Sie wusste nicht, wann man es ihr angezogen hatte, doch sie war dankbar nicht mehr das blutige, stellenweise verbrannte Wams tragen zu müssen.
„Belasst es bei dem was Ihr an Euch habt. Ihr müsst Euch erholen, und keine Schlachten schlagen.“
Tayla legte sich wieder hin und drückte ihr Gesicht in die Felle: „Habt Ihr schon Neues von dem Halbgott erfahren?“
Lethiel antwortete und seiner Stimme war sogar eine leichte Betrübtheit zu entnehmen: „Nein, Tayla. Niemand hat ihn mehr zu Gesicht bekommen.“
Ihr traten Tränen in die Augen: „Der Schmerz ihn verloren zu haben, treibt mich näher an den Rand des Todes als es Klingen je tun könnten.“
Lethiel betrachtete sein Spiegelbild in der glänzenden

Klinge seines Schwertes: „Ich glaube Euch, Halbgöttin...“

Ihre Gefühle überwältigten ihn und auch seine Augen schimmerten tränennass im trüben Licht der Sonne.

Nach wenigen stillen Momenten hustete Thorak auf seinem Strohballen. Während des Hustens kam er ins Sitzen und fauchte: „Warum habt Ihr das getan, Lethiel?! Niemals bin ich Euch respektlos entgegengetreten!“

Wütend über die Schmach konnte er sich kaum beherrschen.

„Haltet Euch zurück, oder ich werde ein zweites Mal dafür sorgen, dass Ihr an den Strohballen gefesselt seid.“, sagte Lethiel und zog die schmalen Brauen zusammen.

Thorak stand auf und ballte die Fäuste: „Wagt es nicht! Dieses Mal bin ich nicht unvorbereitet!“

Lethiel schüttelte nur den Kopf und wandte sich von dem Krieger ab.

„Thorak?“, fragte dann Tayla mit leiser Stimme.

„Tayla!“ Er eilte sofort zu ihr und ließ sich neben ihr auf die Knie fallen.

„Geht es Euch gut?“

„Nein, es geht mir nicht gut. Niemand vermag es die Wunden zu heilen, die mir beigebracht wurden. Doch sorgt Euch nicht um mich.“

„Aber, Tayla. Wisst Ihr was Ihr da sagt?“

Tayla setzte sich auf: „Ja, das weiß ich. Das weiß ich nur zu gut...“

„Das was Ihr von mir verlangt, kann ich nicht erfüllen.“, sagte Thorak dann mit gesenktem Kopf.

Da regte sich Lethiel: „Was seid Ihr Thorak? Ein trauerndes Weib oder ein Krieger Arbors? Natürlich werdet Ihr im Stande sein das Verlangte zu erfüllen.“

„Sorgt Euch nicht um mich. Beide. Ich bin eine Halbgöttin. Elozars Abwesenheit mindert nicht meine Entschlossenheit

Arbor zur Seite zu stehen und zu genesen."

Sie hoffte, dass Lethiel und Thorak die Lüge hinter ihren Worten nicht erkannten.

Thorak erwiderte: „Ich werde es versuchen."

Lethiels Schweigen verriet, dass er die Wahrheit sehr wohl erkannt hatte.

Plötzlich polterte ein Krieger in die Baumhöhle: „Lethiel, ist Thorak schon bei Bewusstsein?", rief er gehetzt und keuchend.

„Ja, das ist er.", antwortete Thorak und richtete sich auf.

„Folgt mir! *Schnell!* Der Gefangene wird Norolana vorgeführt!"

„Welcher Gefangene?", fragte Thorak.

„Ein Fremder, der in das Waldgebiet unter Arbor eindrang. Er suchte nach der Halbgöttin."

„Was?", sagte Tayla erstaunt, „er suchte nach *mir?*"

„Ja, das tat er.", entgegnete der Krieger.

„Wer war er?"

„Ein fremder Mann. Niemand weiß von wo er stammt. Unseren Männern verweigerte er jegliche Auskunft. Es tut mir Leid, Halbgöttin Tayla. Ich habe den Befehl erhalten den Bataillonsführer Thorak umgehend zu Norolana zu bringen."

Thorak ging zu dem Krieger: „Dann wollen wir keine Zeit verlieren."

Als sie beiden Arboraner die Baumhöhle verlassen wollten, rief Tayla: „Ich werde euch begleiten!"

„Nein.", sagte Lethiel, der seinen Platz nicht verlassen hatte, „Ihr müsst Euch schonen. Diese Anstrengung werdet Ihr noch nicht bewältigen können."

„Dann muss ich sie bewältigen!", beharrte Tayla.

„Nein, ich werde Euch die Baumhöhle nicht verlassen lassen.", widersetzte sich der Elf und schaute Tayla scharf an.

Lethiel erhob sich, schlug seinen Umhang hinter sich und stellte sich vor Tayla.

Die Halbgöttin begriff, dass sie bei dem Verhör des Gefangenen nicht anwesend sein konnte: „Dann fragt ihn nach seinem Namen, Thorak."

„Warum interessiert Euch gerade der Name dieses Mannes?"

„Tut um was ich Euch bitte, Thorak. Tut es, ohne es zu hinterfragen. Ich muss wissen, ob dieser Mann Zacharias heißt."

„Zacharias? Wer soll das sein?", fragte Thorak und verschränke die Arme vor der Brust.

„Sagte ich nicht, dass Ihr meine Anweisungen nicht hinterfragen sollt?"

„Wie Ihr wünscht."

Mit diesen Worten verließen Thorak und der Krieger die Baumhöhle.

„Wollt Ihr denn nicht mit Ihnen gehen, Lethiel?"

„Und Euch allein zurücklassen?" Lethiel schüttelte den Kopf: „Nein."

Norolana, die Führerin der Arboraner, stand allein in dem Palas der Burg Silva. Sie trug ein langes Gewand und Felle um die Schultern. Einen Dolch hatte sie sich an den Gürtel gesteckt.

„Dort seid Ihr ja endlich!", sagte sie, als Thorak in Begleitung des Kriegers in den Palas kam.

„Ich habe mich zu entschuldigen, Norolana.", sagte der Krieger, „Thorak trifft keine Schuld."

Norolana nickte und bedeutete ihm zu gehen.

Als der Krieger fort war, sagte sie: „Habt Ihr den Gefangenen schon gesehen?"

„Nein, das habe ich nicht. Doch auf dem Weg zu Euch hörte ich, dass er ein großer Krieger, ein starker Recke, sein soll."

„So ist es."

„Wo wird er festgehalten?"

„Fernab aller Fluchtwege."

Thorak schaute sie misstrauisch an.

„Er befindet sich in der Obhut von Alrik und Fanir. Sie bewachen ihn, bis die Nacht hereinbricht. Dann werden wir ihn befragen."

Er nickte: „Vielleicht sollte ich zu ihnen stoßen."

„Nein, das halte ich für keine gute Idee. Kommt dem Gefangenen nicht zu nahe. Wir wissen nichts über ihn und die Gefahren, die von ihm ausgehen."

„Gut.", willigte Thorak ein. „Ich muss Euch berichten, dass die Halbgöttin von der Gefangennahme weiß. Sie wollte dem Verhör beiwohnen, doch Lethiel verbot es ihr. Dennoch bat sie mich eindringlich darum den Namen des Gefangenen in Erfahrung zu bringen."

„Seinen Namen verlangte sie zu wissen?", grübelte Norolana, „gut das Ihr mich darüber informiert habt, Thorak."

Die Trommel

Zacharias öffnete benommen die Augen. Ihn umgaben helle, schemenhafte Lichtpunkte. Seine Erinnerung brauchte einen Moment, bis sie zu ihm zurückfand. Als ihm bewusst wurde, wo er sich befand, wollte er aufspringen. Seine Hände waren aber hinter seinem Rücken an etwas gefesselt.

„Verflucht!“, stieß er erzürnt aus.

Da trat jemand vor die Lichtpunkte und tätschelte unsanft seine Wangen: „Er ist wieder zu sich gekommen!“

Zacharias sträubte sich gegen die unsanften Berührungen und drehte den Kopf weg: „Lasst mich frei oder ich schwöre, ich schlage Euch den Kopf ab!“

Der andere lachte: „Womit denn?“ Dann verschwand er.

Wie lange es dauerte, bis wieder jemand zu ihm gekommen war, konnte er nicht sagen. Seine Sicht war noch immer nicht klar. Aber er erkannte in der Silhouette eine Frau. Er hörte, wie sie etwas vor ihm abstellte. Dann streckte sie ihre Hand nach ihm aus und begann ihm den Brustharnisch abzunehmen.

„Untersteh dich einen Krieger seiner Rüstung zu berauben, Weib!“, fuhr Zacharias sie zur Untätigkeit verdammt an.

„Ich habe nicht vor Euch zu berauben.“, sagte sie und Zacharias bemerkte, dass sie sich vor ihm fürchtete.

„Dann lauf Heim zu deinen Bälgern.“

Die Frau ließ sich von seinen Pöbeleien nicht beeindrucken und nahm ihm den Harnisch ab. Zacharias spürte, wie sie ihm mit zittrigen Händen das Hemd aufschnürte und auszog. Dann tupfte sie ihm eine kühle Paste auf seine Wunden.

„Haben Euch die Unseren so zugerichtet?“, fragte sie.

„Nein.“, antwortete Zacharias, „eine andere Hand brachte mir die Verletzungen bei. Wäre ich nicht verwundet, hätten mich die Euren nie überwältigen können.“

Seine Stimme war rau und die Kehle trocken.

„Hier.“, sagte dann die Frau, „trinkt.“

Sie hielt ihm einen Wasserschlauch an die aufgerissenen Lippen.

Erst sträubte Zacharias sich dagegen, doch dann gab er dem quälenden Durst nach und trank alles was sie ihm gab.

„Wartet einen Moment. Ich bin gleich zurück.“, sagte sie und verschwand.

„Wie sollte ich auch fortgehen?“, fragte Zacharias sich und legte den Kopf in den Nacken.

Es dauerte nicht lange und die Frau kehrte zu ihm zurück. Dieses Mal hatte sie ein nasses Tuch mitgebracht, mit dem sie ihm übers Gesicht wusch. Zacharias spürte, wie die Spannung auf der Haut verschwand, als sämtliches Blut abgewaschen war.

„Ich danke Euch.“, sagte er schmeichelnd, nachdem sie geendet und das Tuch abgelegt hatte.

Er hörte wie sie aufatmete und dann damit fortfuhr seine Wunden zu behandeln.

„Durch die Heilkunst unserer Führerin solltet Ihr Euch in wenigen Stunden besser fühlen. Eure Wunden sollten dann verheilt sein. Ihr hattet Glück. Sie waren weder tief noch lebensbedrohlich.“

Zacharias schlug die Augen nieder: „Ich würde Euch gerne ansehen, wenn ich Euch für Eure Hilfe danke. Doch ich kann nur wage Schemen erkennen.“

Sie verstrich etwas von dem heilenden Gemisch auf seinen Augenlidern. Dann ging sie, ohne ein weiteres Wort zu sagen, fort.

Zacharias hielt seine Augen solange geschlossen, bis das Heilmittel eingezogen war. Als er sie dann öffnete, wollte er ihnen erst nicht trauen. Er befand sich auf einer Holzplattform in den Baumkronen an einem Baumstamm gefesselt. Die Lichtpunkte, die er zuvor gesehen hatte, waren das schwache Licht der Sonne gewesen, das durch das Blätterdach brach.

„Wo bin ich nur? Und wer sind diese Leute?“, fragte er sich.

Noch verwunderter war er aber darüber, dass er erst von diesem Volk gefangen genommen wurde und dass sie dann versuchten ihn zu heilen.

„In Kratagon werden Eindringlinge getötet, und nicht geheilt.“, dachte er.

Dann versuchte er vergebens sich loszureißen.

„Fest sind diese Schnüre und gut die Knoten.“, murmelte er frustriert.

„Was tut Ihr da?“, fragte plötzlich die Frau, die ihn versorgt hatte

„Was wollt Ihr denn schon wieder von mir?“

Die Frau streckte ihm einen Korb gefüllt mit Brot und Obst entgegen: „Die Führerin wies mich an Euch dies hier zu bringen.“

„Tat sie das, ja? Will sie mir so den Tod bescheren?“

„Nein, das ist gewiss nicht ihre Absicht.“

„Nehmt erst Ihr etwas zu Euch, doch ich wähle."
Die Frau nickte.
„Den Apfel."
Er deutete mit dem Kopf, soweit er ihn bewegen konnte, auf einen Roten. Die Frau nahm den Apfel in die Hand und führte ihn langsam an den Mund. Zögernd biss sie hinein, doch dann aß sie ihn beinahe ganz auf.
„Seht Ihr? Ihr habt nichts zu befürchten."
Sie ging zu dem Gefesselten und kniete sich vor ihn. Dann brach sie ein Stück Brot entzwei und legte es Zacharias an die Lippen: „Esst nur."
Er öffnete seinen Mund und sie legte ihm das Brot auf die Zunge. Er bemerkte, während er das Stück Brot zerkaute, dass sie ihn immer eindringlicher beobachtete.
„Lasst mich frei."
Sie schüttelte den Kopf: „Das kann ich nicht tun..."
„Dann löst mir die Fesseln ein wenig."
„Nein..."
„Ich flehe Euch an, sie bereiten mir Schmerzen."
Gerade als sie zögernd die Hand nach den Fesseln ausstreckte, kam ein Krieger zu ihnen: „Der Gefangene soll Norolana vorgeführt werden!"
Er ging zu Zacharias, riss die Fesseln los und zerrte ihn grob und unbarmherzig hinter sich her.

Nachdem der Krieger Zacharias mit verbundenen Augen durch halb Arbor geschleift hatte, übergab er ihn Alrik und Fanir, die den Gefangenen schon erwarteten: „Da habt ihr ihn."
Die starken Arme des Schmiedelehrlings Alrik banden dem Gefangenen die Hände und zurrten ihn mit rauem Seil an einem Baumstamm fest. Dann nahm Alrik ihm die Augenbinde ab.

„Verflucht sollt Ihr sein!“, rief Zacharias empört und stemmte sich in die Fesseln.

„Dieses Seil wirst du nicht durchtrennen können.“, sagte Alrik und verschränkte die Arme vor der gepanzerten Brust.

„Mein Wille reißt jede Barriere ein, die mir den gewählten Weg versperrt!“, knurrte Zacharias und bleckte wie ein Wolf die Zähne.

Er spannte die Armmuskeln an und versuchte das Seil, das ihm die Hände fesselte, zu zerreißen. Alrik und Fanir brachen in Gelächter aus, als sie Zacharias' vergebliche Bemühungen beobachteten. Daraufhin spuckte dieser ihnen voller Abscheu auf die Stiefel.

Da sah er die Frau zu ihnen kommen, die seine Wunden gesalbt hatte.

„Fanaria, was tust du hier?“, fragte Fanir.

„Ich komme, um seine Wunden zu versorgen.“, sagte sie und deutete auf Zacharias.

„Das hast du doch schon getan!“, schimpfte er, „einmal zu oft, für meinen Geschmack.“

„Norolana wies mich an ihn zu salben, bis er genesen ist. Also lass mich zu ihm, oder willst du dich den Befehlen der Führerin widersetzen?“

„Gib mir meine Rüstung zurück und dann verschwinde, Weib!“, fuhr Zacharias sie unbarmherzig an.

„Diesem Sünder willst du freien Willens Hilfe leisten, Schwester?“, fragte Fanir ungläubig.

„Menschen wie wir dürfen nicht über Leben und Tod entscheiden. Wir sind keine Götter.“, beendete Fanaria die Diskussion.

„Gib mir das.“, verlangte Fanir und entriss seiner Schwester die Arzneien.

„Fanir!“, protestierte diese, „gibt sie mir sofort zurück! Du verstehst nichts von der Heilkunst.“

„Was gibt's da schon zu verstehen?“

Fanir ließ eine klare Flüssigkeit aus einer Viole in die Wunden auf Zacharias Schultern tropfen. Es waren die Verletzungen, die ihm Elozar mit seinen Klauen beigebracht hatte. Zacharias' Kehle entfuhr ein scharfes Zischen, als sich die Flüssigkeit ins Fleisch brannte.

Fanaria sprang zwischen ihren Bruder und Zacharias und entriss Fanir die Viole: „Fanir, untersteh dich!“

„Wer hat angeordnet, dass er Arzneien bekommt?“, fragte Alrik, der dem Streit der Geschwister keine Aufmerksamkeit geschenkt hatte, „mein Vater Gerion würde diesem Dreckskerl ein glühendes Mahl in die Haut brennen.“

„Norolana verordnete es.“, erwiderte Fanaria gereizt und begegnete Alriks Blicken.

„Norolana hat nicht mehr alle Sinne beisammen, wenn sie solchen Unsinn anordnet.“, spottete Alrik und stemmte die großen Hände in die Hüften.

„Schert euch von dannen!“, herrschte Fanaria sie an.

Alrik und Fanir traten resignierend zurück.

„Bitte entschuldigt meinen Bruder.“

Zacharias sah sie erzürnt an: „Nichts werde ich jemals entschuldigen!“

„Ich erlaube mir kein Urteil über Euch und die Dinge, die Ihr verbrochen habt, zu bilden. Dennoch solltet Ihr lernen Eure Zunge in Zaun zu halten, Fremder.“

„Was sagst du da?“

Sie begann unter seiner erbosten Stimme zu zittern: „Ich werde in Eure Wunden jetzt etwas davon träufeln.“ Sie streckte ihm die Viole entgegen: „Es wird nicht sehr schmerzhaft sein.“

Zacharias schenkte ihren Worten keinen Glauben. Er ergab sich einfach seinem Schicksal und sprach kein Wort mehr.

Bald hatte Fanaria alle Arzneien verbraucht. Sie wollte

gerade wieder gehen, als ihr noch etwas in den Sinn kam. Kurz drehte sie sich zu Zacharias um und sagte: „Die Führerin unseres Volkes wird Euch heute Abend anhören."

„Nur Völker gezeichnet von Schwäche werden von Frauen geführt. Mich fürchtet die Vorstellung ihr gegenüberzutreten nicht."

In Fanarias Augen trat Entrüstung: „Dann seid Ihr ein Narr."

Eine drückende Dunkelheit legte sich über Lorolas. Die Luft war noch von dem Gestank verbrannten Fleischs geschwängert und eine leichte Brise herrschte.

Zacharias war in der frühen Nacht von Alrik und Fanir weggebracht worden. Die Männer hatten ihm, obwohl vollkommene Schwärze herrschte und man nichts mehr sehen konnte, die Augen verbunden. Dann hatten sie ihn an den Ort geführt, an dem Norolana den Gefangenen erwartete.

Kalter Wind wehte durch sein Haar. Zacharias, der noch immer bis auf die Hose entkleidet war, schauderte. Er wusste nicht, wo er war, wusste nicht, wo sie ihn hingebracht hatten. Seine nackten Füße spürten harten Boden. Ein Paar großer Hände riss ihm die Arme über den Kopf und band seine Hände an etwas fest. Sie waren so festgeschnürt, dass er seine Finger kaum noch spürte. Er fühlte nichts mehr außer den quälenden Fesseln. Aus diesem Grund krachte Zacharias zu Boden, als ihm unvorhersehbar die Beine weggetreten worden. Unsanft schlug er mit den Knien voran auf.

Zacharias wusste, dass er in diesem Zustand wehrlos war. Somit schärfte er sein Gehör und lauschte. Erst hörte er nur das Rauschen des Windes, dann schwere, langsame Atemzüge.

Da vernahm er ein Rascheln und ihm wurde die Augenbinde abgerissen. Seine Augen brauchten einen Moment, bis sie sich an den schwachen Schein des Lichts gewöhnt hatten. Dann aber erkannte Zacharias, dass lodernde Fackeln in einem weiten Kreis um ihn herum aufgestellt waren. Er selbst stand auf einer hölzernen Plattform, deren Ende sich in der Dunkelheit verlor. Die schwarzen, teils knorrigen Zweige der Bäume griffen mit ihren scharfen Krallen nach ihm.

Plötzlich erschütterte ein lautes Dröhnen die Luft, die zum Zerreißen gespannt war. Zacharias versuchte herauszufinden, woher es kam. Bevor er es einordnen konnte, erhob sich in der Finsternis vor ihm eine vom Alter gekennzeichnete Stimme, in der von Trauer und Verzweiflung geschürter Hass und Leid mit hallten:

„Dröhnende Schläge weckten uns.
Dröhnende Schläge erschreckten uns.
Dröhnende Schläge riefen uns.

Sie erschütterten Mark und Gebein,
fuhren in unsere Herzen hinein.

Doch selbst waren wir es, die die Trommel schlugen.
So donnernd wie ein Sturm hieben wir auf sie ein.
Was sollte das nur für ein Leben sein?

Pein suchte uns stets heim unter der stahlzackenen Kron.
Es war der, der saß auf finsterem Thron,
der bescherte uns des Todes Sehnsucht,
der ließ uns ergreifen die Flucht.

Bluttropfenen Leibes rannten wir fort,
fort an diesen Ort.
Nun stehen wir unter schützenden Kronen,
die allein wir bewohnen.

Gerüstet sind die Recken!
Der finstere Thron ließ sie einst Tode vollstrecken.
Unverwundbar deren Geister,
keine Gnade kennen ihre Schwerter,
geschmiedet im heißesten Seelenfeuer!

Unsere Leiber erbeben wie unter tobenden Wogen,
wie unter heftigen Strudeln, die einst an uns sogen,
bei dem Anblick des einen, der wagt den Frieden zu stören,
der uns fordert, der Trommel Stimme erneut zu hören.“

Es waren dröhnende Trommelschläge, die Zacharias hatten erzittern lassen. Diese Trommelschläge unterstützten die gesprochenen Worte.

Zacharias schauderte. Er blickte starr in die Dunkelheit vor sich. Der schwere Atem der Nacht ging noch immer und wirbelte durch sein Haar. Das Feuer der Fackeln spiegelte sich in seinen blauen Augen.

Der Kratagoner wollte zu der vor Wut und Trauer bebenden Stimme sprechen. Aber seine Kehle war wie zugeschnürt. Wenn seine Hände frei gewesen wären, hätte er sie um den Hals geschlungen.

„Ihr seid der, der uns fordert, der Trommel Stimme erneut zu hören.“, erklang die körperlose Stimme.

Es war, als würde ein Bann von ihm fallen, denn nun fand Zacharias seine Sprache wieder: „Und Ihr seid die, die einst aus Kratagon flohen und sich gegen die Gesetze und die

Krone auflehnten."

Der schwere Atem stockte: „Ein Scherge der Krone."

„Kein Scherge, ein Recke."

„Ein Recke des finsteren Throns." Die körperlose Stimme klang fassungslos, „er hat uns gefunden."

Ein Zischeln ertönte und die Fackeln leuchteten hell und tauchten die Plattform in flackerndes Licht. Mehrere Schritt von Zacharias entfernt erschien eine alte Frau mit schlohweißem Haar, die auf einem mit Schnitzereien verzierten Stuhl hockte. Sie war in Felle gehüllt und schaute ihn aus funkelnden Augen an.

„Wer seid Ihr?", fragte Zacharias.

„Ihr wisst wer ich bin."

Zacharias strengte sich an, um die Worte über die Lippen zu bringen: „Vielleicht tue ich das. Ihr seid eine von jenen, die einst geflohen sein sollten."

„'Sein sollten'? Wir *sind* geflohen, und das mit Recht."

Sie legte eine Pause ein: „Ich bin Norolana, die Führerin der Arboraner, die Führerin derer, die sich einst Kratagons Fängen entreißen konnten. Ihr seid wohl zum Leidwesen aller Schwert und Auge dieses Landes."

„Wenn ich etwas bin, dann dessen Schild."

„Nein, Ihr seid kein Schild. Schilder sind in Kratagon nicht von Nöten." Die Alte erhob sich von ihrem Stuhl und ging langsam auf den Gefangenen zu: „Ihr wart ein Mann, der dem schwarzen Thron bedingungslos diente. Jetzt seid ihr ein Mann, der nicht fähig ist zwischen Recht und Unrecht zu unterscheiden. Eine Fahne im Wind, die sich von den kalten Strömen leiten lässt."

Zacharias dachte an Tayla und das, was seine Gefühle für sie mit ihm gemacht hatten.

„Wer seid Ihr, dass Ihr das zu behaupten wagt?" fragte er scharf.

„Ich bin die, die über Euer Leben oder Euren Tod entscheidet. Nennt mich für die heutige Nacht Göttin oder Königin. Benennt mich nach dem obersten Herrn, dem Ihr Willen und Geist unterworfen habt.“

„Ich werde Euch nicht Königin nennen, alte Hexe. In meinen Augen seid Ihr das Niedrigste, was mir je zu Gesicht kam.“

Zacharias verhärtete seinen Blick und seine Augen wurden so kalt wie Eis, obgleich sich Flammen in ihnen widerspiegelten.

Norolana war nun bei ihm angelangt und legte ihre faltigen Hände sanft an seine Schläfen. Für einen kurzen Moment schien sie entsetzt, dann erschlafften ihre Gesichtszüge wieder.

„Tod der, die in meinen Geist eindrang!“, fuhr Zacharias sie erzürnt an. Er ballte die Hände zu Fäusten und stemmte sich in die Fesseln.

„Ihr schützt Euer Wissen gut, Zacharias.“, sagte Norolana.

„Woher kennt Ihr meinen Namen, wenn Ihr nicht in meinen Gedanken lesen konntet?“, fragte er.

Norolana lächelte schwach und wandte ihm den Rücken zu: „Wie soll ich urteilen?“, fragte sie mit unerwartet lauter und kräftiger Stimme.

„Ich werde Euch nicht um meine Freilassung bitten.“, sagte Zacharias unumstößlich.

„Das Gesetz der Arboraner verbietet jedem Fremden die Stadt lebend zu verlassen. Das Gesetz schreibt vor, dass Euch nur eines erwartet, und das ist der Tod.“

„Dann tötet mich.“

„Ihr stammt jedoch wider aller Erwartungen aus Kratagon, dem Land, dass sich bald gegen Lorolas erheben wird. Und mir ist fern, ob Ihr etwas über die Kriegspläne des Herrschers wisst.“

„Selbst wenn ich etwas wüsste, würde ich es nicht sagen!“

„Welch Schande.“, sagte Norolana, „für gewöhnlich lehne ich Folter, wie sie in Kratagon verübt wird, strickt ab. Bei einem Mann, der aus diesem Land stammt und selbst Peiniger zu sein scheint, würde ich darüber hinwegsehen...“

Wie auf's Stichwort traten zwei arboranische Krieger in voller Rüstung auf die erleuchtete Plattform. Es waren Thorak und Fanir.

Zu Zacharias' Verwunderung waren ihre Gesichter mit grüner Farbe bemalt.

Der Kleinere von ihnen, es war Fanir, beugte sich vor: „Ich habe gehört, es gibt etwas zu häuten?“

Fanir zog langsam zwei lange, dünne Messer hinter dem Rücken hervor.

Thorak legte seine Hand demonstrativ an sein Schwert, sagte aber nichts.

Die Krieger gingen zu dem Gefangenen und nahmen neben ihm Haltung ein.

„Versuchen wir es ein zweites Mal. Was wisst Ihr über den Krieg?“, wiederholte Norolana.

Zacharias schwieg erst starrsinnig, dann sagte er: „Ihr seid nicht fähig einen Mann zu foltern, geschweige denn, ihn zu töten.“

Fanir hielt eines seiner Messer an Zacharias' Wange: „Verrennt Euch nicht in diesen Irrglauben.“

Er drückte die Spitze des Messers in die Haut und zog eine rote Linie bis zu Zacharias' Mund hinunter.

„Ich werde keine Informationen preisgeben.“, beharrte Zacharias und presse die Lippen zusammen.

Norolana ließ sich auf ihrem Stuhl nieder und sprach: „Das werden wir zu einem anderen Zeitpunkt sehen. Wisst Ihr, Zacharias, da Ihr nicht bereit seid etwas von Euch zu erzählen, werde ich wohl den Anfang machen müssen.“

Zacharias sah verwirrt auf.
Norolana berichtete ihm von der Entstehung Arbors und der Flucht aus Kratagon. Dabei ging sie nur auf weniger wichtige Dinge ein.
„Ihr und eine andere seid die einzigen, die Arbor seit der Errichtung entdeckt haben.“, endete sie.
„Eine andere? Wer ist sie?“, fragte Zacharias aufmerksam.
„Sie ist unerreichbar für Euch.“
„Dann ist sie also tot?“
Norolana ging nicht auf diese Frage ein. Die alte Frau sah dem Gefangenen in die Augen, aus denen das Eis tauen sollte.
„Erzählt mir von der anderen, die Eure Stadt entdeckte.“, verlangte Zacharias.
„So, wie Ihr mir von Kratagons Machenschaften und Kriegsplänen erzählt?“, entgegnete Norolana, „ich glaube, ich sollte Euch über meine Position unterrichten, Zacharias. Ich bin die Führerin dieses Volkes und ich entscheide nach Gutdünken welches Schicksal Euch ereilt. Nennt es absolutistisch oder totalitär, doch allein in meinen Händen liegt Euer Leben. In diesem Moment bin ich im Begriff es meinen alten Fingern entgleiten zu lassen.“
In Zacharias' Augen trat ein Funkeln: „Dann lasst es fallen und auf dem Boden wie eine Vase zerspringen.“
Norolana sprach: „Schätzt Euch darüber glücklich, dass Ihr über Wissen verfügt, welches ich brauche. So wird sich Euer Tod hinauszögern...“
Unerwartet nahm Thorak das Wort: „Was hält Euch nur in diesem Land, Gefangener? Was unterwirft Euren Willen?“
„Mich hält Kratagon, weil ich dort nicht als Gefangener tituliert werde. Dort nennt man mich 'Herr' oder bei meinem Namen. Und nur mein eigener Wille und mein eigenes Verlangen kann meinen unbrechbaren Willen unterwerfen!“

„Dann prügelt Eurem Willen ein, dass Ihr Euer Wissen mit uns zu teilen habt!“, sagte Thorak aufgebracht.

„Niemals werde ich das freiwillig tun. Mein vergänglicher Leib und mein Geist sind Kratagon treu. Der Schwur, den ich einst vor meinem König leistete, wird immer mein Leben bestimmen.“

Norolanas Kehle entfuhr ein spöttisches Lachen: „Ich habe gespürt, dass Ihr anders über das ferne Land denkt. Ich habe gespürt, dass Ihr im Zweifel seid. Was nennt Ihr dann Treue und Pflicht?“

Zacharias knirschte mit den Zähnen: „Das sagte ich bereits.“

Norolana faltete die Hände: „Langsam tut sich mir die Frage auf, ob Ihr in der Gnade des finsteren Throns steht, oder ob Ihr in Ungnade gefallen seid…“

„Schweigt still!“, zischte Zacharias und lehnte sich in seinen Fesseln auf.

Norolana ließ den Blick sinken und Zacharias wusste, dass sie ihn durchschaut hatte.

Besuch in der Nacht

Das Verhör hatte nicht mehr lange gedauert.

Norolana hatte, nachdem sie Zacharias zwei weitere Male nach Kratagons Kriegsplänen gefragt hatte, beschlossen, das Verhör in die nächste Nacht zu verlegen. Thorak und Alrik waren zusammen mit ihr fortgegangen. Zacharias wurde erneut gefesselt zurückgelassen. Der Knebel, den Alrik ihm bevor er gegangen war in den Mund gezwängt hatte, erschwerte ihm das Atmen. Ein leises Stöhnen war der einzige Laut, der seiner Kehle entkommen wollte.

Zwei Fackeln loderten in der Dunkelheit in nicht allzu weiter Ferne. Zacharias befand sich aber nicht mehr in ihrem Schein. Er sah unverwandt zu den Fackeln, denn er konnte nicht schlafen.

Schritte ließen ihn aufhorchen. Jemand kam zu der Holzplattform, auf der er gefesselt war. Bald war er in der Lage, eine zierliche Gestalt zwischen den Fackeln stehen zu sehen. Sie stand gebeugt, so, als wäre sie verletzt.

Zacharias' Herz schlug schneller. Er spürte die Anwesenheit der Gestalt überdeutlich und fragte sich, wer sie war.

Die Gestalt näherte sich ihm und bald stand sie dicht vor

ihm. Zacharias' Lungen zogen sich zusammen. Er konnte das Gesicht der Gestalt nicht erkennen, dennoch kam sie ihm bekannt vor.

Ein Wispern erklang: „Ich weiß nicht, wer Ihr seid.“

Sein Hals schnürte sich zu. Es war Tayla! Voller Verzweiflung und voller Erleichterung, dass sie den Brand überlebt hatte und er jetzt doch so machtlos war, stemmte er sich in die Fesseln. Mit aller Kraft versuchte er den Stricken zu entkommen und den Knebel auszuspucken. Vergeblich.

Sie sprach weiter: „Ich würde zu gerne wissen, wer Ihr seid.“

Ihre Stimme klang beherrscht und doch so traurig.

„Ich kann Euch in der Dunkelheit nicht sehen.“, fuhr sie fort, „aber ich werde auch keine Fackel holen, um das zu ändern.

Ihre Trauer und ihre Wut waren förmlich mit Händen greifbar. Wieder versuchte Zacharias den Fesseln zu entkommen. Er wollte sie in den Arm nehmen! War das denn zu viel verlangt?

„Ich könnte es nicht ertragen, wenn Ihr es seid...“

Er war sich im Klaren darüber, dass sie genau *ihn* meinte. *Ihn*, den Mann aus Kratagon.

Zacharias sah undeutlich, wie sie ihre Hände nach ihm ausstreckte. Als sie ihn berührten, war er irritiert. Seine Brust berührten keine Finger aus Fleisch und Blut. Er spüre groben Stoff auf seiner Haut. Tayla war verletzt und ihre Wunden waren verbunden. Es musste so sein.

„Wenn Ihr der Mann seid, von dem ich befürchte und zugleich hoffe, dass er vor mir steht, dann wisst Ihr auch wer ich bin. Falls Ihr es nicht seid, will ich, dass Ihr wisst, dass ich Euch nichts antun will.“

Zacharias schnaubte und starrte sie an. Wieder bäumte er sich in den Fesseln auf, sodass sich die Stricke quälend in seine Haut drückten und blutige Striemen zurückließen. Plötzlich spürte er ihre langen Haarsträhnen auf seiner nackten Brust. Er konnte ihre Körperwärme wahrnehmen. Sie ging vor ihm auf die Knie, so demütig, dass er sie am liebsten wieder auf die Füße gezogen hätte, und lehnte den Kopf in seine Halsbeuge.

Schauder überliefen seinen Rücken. Wenn er sich doch nur bewegen könnte, um sie zu berühren. Noch nie hatte er sich so sehr danach gesehnt, eine Frau zu berühren.

Er bemerkte, wie sie seinen Geruch in sich aufnahm. Der befreiende Gedanke, dass sie ihn daran wiedererkennen würde, erstarb. Allein der Gestank von Rauch und Feuer haftete ihm an.

„Wüsste ich doch bloß, ob Ihr es seid.“, hauchte Tayla und er spürte, wie ihre Wange an seinem Hals tränennass wurde.

Ihm zerriss es das Herz. *Sie weinte.*

„Ich muss wieder gehen.“, sagte sie dann.

Sämtliche Muskeln in seinem Körper spannten sich an. Er wollte nicht, dass sie ihn verließ! Das durfte sie nicht! Nicht jetzt, wo sie sich gerade wiedergefunden hatten...

Taylas verbundene Hände fanden sein Gesicht und die feinen Härchen in seinem Nacken stellten sich unter ihrer Berührung auf. Er zitterte, als er ihre Lippen erst auf der rechten und dann auf der linken Wange wahrnahm. Als er ihre Lippen das zweite Mal auf seiner Haut spürte, zuckte er zusammen.

„Ich werde nicht sterben, und Ihr werdet nicht sterben.“

Sie stand auf und wich einen Schritt zurück. Zacharias schrie so laut er konnte ihren Namen. Der Knebel ließ nur ein Stöhnen bis an Taylas Ohren dringen.

„Ich werde niemandem von meinem Besuch erzählen und ich werde ihn vergessen. Auch Ihr sollt darüber schweigen, und ihn als einen Traum in Erinnerung behalten. Gute

Nacht.“

Sie drehte sich um und ging. Sie durfte nicht gehen! Sie konnte ihn nicht hier zurücklassen!

„Tayla!“, brüllte er in den Knebel, „TAYLA!“

Doch sie blieb nicht stehen.

Der Rest der Nacht war sehr kalt gewesen und er hatte gefroren. Als das erste Sonnenlicht dann durchs Blätterdach gebrochen war, fühlte er sich steif. In Händen und Armen hatte er kein Gefühl mehr, da sie noch über seinem Kopf gefesselt waren.

Er dachte ununterbrochen an Tayla. Sie war verletzt und war bei ihm gewesen. Bei *ihm*. Noch immer spürte er sie an sich, als würde sie noch an ihm lehnen.

Sie war doch hier gewesen, oder?

Er war sich nicht sicher, ob er nur geträumt hatte, dass sie mit ihm gesprochen hatte. Hatte er etwa fantasiert? War er nicht mehr bei Sinnen? Der Kratagoner war übermüdet und die Sicherheit, dass Tayla lebte, war verflogen.

Mit dem vollkommenen Aufgang der Sonne kam Fanaria mit einem Korb im Arm zu ihm.

„Seid gegrüßt.“, sagte sie mit dünner Stimme und löste den Knebel.

Ihren Gruß erwiderte Zacharias nicht.

„Ich habe Euch Beeren und Brot gebracht.“

Sie streckte den Korb von sich, sodass Zacharias dessen Inhalt sehen konnte.

„Möchtet Ihr etwas essen?“

„Nein. Von Euch und Eurem Volk werde ich rein gar nichts mehr dankbar empfangen.“

Fanaria legte Zacharias den Korb zu Füßen. Sie trat wieder zurück und vergrub die Hände im wärmenden Stoff ihres braunen Umhangs.

Zacharias bemerkte, wie sie ihn interessiert musterte und dann den Blick abwandte.

„Mein Bruder hat Euch nichts mehr angetan, oder?“

„Nein, hat er nicht.“

„Ich will Euch etwas fragen.“, sagte Zacharias zu ihrer Überraschung.

„Was denn?“

„Ist die Halbgöttin hier?“ Er beobachtete sie aufmerksam: „Ich meine, war sie in der Nacht in Eurer Stadt?“

Fanaria wirkte verändert. Aber er konnte es nicht deuten.

Sie legte die Stirn in Falten: „Ich weiß nicht wovon Ihr sprecht.“

Tayla wachte auf und spürte gleich den Schmerz der Trauer in sich. Sie richtete sich langsam auf und sah zu Lethiel der neben ihr saß.

In der Nacht hatte er sie allein gelassen. Vermutlich war er zur Schmiede gegangen. Tayla hatte einfach aufstehen müssen, um nach dem Gefangenen zu suchen. Sie wusste, dass es in Arbor nur wenige Orte gab, die dazu geeignet waren, einen Mann festzuhalten. Sie hatte einfach wissen müssen, ob der Gefangene von dem gesprochen wurde, Zacharias war. Heimlich hatte sie ihn aufgesucht. In der Dunkelheit hatte sie ihn nicht erkennen können, doch ein Gefühl sagte ihr, dass Zacharias vor ihr gestanden hat.

Jetzt, da sie immer noch im Unwissen darüber war, wer der Gefangene wirklich war, zwang sie sich die Begegnung mit ihm zu vergessen.

Eine Frage Lethiels riss sie aus den Erinnerungen: „Wie fühlt Ihr Euch?“

„Gut.“, antwortete Tayla und streckte die Arme aus. Als sie diese wieder in den Schoß legen wollte, fiel ihr Augenmerk auf ihre verbundenen Hände.

„Es stimmt mich traurig und wütend zugleich, wenn ich das sehe.“, seufzte sie, „ich hoffe, dass die Wunden bald verheilt sind. Wenigstens diese Verletzungen sollen mir keine Schmerzen mehr bereiten...“

Lethiel sah zu ihr: „Nehmt die Verbände ab und seht selbst.“

„Nein, diesen Anblick kann ich kein zweites Mal ertragen.“, verneinte sie betrübt.

„Norolana ist heute in der Früh hier gewesen, während Ihr noch geschlafen habt. Sie hat Eure Verbrennungen behandelt und neu verbunden. Sie sagte, dass sie im Laufe des heutigen Tages verheilt sein sollten.“

Taylas Gesicht erhellte sich und in ihre Augen trat ein erfreuter Glanz: „Ist Thorak schon hier gewesen? Er wollte mir von dem Verhör erzählen.“

„Ja, das ist er. Er kam her kurz nachdem die Sonne aufgegangen war. Ich soll Euch von ihm ausrichten, dass er Arbor für zwei Tage verlassen musste.“

„Warum?“

„Er und einige der Jäger müssen bis hinter den Bach gehen, der durch den gesamten Lorolas Wald verläuft. Sie hoffen auf dieser Seite des Waldes Nahrung zu finden.“

„Aber unter Arbor gibt es genug.“, wandte Tayla ein.

„Ja, noch tut es das. Doch diese Erträge werden mehrere hundert hungrige Mäuler nicht lange stopfen.“

„Gibt es denn schon Neuigkeiten von Elozar, ich meine, von dem Halbgott?“

Lethiel erhob sich: „Nein, zu meinem Bedauern muss ich Euch enttäuschen.“

In Taylas Augen traten Tränen der Verzweiflung: „Aber man muss ihn doch finden können! Sind die arboranischen Männer denn nicht fähig einen pferdegroßen Löwen aufzuspüren?!“

„Nicht, wenn dessen Leib von den Flammen genommen wurde.“

Tayla ließ den Kopf sinken: „Wissen tue ich um den Brand und all die Grausamkeiten, doch wahrhaben will ich sie nicht. Alles was ich ersehne ist Elozars Rückkehr.“

„Niemand kann Euren Schmerz nachempfinden, Halbgöttin. Selbst habe ich Brüder und Schwestern verloren, die mir so nah standen wie niemand sonst. Dennoch vermag dieser Verlust nicht annähernd so groß und qualvoll zu sein wie der, den Ihr zu ertragen habt.“

„Eure Anwesenheit lindert meinen Schmerz, Meister.“, sagte sie und lächelte schwach.

Lethiel erwiderte ihr Lächeln zu ihrer Verwunderung. Erstmals sah sie einen Hauch seiner menschlichen Seite.

Das Lächeln verschwand und er sagte: „Bevor ich es vergesse, Norolana bat mich Euch folgendes auszurichten: Sie habe Euch verziehen, sagte sie. Sie habe Euch das verziehen, was es nicht zu verzeihen gab.“

Tayla dachte augenblicklich an Steve und seinen Tod, für den sie sich verantwortlich fühlte. Wahrhaben, dass Norolana Ihr diese Tat verzeihen konnte, wollte sie nicht. Sie konnte nicht glauben, dass Norolana wirklich imstande war ihr zu vergeben.

„Das hat sie gesagt?“, vergewisserte sie sich.

„Ja, Tayla. Bei den Arboranern seid ihr stets willkommen. Wir werden bis zum bitteren Ende an Eurer Seite sein.“, bestätigte Lethiel und legte demonstrativ die Hand auf den Knauf seines Schwertes.

„Wie lange wird es dauern, bis ich die Baumhöhle verlassen kann?“, fragte Tayla, die sich, wie durch ein Wunder, wieder lebendiger fühlte. Sie wollte Lethiel verschweigen, dass sie sich bereits über seine Anordnung, das Bett zu hüten, hinweggesetzt hatte.

„Theoretisch könntet Ihr die Baumhöhle wann immer Ihr wolltet verlassen. Ich würde Euch dennoch davon abraten. Ruhe ist das einzige was Euch genesen lassen kann. Außerdem halte ich es für unklug den Arboranern in diesem Zustand gegenüberzutreten. Sie müssen in Euch eine starke Halbgöttin sehen, die ihnen wieder Mut und Hoffnung zurückgeben kann. Denn alle Hoffnung scheint jetzt verloren. Die Aussicht auf einen Sieg im nahenden Krieg gegen Kratagon scheint verloren und der Sohn des Löwengottes ist nicht mehr an Eurer Seite. Offensichtlich hat der Gott der Herrlichkeit und des Friedens seine schützende Hand von uns genommen...“

„Ja, Lethiel, es scheint wahrhaftig so zu sein. Aber auch wenn diese Tage die Grauenvollsten sind, die mir je widerfuhren, werde ich die Hoffnung nicht aufgeben. Sie brennt in mir noch immer wie eine Flamme, die nicht ersticken will.“

Ihre Worte galten Elozar, ihrer Bestimmung... und zu ihrer eigenen Verwunderung Zacharias.

„Eure Worte ermutigen mich, Halbgöttin, obwohl ich weiß, dass diese Flamme sich bald selbst ersticken wird.“

Tayla sah ihn aus matten Augen an und konzentrierte sich um ihr Sichtbild zu schärfen.

„Legt Euch zur Ruhe. Auch wenn Ihr schlaft werde ich nicht von Eurer Seite weichen. Ihr seid die Flamme der Hoffnung in den Herzen der Lorolasser.“

Tayla nahm seine Worte nur undeutlich wahr.

Wie eine wundersame Melodie klangen sie in ihren Ohren. Wie eine Melodie, die ihren Zuhörer sanft in die Traumwelt geleitete.

Lethiel lief in der Baumhöhle auf und ab, als Tayla tief

atmend in den Labrufellen lag. Es erinnerte ihn an Elozar, wie sie sich in die Felle schmiegte, denn so hatte sie es auch immer bei dem Löwen getan.

Der Elf sah aus seinen mandelförmigen Augen zu der schlafenden Halbgöttin herüber und musterte sie.

„Schwach.“, dachte er, „es wird Tage dauern, bis sie ihre Ausbildung wieder aufnehmen kann. So viel Zeit haben wir nicht mehr. Menschen, anfällig für jede Krankheit und jedes Leid. Würden Norolanas Arzneien nur schneller ihre Wirkung entfalten.“

Als die Sonne hoch am Himmel stand wachte Tayla auf. Sie rieb sich noch immer müde die Augen: „Wurde Elozar gefunden?“

Lethiel, der an einer Wand lehnte, antwortete: „Leider muss ich Euch enttäuschen.“

Tayla ließ die Blicke schweifen und entdeckte zu ihrer Verwunderung Norolana im Eingang der Baumhöhle stehen.

„Norolana.“, sagte sie, „was tut Ihr hier?“

Norolana prüfte, ob sich ihre elegante Hochsteckfrisur nicht auflöste. Dann entgegnete sie: „Ich wollte mich vergewissern, ob Ihr wohlauf seid.“

„Das bin ich.“, sagte Tayla prompt.

Norolana kam mit schwerfälligen Schritten zu ihr und ergriff ihre Hände.

Zu Taylas Verwunderung spürte sie die faltige Haut der Alten. Sie blickte auf ihre Hände und bemerkte, dass die Verbände abgenommen worden waren. Ihre Hände waren leicht gerötet, doch von den schweren Verbrennungen war nicht mehr viel zu sehen.

„Wie ist das möglich?“, fragte Tayla erstaunt.

Lethiel antwortete: „Das habt Ihr allein Norolanas Heilkunst zu verdanken.“

„Wirklich?“, fragte Tayla an Norolana gewandt.
Diese nickte.
„Wie kann ich Euch dafür danken?“
„Ihr dankt mir, indem Ihr meine Entschuldigung annehmt.“
„Das habe ich längst getan.“
„Nein, das habt Ihr nicht, Halbgöttin. Ihr habt es nicht, weil Ihr wusstet, welches Unrecht ich Euch getan habe. Euch aus Arbor fortzujagen und Euch als Feind zu sehen, war der größte Fehler, den ich je begangen habe. Wenn Ihr mich jetzt verabscheut, wie Ihr den Herrscher Kratagons verabscheut, kann ich es verstehen.“
„Das würde ich niemals tun! Ich würde mich nie von Euch und Eurem Volk abwenden, Norolana. Ich leistete einst einen Schwur und diesen werde ich nicht brechen.“
Norolana legte die Hände auf Taylas Schultern: „Euch werde mein Segen, der Segen der Arboraner und der Segen des Löwengottes zuteil. Ihr seid eine wahre Halbgöttin, Tayla, ganz so, wie ich es immer sage.“
Tayla lächelte glücklich über diese Worte: „Ich danke Euch, Norolana.“
„Wie Ihr Euch denken könnt, bin ich nicht nur aus diesem Grund hergekommen.“, begann Norolana nach kurzer Gesprächspause, „Thorak berichtete mir vor dem gestrigen Verhör, dass Ihr, Tayla, an dem Namen des Gefangenen interessiert wärt. Entspricht das der Wahrheit?“
„Ja, das tut es.“
„Wenn es noch immer Euer Wunsch ist, werde ich ihn Euch nennen.“
Norolana beobachtete sie konzentriert.
Tayla zögerte. Wollte sie diesen Namen wirklich wissen? Ein Kribbeln überlief ihren Rücken. Sie dachte unweigerlich an ihren nächtlichen, verbotenen Besuch. Sie hatte mit dem

Gefangenen gesprochen, ihn berührt, seine Wangen geküsst. Was würde mit ihr passieren, wenn sie erfuhr, dass es wirklich Zacharias war? Oder noch schlimmer, wenn er es nicht war?

„Es ist mein Wunsch den Namen zu hören.“, entschloss Tayla sich.

„Der Gefangene hat ihn mir selbst nicht preisgegeben. Mithilfe gewisser anderer Mittel konnte ich ihn trotzdem herausfinden. Der Name des Gefangenen lautet Zacharias.“

Taylas Kehle war wie zugeschnürt, als Norolana Zacharias' Namen ausgesprochen hatte. Sie wusste nicht, ob sie glücklich oder entsetzt darüber sein sollte, dass er es wirklich war. Ein eigenartiges Gefühl überkam sie, als sie daran dachte, wie ihre Lippen seine Haut berührt hatten.

„Geht es Euch gut?“, fragte Lethiel, der die Halbgöttin eindringlich beobachtet hatte.

„Ja.“, ächzte Tayla und Tränen traten in ihre Augen.

Es war weder Trauer noch Glück was sie verspürte. Es war Verzweiflung.

„Kennt Ihr diesen Mann?“, fragte der Elf und drückte sich von der Wand ab, an der er zuvor gelehnt hatte.

Norolana holte Luft um etwas zu sagen, entschied sich dann aber für's Schweigen.

„Tayla, kennt Ihr diesen Mann?“, wiederholte sich Lethiel, als sie nicht antwortete.

„Nein, ich kenne ihn nicht.“, schluchzte sie im verzweifelten Glauben ihn wirklich nicht zu kennen, seine dunkle Seite noch nicht durchschaut zu haben. Insgeheim redete sie sich ein, dass es sich auch um einen völlig anderen Zacharias handeln könnte. Wie auch sollte der Zacharias, den sie kannte, von den Arboranern gefangen genommen werden? Er war der stärkste und gerissenste Krieger, dem sie je begegnet war.

Norolana ergriff das Wort: „Sie hätte ihn nicht kennen können.“ Sie ließ ihre misstrauischen Blicke zu Tayla wandern: „Seine Geburtsstätte ist schließlich nicht Lorolas.“

Lethiels Augen weiteten sich erschrocken: „Also stammt er aus Kratagon?“

Tayla hätte sich nicht gewagt diese schreckliche Vermutung in den Mund zu nehmen und auszusprechen. Aus diesem Grund war sie Lethiel umso dankbarer, dass er es getan hatte.

„Es ist nicht viel über andere Länder, in denen nicht der Löwengott der oberste aller Götter ist, bekannt. Manche von uns glauben um deren Existenz zu wissen. Der Gefangene aber stammt aus Kratagon.“

„Wie aber ist er nach Lorolas gelangt?“, fragte nun Tayla, die ihre Stimme wiedergefunden hatte.

„Vermutlich auf dem gleichen, uns unbekannten Weg wie auch die Kreatur die Steve tötete.“, äußerte Norolana mit belegter Stimme.

Lethiel schüttelte den Kopf: „Das ist absurd. Wie sollte ein Kratagoner, ein Feind, die unüberquerbare Schlucht überwinden?“

„Vielleicht kommt er in Frieden.“, vermutete Tayla, „ja, vielleicht ist er ja, genau wie ihr damals, ein Flüchtling, der in Lorolas Zuflucht sucht.“

Lethiel verharrte in seiner aufrechten Position und dachte über Taylas Vermutung nach.

Norolana aber wusste diesen hoffnungsvollen Gedanken zu zerschmettern: „Diesen Irrglauben kann ich Euch austreiben, Halbgöttin. Der Gefangene selbst behauptet von sich das Schild Kratagons zu sein. Es gibt dennoch einige wichtige Dinge über die ich im Unklaren bin.“

„Er behauptet das Schild Kratagons zu sein?“, hinterfragte Tayla. In aller Verzweiflung kreisten ihre Gedanken um

Zacharias, um den fremden Schönling, der ihr all diese Dinge angetan hatte.

„Nein, behaupten tut er es nicht. Er ist der tiefen Überzeugung es zu sein.“, entgegnete Norolana mit in Falten gelegter Stirn.

Tayla wagte nicht nach den Gründen für Norolanas veränderten Gefühlszustand zu fragen, obwohl sie deren verhärtete Züge bemerkt hatte.

„Ich werde Euch nun verlassen.“, sagte die Alte und wandte sich dem Ausgang der Baumhöhle zu.

„Aber Ihr seid doch gerade erst zu uns gestoßen.“, versuchte Tayla sie umzustimmen.

„Das mag sein, aber es gibt noch genug andere Verpflichtungen denen ich in diesen schicksalhaften Tagen nachgehen muss. Heute werde ich keine Zeit mehr finden, um nach Euren Wunden zu sehen, Halbgöttin, doch morgen bei Sonnenaufgang werde ich mich Eurer annehmen.“, verabschiedete sie sich.

Lethiel tigerte unruhig im Kreis und blickte zum Ausgang der Baumhöhle: „Fort ist sie, ohne die unzähligen Fragen in unseren Köpfen beantwortet zu haben... Lässt uns zurück wie zwei hungrige Küken, die die Rückkehr ihrer Mutter ersehnen.“

Tayla presste die rissigen Lippen aufeinander und dachte über Norolanas Worte nach: „Ein kratagonischer Gefangener. Ein Gefangener namens Zacharias. Ob es der Fremde aus Gelese ist? Ist das möglich? Elozar wüsste es sicher...“ Sie schlug betrübt die Augen nieder: „Ja, Elozar hätte es mir sagen können... Ach, Elozar.“

Unwillkürlich rannen ihr Tränen über die Wangen.

„Zacharias.“, begann Norolana das zweite Verhör des

Gefangenen.

Noch immer war dieser gefesselt und hatte sich geweigert Nahrung zu sich zu nehmen. Den Knebel hatte man ihm allerdings entfernt. Die Flammen der Fackeln ließen ihn trotz allem gefährlich wirken.

Norolana saß wieder außerhalb des Rings aus Fackeln auf ihrem wuchtigen Stuhl: „Zacharias, ich hoffe, dass Ihr Euch heute kooperativer zeigt. Wenn Ihr dies nicht tut, werden wir Euch gefügig machen."

Zacharias grinste höhnisch über ihre Drohung: „Unternehmt ruhig so viele Versuche wie ihr wollt. Mich werdet ihr nicht zum Reden bringen."

Norolana stützte ihren Arm auf eine Stuhllehne und sagte kühl: „Wir werden sehen."

„Ich frage Euch erneut, was wisst Ihr über Kratagon und die Kriegspläne des Herrschers?"

„Nicht ein Wort würde ich verraten, wenn ich etwas wüsste."

„Alrik.", sagte Norolana und der Arboraner trat neben den Gefangenen in den Schein der Fackeln.

Alrik zog seine Messer und strich mit einem behandschuhten Finger über den Schorf auf Zacharias' Wange: „Eine Narbe wirst du nicht davontragen. Einen zweiten Schnitt bringe ich dir gerne bei, Kratagoner. Dann wird dich die Narbe immer an mich und meine Messer erinnern."

Alriks Stimme klang erheitert.

In Zacharias' Augen trat ein herausforderndes, bedrohliches Funkeln: „Ein Gesicht wie das Meine kann nichts entstellen."

Alrik führte sein Messer zu Zacharias' linkem Unterarm und legte die Klinge an dessen Haut. Der Sohn Gerions übte größere Kraft auf das Messer aus und es drückte sich in die

Innenseite des Unterarms. Alrik ritzte ein 'A' in die Haut. Zacharias spürte, wie warmes, dickflüssiges Blut aus der handtellergroßen Schnittwunde quoll und über den Oberarm zu seiner Brust ran.

Als er sein Werk vollbracht hatte, sah Alrik befriedigt an Zacharias herunter, bis sich sein Augenmerk auf ein goldenes Glitzern an dessen Gürtel heftete.

„Na was haben wir denn da?“, fragte er und zog die Messer zurück.

Als Zacharias bewusst wurde, dass Taylas Amulett seine Aufmerksamkeit auf sich gezogen hatte, stockte ihm der Atem. Unauffällig vergewisserte er sich, ob der tränenförmige Anhänger noch in der Hosentasche verborgen war. Alrik starrte indessen gierig auf die goldene Kette und wollte danach greifen.

„Ihr seid des Todes, wenn Ihr sie mir abnehmt!“, drohte Zacharias entschlossen.

„Was für ein Unheil trägst du bei dir, Gefangener? Einen kratagonischen Fluch? Einen verhexten Talisman? Schmugglerware?“, fragte Alrik lachend.

Seine Finger berührten die goldene Kette.

Eine fremdartige Macht strömte wie eine mächtige Woge durch ihn.

„Was war das?!“ Erschrocken sprang er zurück. „Was für ein Unheil heraufbeschwörendes Ding trägst du da bei dir?!“

Von Hochmut ergriffen streckte er seine Hand erneut nach der Goldkette aus. Dieses Mal wollte Zacharias ihn das Amulett nicht mehr berühren lassen. Der Kratagoner legte all seine Kräfte in die Arme und stemmte sich von wildem Zorn getrieben in die Fesseln, die seine Hände über dem Kopf hielten. Dabei stieß er einen tobenden Schrei aus. Als die Seile unter Zacharias' Kraft rissen, stürzte er sich auf Alrik. Dieser versuchte ihn noch abzuwehren, doch

Zacharias' Angriff kam so unvorhersehbar, dass er scheiterte.

„Ergreift ihn!“, hörte Zacharias die Führerin der Arboraner befehlen.

Zacharias überwältigte Alrik und entwendete ihm die Messer. Eines hielt er zwischen den Zähnen, das andere hielt er kampfbereit in der Hand.

„Nun werde ich dich für alle Ewigkeit brandmarken!“ Zacharias hob das Messer über den Kopf und rammte es auf Höhe des Schlüsselbeins in Alriks Brust. Voller Wut und nach Blut gierend, zog er drei tiefe Furchen, ein 'Z', in Alriks Fleisch und Knochen. Alrik schrie qualvoll auf, als das Metall über das Schlüsselbein schabte.

„'Z' für Zacharias!“, grollte der Kratagoner und riss das Messer zurück.

Fünf Krieger Arbors kamen auf die Plattform gestürmt und richteten ihre Schwerter auf Zacharias. Dieser zerrte den zu Boden gegangenen Alrik zu sich und hielt ihm das Messer an die Kehle: „Kommt mir einen Schritt näher, und ich schneide ihm die Kehle durch!“

„Mein Leben für das aller Arboraner!“, ächzte Alrik sich dem Tode nah fühlend.

Alrik starrte daraufhin Zacharias an: „Vergießt mein Blut für das aller.“

Zacharias verzog die Lippen zu einer wütenden Fratze und ließ von Alrik ab. Wuchtig schleuderte er ihn gegen einen Baumstamm, der außerhalb des Scheins der Fackeln lag.

„Ergreift den Gefangenen!“, befahl Norolana, ihre Arme auf die Lehnen des Stuhls stemmend, „bringt ihn hierher zurück!“

Zacharias blickte flüchtig über die Schulter und sah wie die fünf Krieger im Begriff waren sich auf ihn zu stürzen. Er suchte, so schnell wie möglich, nach einem Weg zur Flucht.

Da die Holzplattform in allen Himmelsrichtung im dunklen Nichts endete, entschloss er sich in die Richtung zu fliehen, in der sich weder arboranische Krieger, noch deren Führerin befanden. Die Krieger versuchten ihm noch den Weg zu versperren und ihn an der Flucht zu hindern, doch Zacharias entwischte ihnen.

Zacharias rannte in der Dunkelheit orientierungslos über eine bogenförmige Brücke die von der Holzplattform führte. Dabei hielt er eine Hand an der hölzernen Brüstung. Ungewiss wo genau, aber hinter sich, hörte er alarmierende Rufe männlicher Stimmen.

„Sie werden mich in ihrer Stadt bald gefunden haben. Also muss ich Arbor verlassen... Auch auf die Gefahr hin von Juda und den Gesandten entdeckt zu werden."

Da Zacharias im Unwissen darüber war, wie weit Arbor über dem Waldboden lag, sah er davon ab sich in die schwarze Tiefe zu stürzen.

„Irgendwo muss man diese Stadt doch verlassen können!", fluchte er in sich hinein als er bemerkte, dass ihn seine Kräfte bald verlassen würden.

Nun ärgerte er sich, dass er Fanarias Gaben nicht angenommen hatte.

Der Kratagoner zwang sich inne zu halten, denn er hatte die Brücke hinter sich gelassen. Rasch blickte er um sich. Abgesehen von der Dunkelheit der Nacht war nichts zu sehen.

„Ich kann nicht fort.", sagte Zacharias zu sich selbst.

Er dachte flehend an seine Rüstung und seine Schwerter. Diese stammten aus Kratagon, seiner Heimat. Wenn er dazu fähig wäre, würde er seine Ausrüstung herbeizaubern und sich den Arboranern stellen.

Da fiel ihm ein, warum er den Boden unter Arbor überhaupt betreten hatte. „Tayla.", dachte er aufkommende

Gefühle unterdrückend, „die Tochter des Lichts. Sie muss hier sein." Zacharias nahm das sagenumwobene Amulett in die Hand und strich mit einem Finger darüber. Es war seine einzige Verbindung zu ihr.

Während sein Finger noch das kühle Gold des Amulettes spürte, sackte Zacharias plötzlich in sich zusammen. Mit der freien Hand hatte er seinen Sturz noch abfangen können. Sein Atem ging auf einmal schwer und die Hand, mit der er das Amulett hielt, begann zu zittern. Der Kratagoner war unfähig zu denken, unfähig sich zu bewegen. Selbst als hinter ihm polternde Schritte ertönten und er an den Armen auf die Beine gerissen wurde, war er nicht Herr über Geist und Körper.

Eine Stimme, die so mächtig wie die tobenden Wogen des Ozeans war, hallte in seinem Kopf wider: *„Dies Götterband wart nicht geschaffen, um von Niederen getragen zu werden. Lasst davon ab, Sohn Kratagons, und übergebt es der, die einst durch seine Macht erwählt wurde.", sprach der Löwengott in der Götterwelt.*

Als die Stimme endete, sah Zacharias vor seinem inneren Auge Blut. Blut das auf eine dunkle Ebene tropfte und dann wie durch Zauberhand in geordnete Bahnen rann. Es erstarrte als ein machtvolles, rotes Symbol. Die Götterzeichnung.

Zacharias durchfuhr eine Welle der Furcht, wie er sie noch nie verspürt hatte. Diese Furcht befähigte ihn dazu sich von den Kriegern loszureißen und aus vollem Halse in die Finsternis zu brüllen: „TAYLA! ZEIGT EUCH! TAYLA!"

„Stopft ihm das Maul!", rief ein Arboraner.

Die anderen Krieger schlugen auf Zacharias ein, bis er blutend und geschunden zu Boden ging.

„Was hat das zu bedeuten?", fragte einer von ihnen.

„Schaffen wir ihn zu Norolana. Sie wird es wissen."

Traumtrank

Eiseskälte lag in der Luft.

Ein kleiner Junge blickte zu seiner Mutter auf. Er umklammerte ihre schlanke Hand und sah sie von Angst erfüllt an.

„Mutter.“, wimmerte er.

„Fürchte dich nicht, mein Sohn.“, sagte sie liebevoll und beugte sich zu ihm herunter. Sie strich durch sein braunes Haar und küsste seine Stirn: „Vertraue mir. Es gibt nichts, vor dem du dich fürchten musst. Das ist das Land deines Vaters. Die Weißen Berge sind sein, genauso wie die Wälder.“

Der Junge ließ sich in den kniehohen Schnee sinken.

„Steh auf, mein Sohn.“, forderte ihn die Mutter auf.

Sie schlang ihre Arme um ihn und hob ihn aus dem kalten Weiß. Er schmiegte sein engelsgleiches Gesicht in ihren Nacken und verbarg es in ihren langen, dunklen Haaren.

Plötzlich festigte sich ihre Umarmung und der Junge hob vorsichtig den Kopf: „Was ist geschehen?“, fragte er mit dünner Stimme.

„Lauf zurück zu deinem Vater.“, sagte sie und er spürte wie sich ihr Herzschlag beschleunigte.

„Aber ich will bei dir bleiben, Mutter.“

Ihre Hände begannen zu zittern und sie setzte den kleinen

Jungen vor sich auf den Boden. Dabei starrte sie mit aufgerissenen Augen auf etwas vor sich.

Der Junge drehte seinen Kopf und erblickte, was seiner Mutter den Atem stocken ließ. Zwischen den mit Schnee bedeckten Bäumen ragten zahlreiche, dunkle Gestalten auf.

„Lauf zu deinem Vater.“, befahl die Mutter des Jungen nun mit einer verzweifelten Härte in der Stimme.

Plötzlich setzte sich eine der Gestalten in Bewegung.

„Zacharias! LAUF!“

Die winterliche Kulisse verschwamm.

Zacharias öffnete benommen die Augen. Alles um ihn herum war schwarz und die Luft war drückend und warm. Da übermannte ihn der Schlaf erneut, ohne dass er sich dagegen hätte wehren können.

„Ich werde Euch töten!“, sagte eine junge Frau mit wallendem Haar.

Sie trug eine edle Rüstung, die mit Juwelen verziert war.

„Euren Zorn kann ich verstehen.“, entgegnete Zacharias, der ein Wams trug und im Vergleich zu ihr schwach und wehrlos aussah.

„Nein, niemand kann das.“

Sie zog ein Schwert, welches ein Schein wie von Mondlicht umgab.

„Eure letzte Stunde hat geschlagen. Möge der Löwengott sich Eurer annehmen und Euch noch tausende Male für Eure Taten bezahlen lassen!“

Sie hob das Schwert und stieß ihm die Klinge in die Brust.

Ein ersticktes Wort entkam seiner Kehle: „Tayla.“

Die Halbgöttin bohrte die Klinge durch sein Herz, bis es an seinem Rücken herausragte. Dann beugte sie sich vor und hauchte ihm etwas ins Ohr, das sein Herz mehr schmerzte, als eine Klinge es je hätte tun können.

„Ich verabscheue Euch, Zacharias. Für das was Ihr mir mit Eurem bloßen Erscheinen angetan habt, werdet Ihr in der Welt der Götter noch tausend Tode sterben. Einer qualvoller als der andere. Jeder so, wie ich ihn ersehne.“

Zacharias wachte auf und sog zischend Luft in die Lungen. Dieser Akt in seinem Traum hatte so real gewirkt, dass er zuerst glaubte wahrhaftig eine Klinge in der Brust zu haben.

Als er realisierte, dass sein Tod durch Taylas Hand nur ein Traum gewesen war, öffnete er die Augen. Er blinzelte wegen des hellen Sonnenlichts, das durch die Lücken im Blätterdach brach. Er war mit eisernen Ketten an einen Baumstamm gefesselt worden. Die Arboraner hatten ihm diese Ketten mehrmals um Hüfte, Arme und Beine geschlungen. Der Kratagoner war in einer Höhe gefesselt, in der es ihm unmöglich war mit den Füßen den Boden zu berühren.

„Zacharias.“, begann Norolanas Stimme.

„Was habt Ihr mit mir gemacht?“, fragte Zacharias, in dessen Kopf noch die Bilder der Träume umhergeisterten.

Seine Zunge fühlte sich merkwürdig taub an und sein Kopf lastete schwer auf seinen Schultern.

„Ich gab Euch einen Trank. Er soll mir helfen zu erfahren was ich wissen will. Aber auch Ihr werdet neue Dinge lernen... Neue und alte... Reale und irreale... In Träumen habt Ihr sie schon gesehen... Wovon habt Ihr geträumt, Zacharias?“

Zacharias weigerte sich ihr diese Frage zu beantworten, denn dies würde ihn zu sehr schmerzen. Außerdem war er nicht fähig ihr Beachtung zu schenken, weil er seine Mutter im Geiste sah.

„*Lauf! Zacharias*!“, hörte er ihre Stimme rufen, die er

glaubte vergessen zu haben. „Lauf zu deinem Vater, mein Sohn."

„Zu meinem Vater...", dachte Zacharias und Abscheu erfüllte ihn.

„Nur einmal in meinem Leben hörte ich Schreie wie die Euren, die Ihr im tiefen Schlummer ausgestoßen habt.", sagte die Führerin der Arboraner.

Zacharias sah benommen zu ihr auf. Er hatte geglaubt nur im Traum geschrien zu haben, so ängstlich wie ein Kind. Für gewöhnlich schrie er nie aus Furcht, nur aus Zorn.

„Woher kennt Ihr die Halbgöttin? Warum wisst Ihr um ihre Existenz?", fragte Norolana. Ihre Stimme war scharf wie eine Klinge aus der Schmiede Lethiels: „In der Nacht habt Ihr laut nach ihr gerufen. Ihr kennt ihren Namen. Also, woher wisst Ihr um ihre Existenz?"

Zacharias wollte ihr nicht antworten, doch er konnte sich nicht dagegen wehren: „Ich traf die Halbgöttin in der Königsstadt, in Gelese. Ich scheue mich nicht ihren Namen in den Mund zu nehmen. Tayla traf ich in Gelese. Kratagons König unterrichtete mich über ihr Überleben."

Norolana war fassungslos: „Kratagons König?"

Nach kurzer Gesprächspause nahm sie das Wort: „Ich war im Glauben, dass Euer König von dem Überleben der Halbgöttin wusste. Ja, das war ich und dennoch wollte ich es nicht für wahr haben. Die Hoffnung, dass sie Kratagons mörderischen Blicken noch verborgen war, trug ich in mir. Töricht war ich..."

„Kratagons König weiß schon lange von ihr und ihrem verfluchten Gefährten. Lange schon hat er deren Überleben vorausgeahnt."

„Wie lange weiß er davon?"

„Niemand kann es mit Gewissheit sagen. Lange, vermutlich."

„Welche Verbindung habt Ihr zu der Halbgöttin?“, fragte Norolana.

Zacharias überlegte: „Das ist ungewiss.“

Norolana wurde misstrauisch: „Ungewiss?“

„Ja...“

Die Führerin der Arboraner verschränkte die Arme vor der Brust und legte nachdenklich die Stirn in Falten: „Warum kann ich Euch keinen Glauben schenken?“

Die Sonne erreichte den höchsten Punkt am Himmel und strahlte Zacharias an, als wäre sie heute nur für ihn aufgegangen. Ihre hellen Strahlen ließen die goldene Kette des magischen Amulettes an seinem Gürtel funkeln.

Norolana erinnerte sich daran, wie Alrik vergeblich versucht hatte Zacharias dieses goldene Ding abzunehmen. Sie sah vor ihrem inneren Auge, wie Zacharias es vor dessen Blicken geschützt hatte.

„Als wenn sein Überleben daran hinge...“, dachte sie grüblerisch.

„Was ist das?“, fragte sie entschlossen an Zacharias gewandt.

Zacharias sträubte sich gegen den Zwang ihr die Antwort zu verraten: „Es ist eine goldene Kette.“, presste er unter mahlenden Kiefern hervor. Wären seine Hände frei gewesen, hätte er sich den Mund zugehalten.

Norolanas Augen verengten sich kurzzeitig: „In der Tat, das sehe ich. Dennoch ist es nicht die Antwort, die ich erwarte.“

Zacharias' Brustkorb hob und senkte sich deutlich sichtbar: „Es wart nicht geschaffen, um von Niederen getragen zu werden.“

Mehr brauchte es nicht, um für Norolana erkenntlich zu machen, um welches Schmuckstück es sich handelte: „Dann solltet Ihr es mir übergeben.“

„Nein, es ist nicht für Euch bestimmt!“, protestierte Zacharias von der plötzlichen Furcht ergriffen, das Amulett seiner rechtmäßigen Besitzerin nicht mehr zurückgeben zu können.

Mit der Gewissheit, dass Norolana ihm das Amulett entwenden würde, wenn er es ihr nicht freiwillig gäbe, erstarb auch der erlösende Gedanke, dass Tayla ihm seine Gräueltaten verzeihen könnte.

„Duldet, dass dieses Schmuckstück vorübergehend in meinen Besitz übergeht, Gefangener. Ihr könnt daran ohnehin nichts ändern. Ich bin die Herrin dieser Stadt. Ihr seid lediglich deren Sklave.“

„Befindet sich die Halbgöttin in Eurer Stadt?“, fragte Zacharias dringlich.

„Warum verlangt Ihr dies zu wissen?“

„Weil es mein sehnlichster Wunsch ist, dass die Tochter des Lichts das Götterband zurückerhält.“

Norolana war verwirrt, dass es der Wunsch eines Kratagoners war, dass Lorolas' Hoffnung auf Sieg in der nahenden Schlacht das bekommen sollte, was sie stärkte und zu dem machte, was sie war.

Nachdem sie sich gesammelt hatte entgegnete sie: „Sie wird es erhalten, Zacharias. Darauf gebe ich Euch mein Wort.“

Zacharias' Herz setzte einen Schlag aus, als Norolana auf ihn zuging. Die Alte sah ihm fest in die blauen Augen als sie bei ihm angelangt war. Dann nahm sie ihm das Amulett ab.

„Ich werde persönlich dafür Sorge tragen, dass sie es bekommt.“, wiederholte sie, bevor sie das magische Amulett an sich nahm.

Die Führerin der Arboraner legte die freie Hand auf Zacharias' nackte Schulter und sprach beinahe tonlos: „Ich dachte falsch von Euch, Sohn Kratagons. Verzeiht, dass ich zu solchen Mitteln greifen musste, um zu begreifen was

Euch in Wahrheit bewegt.“

Auf Zacharias Gesicht breitete sich Entsetzen und Unverständnis aus: „Was wisst Ihr über mich?!“

„Alles was ich wissen musste.“

Mit diesen Worten wandte Norolana sich von ihm ab und verschwand mit dem Amulett in der Hand aus Zacharias' Sichtfeld.

Hüter des Waldes

Das graue Meer lag ruhig wie ein See und der Wind war verebbt. Die Flammen, die es schufen, waren nur noch ein Schatten aus vergangenen Tagen. Das Land, das es einst war, war jetzt Erinnerung mit ungewisser Zukunft.

Der Bund der Gesandten hatte sich nicht weit von Elethyn niedergelassen. Die Gesandten fühlten sich, nachdem sie Dwars Reich verlassen hatten, gezwungen zu ruhen. Der Strudel des Sees der unterirdischen Welt hatte nicht nur an ihren Leibern, sondern auch an ihren Kräften gezehrt. Allen voran brauchte der Hexenmeister einige Stunden Erholung.

Nun marschierten sie entlang des Nordufers des Baches, der sich quer durch den Lorolas Wald schlängelte. Sie drangen in Richtung Osten vor und hofften dort auf Zacharias oder die Tochter des Lichts zu stoßen, gleich ob in ihren Körpern noch Leben war, oder nicht.

Ungleich dem nördlichen Teil des Waldes, hatte das Feuer in den südlichen Gebieten fast keinen Schaden angerichtet. Nur an wenigen Stellen hatten die Flammen die Südseite des Baches erreicht. Es sah so aus, als hätten sich graue Narben ins Fleisch der Natur gefressen.

Rowan fand es verstörend am Bach entlang zu gehen. Er

fühlte sich beobachtet und glaubte, dass ihn vorwurfsvolle, blutrünstige Augen aus dem Wald beobachten.

In einigen Metern Entfernung von den Gesandten standen zwei Gestalten am Nordufer des Baches. Sie waren nicht menschlicher Natur, schienen mehr wie große Tiere.

„Was ist das?“, fragte der Erfinder Karlsson und zeigte auf die Gestalten.

„Rowan, macht Nutzen von Euren Augen.“, forderte Juda auf, der ebenso wie Karlsson unfähig war zu erkennen was dort am Ufer stand.

Rowan schärfte seinen Blick: „Ich erkenne einen Wolf und... einen Hirsch. Nein, es ist kein Hirsch, mehr ein Wesen mit großer Ähnlichkeit.“

„Einen Wolf?“, hinterfragte Juda, „diese Gestalt erscheint mir merklich groß für einen gewöhnlichen Wolf.“

„In diesem Wald ist nichts gewöhnlich. Nicht seitdem ihn kratagonischer Zorn ereilte.“, erwiderte Rowan mit belegter Stimme.

Juda legte die Stirn in Falten: „Wenn diese Bestien den Weg nicht freigeben, wird ihr Blut vergossen. Es sind närrische Tiere, die glauben, dem Anführer der Gesandten den Weg versperren zu können!“

Mit diesen Worten ging Juda erhobenen Hauptes an Rowan vorbei. Die Hand legte er dabei auf den Knauf seines Breitschwertes.

Die animalischen Gestalten am Fluss schienen immer irrealer je näher die Gesandten ihnen kamen. Denn sie bewegten nicht einen Muskel. Ein kurzes Stück vor den Wesen blieben sie stehen. Vor ihnen standen eine graue Blutwölfin, die wie die Herrin des ebenso grauen Meeres wirkte, und ein Labru mit prächtigem Geweih.

Es waren die Blutwölfin Schattenläuferin und das Labru, auf dem Tayla während des Waldbrandes geritten war.

Juda blickte die Blutwölfin an. Er traute ihren weisen Augen nicht. Schattenläuferin erwiderte seinen Blick und verharrte. Das Labru tat es ihr gleich. Zusammen wirkten die beiden Wesen wie König und Königin. Sie waren so mächtig und erhaben, dass sich der Hexenmeister vor ihnen verneigte.

„Was tut Ihr da?“, fuhr Juda den alten Mann an, „kein Kratagoner geht vor Bestien Lorolas' auf die Knie! *Keiner!*“

Der Hexenmeister ließ erst von seiner Haltung ab, als er der Überzeugung war, dass die Wölfin und der Hirsch seine Position als Untergebenen erkannt hatten: „Nach dem Ableben der Halbgötter haben sich diese beiden wohl als Wächter des Waldes auserkoren.“, sprach der Hexenmeister seine Vermutung aus, „wenn die Halbgötter die Sterbliche Welt überhaupt verlassen haben.“

„Solch ein Unfug ist mir noch nie zu Ohren gekommen!“, schrie Juda empört, „ein Blutwolf ist eine Fleisch verschlingende Bestie! Solch eine Kreatur ist nicht fähig zu denken! Es liegt nicht in ihrem Ermessen Leben zu schützen! Ihr Geist ist der Gier und dem Jagdtrieb unterworfen. Der Wille eines Wolfes dieser Art ist nicht frei. Er ist geknechtet.“

Schattenläuferins Blick verhärtete sich fast nicht merkbar und in ihre Augen trat ein nie gesehener Glanz.

„Scheinbar sind dieser Wölfin die Fänge herausgeschlagen worden, denn sie ist so zahm wie ein Hund.“, spottete der Erfinder und lachte.

Demonstrativ bleckte Schattenläuferin die Zähne und entblößte ihr tödliches Gebiss. Karlsson verging daraufhin das Lachen. Hatte sie ihn etwa verstanden?

„Von dieser Wölfin droht keinerlei Gefahr, und vor allem nicht von dem Hirsch. Lasst uns weiterziehen.“, entschied Juda und ging an den beiden Wesen des Lorolas Waldes vorbei.

Diese verfolgten seine Schritte mit den Blicken, verharrten aber in ihrer starren Position.

Nach Juda stolzierte Karlsson an ihnen vorbei: „Tja, mein Freund.“, sagte er zu dem Labru, „bald wird sie dich sowieso fressen. Genieß' dein Leben, solange du es noch kannst.“

Karlsson grinste höhnisch und blickte frech über die Schulter zu dem Hirsch. Das Labru erwiderte seinen Blick, wandte sich dann aber Rowan und dem Hexenmeister zu. Der Alte stützte sich auf seinen Stab. Das Kinn ließ er auf dessen Ende sinken.

Rowan trat neben den weisen Zauberkundigen. Der Bogenschütze wisperte für die anderen Gesandten unhörbar: „Was haltet Ihr von diesen Wesen?“

„Ich weiß es nicht, Rowan. Ich weiß es *noch* nicht. Alles was ich zu diesem Zeitpunkt sagen kann, ist, dass diese Wölfin nicht nur eine einfache Wölfin ist, ebenso wie der Hirsch nicht nur ein Hirsch ist. Ihre Aufgabe ist mehr, als nur am Ufer des Flusses zu wachen. Die Gesandten Kratagons und vor allem Juda sollten ihnen mehr Respekt entgegenbringen. Diese Tiere sind weiser, als wir es je sein werden.“

„Lasst uns vorübergehen, Hexenmeister. Die anderen werden misstrauisch.“ Rowans Stimme ging in einen Flüsterton über: „Seht, Juda starrt uns an.“

Rowan und der Zauberkundige gingen an Schattenläuferin und dem Labru vorbei. Der Hexenmeister sah Schattenläuferin in ihre weisen Augen und verlor sich für einen kurzen Moment in ihrem Blick.

„Was habt ihr mit dieser Wölfin zu schaffen?“, fragte Juda scharf.

Der Hexenmeister hob den Kopf und ein schwaches Lächeln legte sich auf seine schmalen Lippen: „Ich habe nichts mit ihr zu schaffen. Was soll ich auch schon mit einer

Bestie, wie ihr sie nanntet, zu schaffen haben?“ Mit diesen Worten verschwand das Lächeln von seinen Lippen.

„Dann nehmt Euer verdammtes Geheimnis mit ins Grab, alter Mann.“, knurrte Juda verdrossen, „diese Kreaturen sind ohnehin nur Abschaum dieses Landes.“

Die Gesandten machten sich wieder auf den Weg. Sie marschierten zügig gen Osten, wobei sie immer parallel zum Ufer des Flusses blieben. Unbemerkt blieb ihnen jedoch nicht, dass Schattenläuferin und das Labru sie verfolgten. Den Kratagonern voran ging Juda. Stolz wie eh und je streckte er den Rücken und stolzierte durch die Asche seiner verendeten Feinde. Der Hexenmeister und Karlsson folgten, Rowan bildete die Nachhut. Einen Pfeil hielt er dabei stets auf seinem Bogen gespannt. Das Gefühl, dass er sich in großer Gefahr befinde, wollte ihn nicht loslassen.

„Was wollen diese Kreaturen denn noch von uns?“, fragte Karlsson missmutig über die Schulter blickend.

Der Hexenmeister antwortete: „Vielleicht hofft der Hirsch, dem Ihr doch eben noch den Tod prophezeit habt, das Euch eben dieser ereilt.“

Rowan musste unweigerlich grinsen.

Karlsson blieb das zu seinem Ärger nicht unbemerkt: „Was gibt es denn da zu lachen, Schütze? Die Zunge werde ich Euch herausschneiden, denn die braucht Ihr ja schließlich nicht zum Visieren und zum Schießen.“

„Nein, Karlsson, recht habt Ihr. Meine Zunge brauche ich natürlich nicht, um eine Eurer mickrigen Kriegsmaschinen mit nur einem Handgriff zu zerstören.“

„Wollt Ihr Euch etwa mit mir, einem der bedeutendsten Erfinder Kratagons, anlegen? Wollt Ihr Euch etwa im Geiste und mit Fäusten mit mir messen? Ist es das, wonach es Euch verlangt?!“, rief Karlsson wütend aus.

„Ja, das würde ich nur zu gern'. Austragen werde ich die

Kämpfe mit Euch aber nicht, denn ich sehe Ihr seid in beiderlei Hinsicht unbewaffnet."

Der Erfinder lief vor Wut rot an. Er ballte die Hände zu Fäusten und ging schnaubend auf Rowan zu: „Nehmt das zurück, oder ich schwöre beim Wächter Satia, dass Ihr Euer Leben verwirkt habt!"

Rowan verschränkte unbeeindruckt die Arme vor der Brust: „Eine ausgesprochene Wahrheit werde ich keineswegs zurücknehmen."

Juda ging zwischen die Streitenden, hieb Karlsson die Faust in den Magen und schlug Rowan mit der flachen Hand ins Gesicht: „Genug von eurem elendigen Palaver! Streiten und heulen wie die Weiber könnt ihr daheim in Kratagon! Ja, dort könnt ihr euch töten, quälen und foltern. Hier jedoch ist es nicht an der Zeit, um die Waffen gegeneinander zu erheben. Hier ist es an der Zeit alle Schwerter zu einem zu vereinen und mit diesem den Feind zu zerstören!"

„Nun denn.", räusperte sich Karlsson, „um Kratagons Sieges und dem Glücken unserer Mission wegen, erkläre ich mich dazu bereit, die Waffen ruhen zu lassen."

„Ich bezweifle, dass Euer guter Wille stark genug ist, um die Wut auf mich zu bezwingen, aber an mir soll es nicht scheitern. Vergessen wir unsere Streitigkeiten, bis wir nach Kratagon zurückkehren.", willigte Rowan ein.

Plötzlich hielten sie alle inne. Sie starrten auf Schattenläuferin, die wie aus dem Nichts vor ihnen aufgetaucht war. Die graue Wölfin versperrte ihnen mit ihrem ganzen Körper den Weg und sah sie bedrohlich an.

„Was versucht Ihr uns zu sagen, Herrin des Waldes?", fragte der Hexenmeister und verneigte sich vor der Wölfin.

Schattenläuferin senkte ihr Haupt ein wenig und ihr starrer Blick wurde regelrecht fesselnd.

„Sie wird uns nicht passieren lassen.", meinte Karlsson

aufgebracht.

„Hexenmeister.“, rief Juda den Alten an, „wenn ich Euch richtig verstanden habe, verfügt Ihr doch über eine spirituelle Bindung zu dieser Wölfin. Also brennt ihr ein, dass sie uns zu weichen hat! Wenn sie das nicht tut, ist ihr Leben verwirkt.“

Der Hexenmeister streckte seinen Stab von sich und sprach mit tiefer Stimme: „Ihr solltet Eure Sturheit und Euren unersättlichen Blutdurst knechten. Scham solltet Ihr verspüren, einem solchen Geschöpf zu drohen. Selbst wenn Ihr der Anführer dieses Bundes seid, gibt es Euch noch lange nicht das Recht, diese Wölfin wie eine verabscheuungswürdige Bestie zu behandeln!“ Seine Stimme wurde wieder ruhig: „Wenn es aber Euer Wunsch ist, Juda, dass ich die Wölfin darum bitte uns ziehen zu lassen, werde ich dem nachkommen.“

„Dann lasst verdammt noch mal Taten folgen.“

Der Hexenmeister trat näher an die Blutwölfin heran: „Lasst mich und meine Gefährten bitte ziehen.“

Obgleich Schattenläuferin nicht fähig war in der menschlichen Sprache zu sprechen, hörte der Zauberkundige ihre Stimme in seinem Kopf. Sie sprach nicht in Worten, sondern in animalischen, wundersamen Lauten, die wie Singsang klangen: „Weiser Mann, passieren lassen werde ich Euch und Eure Boten des Grauens nicht. Verborgen im toten Land liegt unser Schatz begraben. Nun, da ich nicht mehr die größte Gefahr bin, die in den Schatten dieses Waldes lauert, versage ich Euch Euren Wunsch. Wenn ihr Männer euch dennoch dazu entschließt, dem Befehl eures unbarmherzigen Führers Folge zu leisten, werdet ihr durch mich euren Tod finden.“

Der Hexenmeister legte die Stirn konzentriert in Falten: „Die Wölfin wird uns nicht weichen.“

In Juda schoss Wut empor: „Meinem Schwert wird sie weichen!“

Er riss dieses aus der Scheide und schwang es über dem Kopf. Schattenläuferin bleckte die Zähne, legte die Ohren an und stieß ein grollendes Knurren aus.

Als Juda die Blutwölfin fast erreicht hatte, rammte der Hexenmeister seinen Stab in den Boden und schrie mit schauerlich lauter Stimme: „Genug!“

Der Boden erzitterte und ließ Juda augenblicklich stoppen.

„Was tut Ihr da?!“, empörte sich der Anführer des Bundes.

Der Hexenmeister entgegnete nichts.

In seinem Kopf erschallte wieder der animalische Singsang: „Klüger seid Ihr, als der, der Euch führt.“

Juda richtete sich auf und spannte sämtliche Muskeln an: „Weiche!“, befahl er der Blutwölfin.

Diese verharrte in ihrer Position.

„WEICHE!“

Rowan trat zu dem Anführer und wisperte: „Seht nur.“ Er deutete auf das Südufer des Baches.

Juda wandte sich um und ihm stockte der Atem bei dem Anblick der sich ihm bot. Die Bewohner des Waldes waren an das steinige Ufer des Baches getreten. Wie ein Heer, aufgestellt in einer langen Reihe, standen sie nebeneinander und sahen zu den Schergen des kratagonischen Königs. An ihrer Spitze thronte das Labru, welches zuvor bei Schattenläuferin gewesen war.

„Was ist...“ Juda fehlten die Worte, als er die Rächer von Flora und Fauna nicht weit von sich entfernt sah.

„Zerrissen werden unsere Leiber von den Fängen der Wölfe. Zerbersten unsere Knochen unter den Hufen der Hirsche.“, sprach der Hexenmeister.

Juda presste aufgebracht die schmalen Lippen aufeinander: „Wenn es sein muss, dann werde ich jeder einzelnen Bestie die Kehle aufschlitzen!“

Er wandte sich den Bewohnern des Waldes zu, die regungslos dastanden: „Mich werdet ihr nicht aufhalten! Ein Mann Kratagons ist nicht aufzuhalten! Wenn er ein Ziel vor Augen hat, wird er alles tun, um es zu erreichen. Er trotzt dann jeder Gefahr und streckt jeden noch so starken Gegner nieder! *Selbst eure Herrn!“*

Das Labru an der Spitze des Heeres röhrte und präsentierte schnaubend sein Geweih. Es pflügte mit den langen Sichelkrallen an den Hufinnenseiten durch die Steine am Ufer.

„Juda, öffnet Eure Augen und lernt zu sehen.“, begann Rowan.

„Meine Augen sind nie geschlossen.“, entgegnete Juda verbissen.

„Aber Ihr benutzt sie nicht.“ Rowans Stimme klang streng, „seht selbst: Wir sind lediglich Fünf. Die Hüter des Waldes sind zu Hunderten gekommen. Selbst wenn die Stimme meines Bogen nicht verstummen wird, und Euer Schwert stetig verlangt sich in feindliche Herzen zu bohren, werden wir diese große Anzahl von Feinden nicht bezwingen können.“

„Rowan ist im Recht, Anführer.“, bestätigte Karlsson, wobei er sich überwinden musste, um diese Worte über die Lippen zu bringen.

„Das mag sein.“, wandte Juda ein, „dennoch frage ich mich, was diese Kreaturen vor uns zu schützen versuchen... Etwas muss dort im Osten verborgen liegen. Was aber ist es?“

„Für den Preis, den wir zahlen müssten, lohnt es sich nicht es herauszufinden.“, entgegnete Rowan ernst wie eindringlich.

Juda richtete sich auf und rief den Bewohnern des Lorolas

Waldes entgegen: „Heute werden wir vielleicht zurückweichen, doch wir kehren zurück!“ Er sagte bei sich: „Ja, das werden wir.“

Kratagon

Der Verrat

Die Luft war kühl geworden. Bald würde sie kälter sein als das Wasser des Ozeans. Viele der Vögel machten sich bereit für ihren langen Flug nach Süden.

Als Zacharias von den Arboranern gefangen genommen und verhört wurde, schlug auch in Kratagons Küstenstadt Mortem Mar'Ghor das Schicksal zu.

Graf Arroth trug seine Rüstung und kniete in Mortem Mar'Ghors Thronsaal vor seinem Vater. Dieser saß auf dem steinernen Thron und starrte aus seinen grauen Augen auf das Schwert, das ihm sein Sohn zu Füßen gelegt hatte.

Nach einem endlosen Augenblick ließ der Stadthalter Derethor seine Blicke zu den bodentiefen Fenstern schweifen. Er sah hinaus aufs Meer und erfreute sich an dessen Anblick.

„Die Entscheidung ist gefallen.“, sagte Derethor gedehnt, „es hat beinahe einen Monat gedauert, seitdem der König meine Stadt verließ. Nun ist es soweit.“

Er hob eine noch verschlossene Schriftrolle von seinen Oberschenkeln und hielt sie seinem Sohn entgegen.

Graf Arroth betrachtete die Schriftrolle, die das königliche Siegel trug.

Derethor öffnete sie bedacht und berichtete: „Der König ordnet an, dass der Stadthalter, und nicht sein Sohn, mit allen entbehrlichen Mannen nach Skandor zieht."

Arroths Augen weiteten sich für einen kurzen Augenblick: „Ihr sollt gehen und an meiner statt in den Krieg ziehen? Verzeiht mir, doch warum verlangt der König, dass ein alter Mann das Schwert zieht? Warum bin ich nicht der, der für Kratagon die Schlachten schlägt?"

„So wurde entschieden, und diesen Befehl werde ich befolgen.", entschied Derethor mit strenger Stimme.

Der Graf sprang auf und rief: „Lasst *mich* für Euch gehen, Herr! Ich werde unsere Soldaten weise führen!"

„Nein. Der König verlangt nach *mir*."

„Doch dem Land wäre besser gedient, wenn *ich* fortginge! Ich wäre ein exzellenter Heerführer und doch würde mein Tod die Kampfeslust und den Willen der Soldaten nicht trüben. Euer Tod hingegen würde sie bestürzen, sie vielleicht heimkehren lassen wollen."

Derethor presste hervor: „Ihr entehrt mich."

Graf Arroth schluckte, als würde er sich zwingen nicht vollkommen die Beherrschung zu verlieren: „Wann werdet Ihr aufbrechen?"

„Im Morgengrauen."

Arroth presste die Lippen aufeinander, bis sie zu einer dünnen, weißen Linie wurden. Dann machte er auf dem Absatz kehrt und marschierte mit langen Schritten und gestrafften Schultern aus dem Thronsaal.

Am nächsten Tag stand Derethor auf dem Platz vor der

Zitadelle. Er trug eine Rüstung besetzt mit Edelmetallen. Die Sonnenstrahlen brachen sich in dem Gold und Silber und ließen Derethor wie einen Krieger der Götterwelt erstrahlen. Die Gesichtszüge des alten Stadthalters waren erschlafft. In seinen Augen war jegliches Licht erloschen.

Fassungslos hielt er die Zügel seines Wallachs in den Händen. Im Morgengrauen hatte er seine Männer in voller Kampfmontur, beritten oder zu Fuß, erwartet. Wie er von einem Boten erfahren musste, waren sie bereits fort. Doch führerlos waren sie nicht gegangen. Sein Sohn war an ihrer Spitze geritten. Mehr als zweitausend Männer waren ihm gefolgt. Unter ihnen alle, die aus den Anhöhen Issaldrias geflohen waren.

Arroth habe ihre Herzen durch seine Güte gewonnen, so sagte man. Die Männer zogen nun an seiner Seite in den Krieg. Frauen und Kinder wollte man bis zu ihrer Heimat geleiten.

„Stadthalter?“, drang eine Stimme in Derethors Bewusstsein.

Er sah auf und erblickte einen jungen Burschen in verschlissenem Wams: „Was kann ich für dich tun, mein Sohn?“, fragte er gutmütig und lächelte.

Der Bursche verneigte sich vor Derethor und sagte: „Ich bewundere Graf Arroth, mein Herr. Er hat wahre Größe bewiesen, indem er an Eurer Stelle in den Krieg zog.“

„Wahre Größe?“, fragte Derethor, der nun träumerisch gen Osten blickte.

„Ja, Herr. Er erkannte, was sonst niemand fähig war zu sehen.“

„Und was soll das sein?“

„Das Euer Platz in Eurer Stadt, und nicht zu Felde bei Lorolas, ist.“

Lorolas

Amulett

Tayla saß auf dem stämmigen Ast vor der Baumhöhle. Von dort aus konnte sie Arbor nicht sehen. Sie fühlte sich so frei wie sie es noch vor einigen Wochen gewesen war. Sie fühlte sich zurückversetzt in die unzähligen Situationen, in denen sie mit Elozar im Wald gejagt hatte. Sie sah seine goldenen Augen vor sich und fühlte sich für einen Augenblick so, als würde er sie ansehen. Treu und gutmütig, wie er es immer getan hatte.

In Taylas Augen traten Tränen. Ihr wurde wieder bewusst, welchen Schmerz es ihr bereitete, dass sie wahrscheinlich nie wieder so angesehen werden würde. Sie blickte auf und glaubte kurz den majestätischen Löwen neben sich stehen zu sehen. Doch die goldglänzenden Schemen verschwanden gleich nachdem sie verwundert geblinzelt hatte.

Tayla atmete schwer: „Werde ich ihn je wieder zu Gesicht bekommen?“

Zwei Wochen war der Waldbrand schon her. Jeden Tag wurden Arboraner ausgeschickt, um nach Elozar zu suchen.

Doch ihre Suche endete immer erfolglos.

Tayla selbst verfluchte die Qualen, die sie Tag für Tag heimsuchten. Manchmal zwangen sie die Schmerzen sogar in die Knie und ließen sie weinen, als müsse sie bald sterben. Ihre Wunden waren mittlerweile dank Norolanas Heilkunst verheilt. Doch der Verlust des Amulettes brachte ihr Qualen bei, die nicht von bekannten Arzneien gestillt werden konnten.

Norolana war es schleierhaft, warum der Verlust des Amulettes Tayla kränker machte, als Gift oder eine Verletzung es je könnte.

Die Gedanken der Halbgöttin begannen um ein einziges Mysterium zu kreisen. Zacharias. War er wirklich der Gefangene in Arbor? War er ein Kratagoner, wie Norolana annahm? War sie etwa drauf und dran gewesen, ihr Herz an einen Feind zu verlieren? Tayla wusste es nicht. Vielleicht wollte sie auch gar keine Antworten auf diese Fragen haben. Alles was sie wollte, war, dass sie keine Schmerzen mehr plagten. Sie verzweifelte darüber nicht zu wissen, ob sie Zacharias hasste oder liebte. Was sollte sie bloß tun, wenn sie diesem Mann einmal gegenüberstand? War der Tod die einzig angemessene Strafe für seine Vergehen?

„Hallo, Tayla.“, sagte eine Stimme und riss sie aus den Gedanken.

Sie sah sich um, konnte aber niemanden entdecken: „Wer spricht da?“

Da zog sich jemand neben sie auf den Ast.

„Thorak?“, sagte sie mit lauter, freudiger Stimme.

Zuerst traute sie ihren Augen nicht. Aber es war wirklich Thorak, der wieder nach Arbor zurückgekehrt war. Vor vier Tagen waren er und andere Krieger der Baumstadt ausgeschickt worden, um zu erkunden, in wie weit das Feuer Schaden angerichtet hatte und wo man noch Nahrung finden konnte.

„Ich kann nicht glauben, dass Ihr wieder zurück seid.“, sagte Tayla und ließ sich in seine ausgebreiteten Arme fallen.

Thorak lächelte und erwiderte: „Ich freue mich auch Euch wiederzusehen, Halbgöttin.“

„Ich fürchtete, dass auch Ihr nicht mehr zurückkehren würdet.“

„Ihr unterschätzt mich maßlos.“, scherzte er und lachte.

Tayla löste ihre Umarmung und rutschte zurück zu der Stelle, an der sie zuvor gesessen hatte.

„Das tue ich nicht.“, meinte sie wieder ernst.

„Habe ich etwas verpasst? Ich meine in der Zeit als ich fort war.“

Tayla zuckte mit den Schultern: „Ich weiß nicht. Hier oben erfahre ich nichts von dem, was in der Stadt vor sich geht.“

„Seid Ihr noch immer an die Baumhöhle gekettet?“, fragte Thorak mit einem Hauch von Ironie in der Stimme.

„Nein, das bin ich nicht. Jedoch wurde mir von Lethiel geraten vorübergehend hierzubleiben.“

Thorak nickte.

„Erzählt mir wie es um den Wald steht, Thorak. Hat das Feuer den Bach überwunden?“

„Nein, das hat es nicht. Zum Glück hat es das nicht getan.“ Thorak lächelte erheiternd: „Und auch von den Gebieten im Norden sind noch Teile verschont geblieben.“

„Gebiete im Osten oder im Westen?“, fragte Tayla leicht angespannt. Sie hoffte sehr, dass er nicht 'Westen' sagte, denn dort lag ihre Heimat Elethyn.

„Wir drangen nur wenig in die östlichen Gebiete vor. Da hat das Feuer nicht so sehr gewütet wie im Westen. Wie groß die Schäden sind, können wir nicht genau sagen. Zwei Späher gelangten bis zu den Basaltfelshöhlen westlich von Arbor. Alles was von dort zu sehen war, war Asche.“

„Also gehört Elethyn der Vergangenheit an.“, dachte Tayla betrübt.

„Gibt es Neuigkeiten von dem Gefangenen?“, fragte Thorak dann ohne weiter auf das zuvor angeschnittene Thema einzugehen.

„Diese Frage kann ich Euch nicht beantworten. Ich bin selbst nicht informiert.“

Tayla fragte sich, ob sie ihm sagen sollte, dass sie heimlich bei diesem gewesen war.

„Hm.“, stieß Thorak aus, „hat Norolana Euch seinen Namen verraten?“

„Ja.“, seufzte sie wehmütig.

„Stimmt etwas nicht?“

„Ich bin mir nicht sicher, Thorak. Die Herkunft des Gefangenen bereitet mir Sorgen.“

„Das kann ich verstehen. Mir geht es wie Euch.“

„Vielleicht verurteilen wir ihn zu schnell.“, warf Tayla ein, „ich hörte ihn in der Nacht nach Eurem Aufbruch schreien.“

Sie sah gedankenverloren auf ihre nackten Füße. Ihre Stimme war auf einmal dünn: „Er schrie *meinen* Namen.“

„Er rief nach Euch?“

„Ja.“ Tayla schüttelte den Kopf: „Ich weiß nicht woher er von mir weiß. Dieser Zacharias ist mir ein Rätsel und zugleich befürchte ich das Rätsel um ihn bereits gelöst zu haben.“

„Was wollt Ihr mir damit sagen?“

„Schwört, dass Ihr darüber schweigt, Thorak. Das habe ich noch nie jemandem anvertraut.“

„Ich schwöre es.“

„Ich kenne einen Mann namens Zacharias. Ich traf das erste Mal in der Königsstadt Gelese auf ihn. Er gab vor ein Vagabund zu sein, der mit seinem kranken Onkel durch die Lande zieht.“

Thorak hörte ihr gebannt zu.
„Als ich in den Wald zurückkehrte, folgte er mir gegen meinen Willen. Hier habe ich manch merkwürdige Dinge beobachten können, doch ich weiß in Wahrheit nichts von ihm. Meine Erinnerung setzt in der Nacht vor dem Waldbrand aus und setzt erst wieder ein, als ich in einem Flammenmeer aufwachte. Was mit Zacharias geschehen ist, weiß ich nicht."
Thorak legte die Stirn in Falten.
„Beschreibt diesen Mann."
Tayla sah zum Himmel auf und schwärmte unbeabsichtigt: „Er war groß, überragte mich um beinahe einen Kopf. Sein Körper war der eines Kriegers, von Kraft gestählt wie ich noch nie einen gesehen habe."
„Und weiter?"
„Noch nie habe ich in solch ein perfektes Gesicht wie das Seine gesehen. Wunderschön und von unverkennbarer Männlichkeit." Sie stöhnte: „Und seine Augen. Sie waren blau wie ein klarer Bergsee, rein und glänzend wie Quellwasser." Der schwärmerische Unterton verschwand auf einmal und sie klang verbittert: „Doch sie waren machmal auch kalt. Kalt wie Eis. Er war mir fremd und gleichzeitig ein Vertrauter. Manchmal glaubte ich er wäre heldenmütig, dann grausam wie kein anderer."
Sie sah zu Thorak auf: „Grausam und skrupellos war er. Nicht selten hatte er mich angeblickt und ich glaubte, er wolle sich auf mich stürzen und mich töten. Doch er stand auch an meiner Seite, als ich alleine war." Tayla schauderte: „Ich glaube, ich liebe ihn, Thorak."
Thorak legte eine Hand auf ihre Schulter und zog sie zu sich. Behutsam strich er durch ihr Haar.
Tayla vergrub ihr Gesicht in seinem Nacken und weinte. Sie weinte um Zacharias. Den, von dem sie nicht wusste, ob

sie ihn liebte oder hasste. Sie weinte um ihre Heimat Elethyn, die von den Flammen genommen wurde.

Vor allem aber weinte sie um ihren Gefährten Elozar. Würde sie ihn je wiedersehen?

Am Nachmittag desselben Tages besuchte Norolana die Halbgöttin völlig unerwartet in der Baumhöhle. Thorak war schon lange wieder fort, denn er musste seinen Verpflichtungen in Arbor nachgehen.

Tayla wusste nicht, wie sie sich verhalten sollte, als Norolana mit leuchtenden Augen vor ihr stand.

„Halbgöttin."

„Seid gegrüßt, Norolana."

Tayla wunderte es, dass Norolana sich nicht nach ihrem Wohlbefinden erkundigte. Die Führerin der Arboraner ging stattdessen ungewohnt schnell auf sie zu und ergriff ihren rechten Unterarm.

„Das hier gehört Euch, Tayla."

Sie legte ihr etwas in die Hand.

„Norolana.", flüsterte sie, „woher habt Ihr...?" Sie war unfähig diese Frage auszusprechen.

Tränen rannen über ihre Wangen, als sie das Amulett erblickte. Es schien ihr, als hätte ein Teil ihrer selbst, der ihr zuvor brutal entrissen worden war, zu ihr zurückgefunden. Sie legte sich das Amulett um und spürte, wie die Schmerzen, die in ihr so heiß wie Feuersglut gebrannt hatten, erloschen. Überwältigt sackte Tayla in sich zusammen. Sie kauerte auf dem Boden und umklammerte den tränenförmigen Anhänger, als würde ihr Leben an ihm hängen. Nein, als wenn an ihm Elozars Überleben hinge.

Bald sah Tayla auf den Anhänger hinab. Sie glaubte, sich selbst in dem Schmuckstück wiederzuerkennen, gepaart mit

der majestätischen Erscheinung Elozars.
„Elozar.“, schluchzte Tayla befreit von den unzerstörbaren Fesseln der Pein, die ihr verwehrt hatten selbst nach dem Halbgott zu suchen: „Ich werde dich finden, Elozar. Das werde ich.“

Norolana ließ Tayla ohne ein weiteres Wort in der Baumhöhle zurück. Sie hatte mehr eine Hoffnung als einen Plan, die sie nun Realität werden lassen wollte. Daher suchte sie den Gefangenen auf.
„Habt Ihr der Halbgöttin das Amulett übergeben?“, fragte Zacharias, als er Norolana erblickte.
„Ja, das habe ich.“
Sie atmete tief ein: „Als ich das letzte Mal bei Euch gewesen bin, habe ich etwas in Eurem Geist gesehen. Ich habe gesehen, dass Ihr den Halbgott niedergestreckt habt.“
Ein boshaftes Funkeln trat in Zacharias' Augen.
„Wo habt Ihr diese Gräueltat verrichtet?“
„Ihr werdet mir erneut diesen Traumtrank verabreichen müssen, wenn Ihr die Antwort aus mir herauspressen wollt!“, zischte er.
Norolana stöhnte: „Wisst Ihr, es ist immer so aufwendig ihn zu brauen... Ich dachte eher daran, dass Ihr mir aus freien Stücken verratet, wo sich der Halbgott befindet.“
„Er liegt, genau wie die Antwort, im Dunkeln.“, entgegnete Zacharias und ein grauenhaftes Lächeln umspielte seine Lippen.
„Im Dunklen?“
Stetig sah Zacharias ihr in die Augen.
Die Alte knetete die Finger, sah ihn durchdringend an und wandte sich von ihm ab: „Ich danke Euch, Zacharias.“, meinte sie und man konnte ihrer Stimme Erleichterung entnehmen.

Nach Elethyn

„Tayla!“, rief Norolana aufgeregt, als sie die Baumhöhle betrat.

Tayla saß auf dem Holzblock mit den Labrufellen: „Was ist geschehen?“

„Etwas Wunderbares! Ich weiß wo Elozar ist!“

„Ihr tut was?“ Tayla konnte Norolana nicht folgen.

„Er muss an einem dunklen Ort sein, in einer Höhle oder einer Felsspalte.“, erklärte Norolana.

„Woher wisst Ihr das?“, hinterfragte Tayla misstrauisch.

„Das tut nichts zur Sache.“, wehrte Norolana ab, „es ist jetzt an Euch Euren Gefährten zu finden.“

„An einem dunklen Ort ist er?“, fragte Tayla nachdenklich.

Norolana nickte und starrte Tayla gebannt an.

Diese überlegte scharf und da wurde es ihr klar. Ihre Erinnerung setzte in der Nacht vor dem Waldbrand aus. In der Nacht, in der sie mit Elozar gemeinsam in der Höhle bei Elethyn geschlafen hatte.

„Ich weiß wo er ist!“, schrie Tayla plötzlich. „Norolana! *Ich weiß es!*“ Ein strahlendes Lächeln trat in ihr zuvor trauriges Gesicht. „Auf nach Elethyn! *Norolana, auf nach Elethyn!*“

„Wie gedenkt Ihr vorzugehen?“

Taylas Worte überschlugen sich beinahe: „Schickt nach

Thorak. Er soll treue Krieger mit sich nehmen und gemeinsam mit mir losziehen."

Wieder strahlte sie heller als es tausend Sonnen je tun könnten: *„Norolana, ich weiß wo er ist."*

Nachdem Norolana und Tayla weitere Einzelheiten bezüglich Elozars und des Aufbruchs besprochen hatten, hatte Norolana Taylas Rüstung in die Baumhöhle bringen lassen.

Diese war durch den Waldbrand untauglich geworden, doch die Arboraner hatten sie ausgebessert. Nicht nur das, sie hatten sie in den vergangenen Wochen verbessert. Der Brustharnisch aus gehärtetem Leder verfügte jetzt über zwei Elemente aus Stahl, die die Schultern schützten. Außerdem hatten sie der Rüstung Beinschienen beigefügt, die bis über die Knie reichten. Auch die Unterarmschienen waren verlängert und hüllten nun die Ellenbogen in Leder. Taylas verbranntes Hemd wurde ersetzt. Jetzt besaß sie eines, welches robust wie ein Wams war.

Tayla hatte sich sämtliche Rüstungsteile angelegt. Sie fühlte sich merkwürdig gefangen.

„Seid Ihr zum Aufbruch bereit, Halbgöttin?", fragte Thorak, der die Baumhöhle betrat.

„Ich hoffe es.", murmelte Tayla und legte schon fast zitternd die Hand auf den Knauf ihres Säbels. „Es ist lange her, dass ich ihn das letzte Mal zog."

„Sorgt Euch nicht, Tayla. Ihr werdet noch Herrin über Stahl und Körper sein.", schmunzelte er.

„Lasst uns gehen."

Thorak nickte, ließ Tayla vor sich aus der Baumhöhle gehen und folgte ihr dann.

„Um ehrlich zu sein, fühle ich mich nicht wohl.", äußerte Tayla, als sie zögerlich von einem Ast auf den tiefer gelegenen sprang.

„Eure Kräfte werden bald zu ihrer alten Stärke zurückfinden. Und auch Ihr werdet das Vertrauen in Euch bald zurückerlangen."

Auf der Holzplattform angekommen, erblickte Tayla einige Arboraner, die auf den Brücken in der Nähe standen.

„Habt keine Angst.", sagte Thorak, als er neben sie trat.

Tayla hob ihre Hand zögerlich zum Gruß: „Warum starren sie mich denn so an?"

„Sie haben Euch eine lange Zeit nicht mehr gesehen...", antwortete Thorak, „schenkt ihnen keine Beachtung."

Tayla konnte das Gefühl nicht beschreiben, als sie gemeinsam mit Thorak an einem Strick dem Waldboden entgegen sauste. Der Wind peitschte ihr Haar aus dem Gesicht und jagte ihr eine Kälteschauer nach der anderen über den Rücken. Tayla festigte den Griff um den Strick als sie dem Waldboden nahe war. Kurz bevor sie auf diesem aufgeschlagen wäre, bremste sie sich ab. Einen Augenblick zögerte sie, bevor sie den Strick losließ und sich auf den Boden sinken ließ.

„Ist alles in Ordnung?", fragte Thorak, der Tayla beobachtet hatte.

„Ja.", sagte sie aus den Gedanken gerissen, „alles ist in bester Ordnung."

„Gut, dann folgt mir."

„Hallo, Thorak. Seid gegrüßt, Halbgöttin.", hießen sieben Arboraner sie willkommen, die auf einem umgekippten Baumstamm saßen.

Tayla nickte und Thorak fragte: „Seid Ihr für die Suche gerüstet?"

Fanir war unter den Kriegern und er trug einen Speer bei

sich: „Ja, das sind wir.“

„Und was ist mit den Imerak?“

„Folgt mir.“, sagte Fanir.

Der Speerträger sprang von dem Baumstamm und lief um diesen herum. Tayla und Thorak folgten ihm. Auf der anderen Seite des Stammes angelangt, erblickte Tayla drei Wesen vor sich. Sie standen ruhig und grasend da, sahen aber auf, als Tayla, Thorak und Fanir näher kamen. Eines der Wesen ging zutraulich auf die Halbgöttin zu und schnupperte an ihr.

„Ich habe diese Geschöpfe noch nie zuvor gesehen.“, flüsterte Tayla und streckte dem Wesen ihre Hand entgegen.

Dieses ähnelte einem Steinbock. Zwei gewaltige, lange Hörner wuchsen ihm aus der schmalen Stirn, die sich in Richtung seines Rückens bogen. Es erreichte beinahe die Größe der Halbgöttin. Das Fell des Imerak war wenige Zoll lang und hatte eine rötliche Färbung.

„Wie lautete noch gleich die Bezeichnung dieser Wesen?“, erkundigte Tayla sich.

„Imerak.“, antwortete Thorak lächelnd, „wir stießen auf der südlichen Seite des Baches auf sie. Es war nicht unser Vorhaben sie einzufangen. Diese drei folgten uns aus freien Stücken bis hierher und warteten, um uns ihre Dienste zu erweisen. Wir mussten sie nicht einmal zähmen.“

Tayla sah das Imerak vor sich lächelnd an.

„Die Imerak leben ausschließlich in Bergregionen. Daher wundert es mich eines im Lorolas Wald anzutreffen.“, fügte Thorak hinzu.

Tayla zuckte die Achseln: „Es sind prächtige Geschöpfe.“

„Ja, das sind sie.“, sagte Fanir, der einem Imerak Zaumzeug anlegte und sich dann auf dessen Rücken schwang. Fügsam ließ das Tier ihn gewähren.

„Sitzt auf und dann reiten wir los!“, rief Fanir Tayla und

Thorak enthusiastisch zu.

Ein Krieger übergab den beiden die Zügel der reiterlosen Imerak und sie bestiegen sie. Tayla fühlte sich unbehaglich, als sie die Bewegungen des fremden Imerak an ihren Beinen spürte. Es scharrte mit den Hufen.

„Gut.“, sagte Thorak, „dann wollen wir ziehen. Halbgöttin, Ihr reitet voraus.“

Elozar

„Mein Sohn.“, sagte eine Stimme, so mächtig und wohltuend, dass sie seine Wunden heilte.

„Erwache, mein Sohn.“

Er schlug die Augen auf und blickte in hell leuchtende Augen.

„Erhebe dich.“, sprach die Stimme weiter.

Er zwang sich aufzustehen und dem Befehl der Stimme Folge zu leisten.

„Hebe dein Haupt. Sieh mich an.“

Er tat wie ihm geheißen, auch wenn er nicht wollte, dass sein Vater ihn in diesem Zustand sah. Er wollte nicht, dass der Löwengott die Schwäche und die Angst um seine Gefährtin Tayla in seinen Blicken lesen konnte.

Der perlmuttweiße Löwe schritt zu seinem Sohn hinab: „Kehre zurück auf die Sterbliche Welt, mein Sohn. Zu lange verweilst du schon in meinem Reich.“

Es war dunkel. Rauchschwaden hingen in der kalten Luft.

Elozar öffnete benommen und vollkommen entkräftet seine Augen. Die Müdigkeit übermannte ihn wieder. Wo er war, konnte er nicht erkennen.

Es waren schon fast zwei Wochen, in denen er von der

Sterblichen Welt seines Vater fort gewesen war. Doch er war gezwungen diese zu verlassen, nachdem alles verloren gewesen war.

Der Kratagoner Zacharias hatte seiner Halbgöttin beinahe den Tod bereitet. Elozar selbst wäre an den Verletzungen gestorben, die Zacharias ihm brutal beigebracht hatte. Hätte er nicht in der Welt der Götter Zuflucht gesucht, hätte sein Leben unweigerlich geendet.

Da er als Sohn des Löwengottes die angeborene Fähigkeit besaß zwischen den Welten zu wandeln, konnte er sein Leben bewahren. Elozar glaubte, dass er zu früh auf die Sterbliche Welt zurückgekehrt war. Er war kaum fähig die Augen offen zu halten. Die tiefen Wunden in seiner Schulter und seiner Brust bluteten nicht mehr. Doch sie klafften tief in seinem blutgetränkten Fell.

Alles, was ihn am Leben erhielt, war der Gedanke an Tayla.

Tayla zog die Zügel des Imerak an. Der Anblick ihrer Heimat Elethyn ließ ihr den Atem stocken. Alle Kraft wich für einen kurzen, betäubenden Moment aus ihren Gliedmaßen.

„Dieser Ort ist tot.“, dachte sie, „tot wie der Rest des Waldes. Wie konnte ich nur so dumm sein zu hoffen, dass Elethyn von den Flammen verschont bliebe?“

Tayla, Thorak und Fanir stiegen von den Imerak und schlichen in die Höhle in Elethyn.

Es schien Tayla im ersten Augenblick, als würde in der Dunkelheit der Höhle ein Geröllhaufen liegen. Dann aber stürzte sie auf die Schemen zu, warf sich vor diese auf die Knie und beugte sich über Elozar.

Ihr Körper zitterte, als sie ihren Gefährten vor sich liegen sah. Sie betastete zitternd dessen Pranken.

„Elozar.“, wimmerte Tayla und drückte ihren Kopf in seine Mähne.

Sie konnte nicht fassen, dass sie den Sohn des Löwengottes lebend gefunden hatte. Kälteschauer jagten durch ihren Körper.

Mit tief empfundenen Glück erfüllt, dass die Suche nach dem Halbgott endlich ihr Ende gefunden hatte, weinte sie. Noch nie hatte sie Elozar in einem solch erbärmlichen Zustand gesehen. Tiefe Wunden klafften in Brust und Schulter. Sein sonst glänzendes Fell war blutverklebt und seine Mähne verfilzt. Die Stirn des Löwen war merkwürdig eingedrückt, als wäre sein Schädel gebrochen.

„Halbgöttin.“, wisperte Thorak, der mit den anderen Kriegern in die Höhle getreten war, „lebt er?“

Tayla nickte und stieß tonlos hervor: „Ja.“

Sie ergriff den tränenförmigen Anhänger ihres Amulettes und hielt ihn an die ornamentale Götterzeichnung an Elozars Pranke. Sie beschwor aus dem tiefen Wunsch ihn zu heilen den Zauber des Lichts herauf. Es bereitete ihr keine Schwierigkeiten auf den fremden Energiestrom in sich zuzugreifen und die heilenden Kräfte in das Amulett und Elozar strömen zu lassen. Die Götterzeichnung auf Elozar begann hell zu leuchten. Selbst die arboranischen Krieger konnten die Mächte spüren, die hier am Werk waren. Wogen der Energie kamen funkensprühend auf und verebbten wieder.

„Elozar.“, seufzte Tayla, als sie die Verbindung zu dem Energiestrom unterbrochen hatte.

Der halbgöttliche Löwe schlug die goldenen Augen auf und blickte in das Antlitz seiner Gefährtin. Tayla strahlte und schlang die Arme um ihn. Elozar atmete tief aus und legte sein Kinn auf ihre Schulter.

Fanir war der erste der Arboraner, dem vor Rührung

Tränen in die Augen traten. Dann konnte auch Thorak die Tränen nicht mehr zurückhalten, auch wenn er gleich die Fassung wiedererlangte: „Lasst uns draußen warten. Den Halbgöttern gebührt, dass sie diesen Moment mit niemandem teilen müssen.“

Auf diese Worte hin verließen die Krieger die Höhle.

„Du kannst dir nicht vorstellen, wie glücklich ich bin, dich unter den Lebenden zu sehen, Elozar.“, sagte Tayla und löste die Umarmung. Sie sah lächelnd in seine treuen, gutmütigen Augen.

Der Löwe legte seine Pranke in ihren Schoß und senkte gemächlich sein Haupt. Er konnte sich sehr wohl vorstellen wie seine Gefährtin empfand. Er stand auf und schüttelte die Mähne.

„Lass uns gehen, Elozar.“, forderte Tayla ihn auf.

Die goldenen Augen des Löwen begannen zu funkeln. Er fuhr die Krallen aus. Tayla grinste. Das war Elozar, wie sie ihn in Erinnerung behalten hatte.

Abschiedskuss

Ein erloschen geglaubtes Licht erstrahlte von Neuem.

Zacharias wehrte sich nicht mehr gegen die Fesseln, die ihn in Arbor gefangen hielten. Seit Tagen war er schon an diesen Baumstamm gekettet. Und seit Tagen verfluchte er jede Sekunde, die er hier verbrachte.

Manchmal glaubte er, alles was geschah sei nur ein Produkt seiner Fantasie, beschworen durch Norolanas Traumtrank. Er konnte Realität und Illusion kaum mehr voneinander unterscheiden.

Manchmal sah er Tayla, wie sie auf der Brücke stand, die zu dem Ort seiner Gefangenschaft führte. Dann sah er das arboranische Weib Fanaria, wie sie ihm Obst brachte und ihm einen Wasserschlauch reichte.

Ihm war zu Ohren gekommen, dass mehrere Krieger mit einer Frau vor drei Tagen aufgebrochen waren, um etwas zu suchen und zu finden... Ob dieses Gerücht nur Einbildung war oder nicht, war er nicht fähig zu sagen.

Norolana hatte ihn in den vergangenen drei Tagen nicht mehr aufgesucht. Sie hatte lediglich angeordnet, ihn soweit mit Nahrung zu versorgen, dass er nicht das Bewusstsein verlor und ihm Qual erspart bliebe. So reichte man

Zacharias einmal am Tag einen kleinen Brocken Brot und wenige Schluck Wasser. Kleidung gegen die hereinbrechende Herbstkälte hatte man ihm verwehrt.

Zacharias spürte die harten, kalten Umklammerungen der Ketten um seinen Leib. Das Kinn auf der Brust, hatte er keine Kraft mehr die Augen offen zu halten.

Ein Kälteschauer lief über seinen nackten Rücken: „Wann nimmt dieser Wahnsinn endlich sein Ende?“, fragte er sich, „ich will zurück nach Kratagon, weg aus diesem verdammten Lorolas. *Heim*. Heim in die Abenteuer und Schlachten, heim zu meinem König.“ Zacharias ließ sich in die Umarmung der Ketten fallen. Sie fühlten sich auf einmal so liebevoll und wohltuend an.

„Tayla.“, kam es ihm in den Sinn. Ehe er diesen Gedanken zu Ende gedacht hatte, war das angenehme Gefühl schon wieder verschwunden.

„Gefangener.“, mahnte eine barsche Stimme, „geschlafen wird bei Nacht, nicht am helllichten Tage!“

Zacharias hob benommen den Kopf. Er wusste nicht, wie lange er in der heilen und doch so falschen Welt seiner Träume umhergewandert war.

„Trink!“, befahl Fanir, der ihn aufgeweckt hatte.

Der Speerträger riss Zacharias den Kopf in den Nacken und hielt ihm einen Wasserschlauch an die Lippen: „Jetzt trink endlich!“

Ungeduldig flößte Fanir Zacharias Wasser ein, welches dieser halberstickt aushustete. Da entdeckte Zacharias einen kurzen Dolch, der an Fanirs Gürtel steckte.

„Wie kann ich ihm ihn entwenden?“, dachte er fieberhaft, „meine Arme sind gefesselt, ich kann mich nicht bewegen...“

„Erlaubt mir einen weiteren Schluck.“, sagte Zacharias, als Fanir auf dem Absatz kehrt machen wollte.

Fanir brummte: „Nein.“
„Es wurde verordnet, dass Ihr mir Wasser zu geben habt.“, sagte Zacharias provozierend.
„Verordnet sagst du, ja?!“ Von ungebändigter Wut getrieben legte Fanir seine Hände um Zacharias' Hals: „Begreifst du jetzt, dass mich diese Verordnungen einen Dreck kümmern?!“
Zacharias brachte lediglich ein ersticktes Gurgeln zustande.
Fanir presste sich gegen den Kratagoner: „Erschlagen gehörst du!“
Dann ließ er von Zacharias ab. Er hielt den Wasserschlauch an Zacharias' Brust, und ließ alles Wasser herauslaufen.
„Da hast du dein Wasser.“
Er warf das Behältnis zu Boden und verschwand.

Zacharias blickte in ein ihm bekanntes Antlitz. Er war unfähig sich zu entscheiden, welche Erscheinung schöner war. Dieses Gesicht, oder der glitzernde See zu seinen Füßen, in dem sich der volle Mond spiegelte.
„Tayla.“, hauchte er und betrachtete sie.
Die Tochter des Lichts trug ein schlichtes Kleid aus fließendem Stoff.
Zacharias legte die Hände um ihre Hüfte und zog sie an sich, sodass sie Leib an Leib dastanden. Er spürte die angenehme Wärme, die ihr Körper verströmte, und roch den Duft von Frühlingsblumen.
Tayla schlang die Arme um seinen Nacken und hob ihren Kopf. Sie sah gebannt in seine blauen Augen, woraufhin er sich zu ihr herunter beugte und seine Lippen auf ihre legte.
Es blieb ihm nicht verborgen, wie Tayla sich in seinen Küssen verlor. Er spürte ihr Gewicht, als sie sich in seine

Arme fallen ließ. Seine Begierde wuchs.

Die beiden ließen sich in das hohe Gras sinken, welches den See umsäumte. Zacharias lehnte sich über sie und küsste sie leidenschaftlich.

Er kostete seine Macht über Tayla aus, die sich ihm willenlos hingab und somit das lodernde Feuer in ihm schürte.

Bald zog Tayla ihn auf sich und fuhr ihm mit den Händen unters Hemd. Sie strich über seinen muskulösen Rücken, bevor sie die Hände an den Saum des Hemdes wandern ließ und es ihm über den Kopf zog.

Zacharias brachte sich in eine sitzende Position und sah auf Tayla hinab, wie sie wunderschön und zerbrechlich vor ihm im hohen Gras lag.

Ihr Anblick trieb ihn in den Wahnsinn. Dennoch widerstand er dem Verlangen, sich einfach auf sie zu stürzen und seiner Lust nachzugeben.

Taylas Blicke begannen seinen Körper hinab zu wandern. Sie kniete sich vor ihn und küsste schüchtern seinen Hals. Zacharias nahm ihr Gesicht behutsam in die Hände. So voller Unschuld war sie – und er war kurz davor, ihr etwas davon zu nehmen.

Da verschwammen Taylas Gesichtszüge und sie löste sich, wie Nebel am Morgen, auf.

Zacharias wachte aus seinem Traum auf und sah Norolana vor sich stehen.

„Habt Ihr mir diesen Traum geschickt?", fragte er sie.

Norolana erwiderte: „Ich befreite Euch lediglich von den Fesseln die Euch hielten."

Der Kratagoner sah an sich hinab. Er war frei. Die Eisenketten, die ihn an den Baumstamm gefesselt hatten, lagen auf der Holzplattform.

„Warum habt Ihr das getan?", fragte er.

„Ich verlange, dass Ihr nach Kratagon zurückkehrt. Einen Mann wie Euch will ich nicht in meiner Stadt wissen. Und das Blut eines solchen Mannes soll nicht an meinen Händen kleben. Kehrt zurück zu Eurem König und berichtet ihm von Eurem Versagen. Berichtet ihm, dass die Kinder des Löwengottes leben und dass ich meinen letzten Atemzug tun würde, nur um seiner Herrschaft ein Ende zu bereiten. All das, was Euch Jadro antun wird, wird qualvoller sein, als alles, zu dem ich im Stande wäre."

Norolana überreichte Zacharias seine Rüstung und sein Schwert: „Nehmt diese Dinge wieder an Euch. Nur Verfluchte sollen Verfluchtes tragen." Dann drückte die Alte ihm ein verschnürtes Bündel in die Hand: „Brot, getrocknetes Fleisch und ein gefüllter Wasserschlauch.", erklärte sie, „und nun verlasst Arbor und verschwindet aus Lorolas." Sie beschwor ihn mit den Blicken: „Verschwindet, und wenn Ihr je wieder einen Schritt auf diesen geweihten Boden tun solltet, schwöre ich bei dem Löwengott, dass Eurer Leben unweigerlich endet."

Zacharias war von vier Arboranern aus der Baumstadt geführt worden. An Stricken hatten sie ihn auf den Waldboden herabgelassen.

Der Gesandte sah zu den Baumkronen auf, als er alleine im Wald stand. Von dort unten war von Arbor nichts zu sehen.

Zacharias machte sich daran seine Kleidung und seine Rüstung anzulegen. In der Zeit seiner Gefangenschaft waren die Wunden, die Juda ihm im Göttertempel beigebracht hatte, verheilt.

Der Kratagoner machte sich daran durch das Waldgebiet unter Arbor zu streifen. Er gelangte an den Waldbruchbach, der um den äußeren Ring Arbors verlief. Zacharias hockte sich ans Ufer und trank, bis er keinen weiteren Tropfen hätte herunterschlucken können.

Da sah er ein Flimmern am Horizont in westlicher Richtung: „Was ist das?“, fragte er sich selbst.

Es kam nur langsam näher und bald erkannte man, dass es mehrere Lebewesen sein mussten, die sich in seine Richtung bewegten.

„Was steht dort am Ufer?“, fragte Tayla.

Sie saß auf Elozars Rücken. Der Löwe folgte dem Verlauf des Waldbruchbaches im langsamen Schritt. Dabei wurde er von den Imerak flankiert. Die arboranischen Krieger ohne Reittiere bildeten die Nachhut.

„Ich weiß es nicht.“, entgegnete Thorak, der den Griff um die Zügel des Imerak festigte.

„Ist es ein Mensch?“, fragte Fanir, der zu Taylas Linken ritt.

Tayla schärfte den Blick: „Es scheint so...“, murmelte sie.

„Wenn es kein Arboraner ist, stehen wir in der Pflicht ihn zu töten.“, unterrichtete Thorak die Halbgöttin.

Schon nach kurzer Strecke war es gewiss. Was auch immer dort am Ufer stand, musste ein Mensch sein. Die Arboraner und die Halbgötter waren nur noch hundert Schritt von diesem entfernt.

„Bleib stehen.“, forderte Tayla ihren Gefährten auf.

Elozar kam ihrer Bitte nach. Die Halbgöttin schwang sich von dem Rücken des Löwen und legte die Hand an den Knauf ihres Säbels.

„Seid ihr bereit zu kämpfen?“, fragte sie an die Arboraner gewandt.

„Wir stehen bis zum Tod an Eurer Seite.“, erwiderten diese wie eine Person.

„Und du, Elozar? Reichen deine Kräfte aus?“

Der Löwe senkte sein Haupt. Als er es wieder hob, war in seine goldenen Augen ein wildes Funkeln getreten.

„Sehr gut.“, sagte Tayla und ging voraus.

„Wer seid Ihr, Fremder?“, rief Thorak die Gestalt am Ufer an.

Man erkannte nun eindeutig, dass es sich um einen Mann handeln musste. Der Mann hob den Kopf und straffte sich.

„Ein Krieger.“, flüsterte Thorak.

Tayla zog ihren Säbel und streckte dessen Klinge vor: „Verschwindet!“

In ihrer Stimme klangen Kälte und Unbarmherzigkeit mit. Selbst Elozar hatte sie noch nicht so sprechen hören.

„Lass mich mit dem Weib allein sprechen!“, forderte die Gestalt mit hörbar verstellter Stimme.

Thorak und Fanir sahen Tayla fragend an.

„Seid Ihr dem gewachsen, Halbgöttin? Niemand kann wissen, wer dieser Kerl ist.“, warf Thorak besorgt ein.

„Lasst mich nur. Wenn er sich als Feind entpuppen sollte, werde ich ihm jeden einzelnen Knochen brechen.“ Wieder klang ihre Stimme hart und scharf wie blanker Stahl.

Tayla strich Elozar kurz über die Stirn. Dann ging sie zu der Gestalt am Ufer. Diese blieb jedoch nicht stehen. Sie verschwand im Wald unter Arbor. Tayla zweifelte kurz, ob sie dem Mann in seine mögliche Falle folgen sollte. Dann entschied sie zu Ende zu bringen, was sie begonnen hatte. Vorsichtig trat sie zwischen die Bäume. Sie lauschte der Stille, die dort herrschte. Die wenigen verbliebenen Vögel stimmten kein Klagelied an, so, wie sie es seit dem Brand tagtäglich getan hatten.

Tayla hörte, wie dünne Zweige unter ihren Füßen brachen. Sie vernahm ihren eigenen Atem unerträglich laut. In einer halb geduckten Haltung pirschte sie an mehreren

Baumstämmen vorbei. Als sie ihren Blick kurz schweifen ließ, packte jemand ihren Oberarm und zog sie auf die andere Seite der Stämme. Tayla wollte ihren Säbel aus der Scheide reißen, doch er lag bereits neben ihr auf dem Waldboden.

Sie war der Gestalt vom Ufer hilflos ausgeliefert. Dabei hatte sie nicht einmal bemerkt, wie diese ihr den Säbel entwendet hatte.

„Ihr lebt.“, hörte Tayla eine bekannte Stimme seufzen.

Dann schlangen sich zwei Arme um sie und zogen sie in eine Umarmung.

Tayla hatte nicht gesehen, wer sie in seine Arme gezogen hatte. Doch die Art, wie es sich anfühlte, glaubte sie zu kennen.

Der Mann festigte die Umarmung und Taylas Gesicht wurde in seinen Hals gedrückt.

„Dieser Geruch.“, dachte sie.

Sie entzog sich dem Mann und blickte in seine Augen. In seine blauen Augen.

Tayla war wie erstarrt. Sie war unfähig sich zu bewegen. Zacharias schaute sie mit einem Blick an, den sie nicht deuten konnte. So hatte er sie noch nie zuvor angesehen.

Der Kratagoner zog Tayla zu sich und küsste ihre Stirn. Dann nahm er ihr Gesicht in die Hände und strich ihr liebevoll über die Wange.

Taylas Augen glänzten vor Trauer und unbezähmbaren Gefühlen. Dann perlte eine einsame Träne über ihre Wange.

„Tayla.“, hauchte Zacharias und fing die Träne mit der Hand auf.

Taylas Atem ging schwer.

Der Kratagoner festigte den Griff um ihr Gesicht.

„Fasst mich nicht an.“

„Fasst mich nicht an!“ Tayla entriss sich ihm und ließ ihre

Hand zu dem Säbel am Boden schnellen. Dann richtete sie ihn auf Zacharias.

„Wie konntet Ihr nur?“, fragte sie beinahe tonlos.

„Ich rettete Euer Leben.“

„VOR WAS?!“, schrie sie voll ungebändigter Wut.

Zacharias wich ihren Blicken aus: „Vor mir... Und vor Kratagon...“

„Ihr habt mein Leben nicht gerettet! Ihr habt es zerschmettert!“

„Ihr könnt nicht erahnen was geschehen wäre, wenn ich es nicht getan hätte.“

„Verschwindet, Zacharias!“

Zacharias hob beschwichtigend die Hände: „Lasst mich erklären, Tayla!“

„VERSCHWINDET!“

Plötzlich war sie sich über ihre Gefühle für ihn im Klaren. Sie *hasste* ihn. Sie verabscheute diesen Mann. Er hatte ihr all das Leid angetan!

Als Zacharias sich nicht rührte, trat sie grollend näher: „Durch Eure Hand ist mir das Schrecklichste widerfahren, was mir auf der Sterblichen Welt hätte widerfahren können. Lieber wäre ich gestorben, als von diesen Qualen heimgesucht zu werden! Und nun verschwindet in die zerstörerischen Abgründe Eures Kratagons!“

Zacharias ergriff ihre Hände und zwang sie den Säbel fallen zu lassen: „All das tat ich aus Zuneigung zu Euch.“

Mit einem Mal geriet ihre Gefühlswelt in Wanken. *Zuneigung?* Der Gedanke daran, dass er etwas für sie empfand, ließ sie für eine kurze Zeit all seine Gräueltaten vergessen. Dieser Mann, dieser unbeschreibliche Mann, fühlte sich zu ihr hingezogen?

Da beugte Zacharias sich unverhofft zu ihr vor und küsste sie. In diesen Kuss legte er all sein innigstes Hoffen.

Tayla zwang sich, sich ihm zu entziehen: „Hört auf, Kratagoner!“, fuhr sie ihn an. Sie wollte endlich herausfinden, ob Zacharias der Gefangene in Arbor gewesen war.

Unter ihren zerschmetternden Worten zog er sich zurück: „Ihr wisst es also?“

„Ich weiß es, Zacharias.“ Ihre Stimme wurde eine Spur sanfter, schon bald sachlich.

„Tayla, ich weiß nicht, wie ich es Euch erklären kann. Ich komme aus Kratagon, ja, aber ich habe für Euch alles riskiert. Ich habe seit dem Waldbrand nur an Euch denken können. Als ich dann auf der Suche nach Euch in Gefangenschaft geraten bin, wart Ihr mein einziger Halt.“

Er schüttelte den Kopf: „Als Ihr in der Nacht bei mir gewesen seid... Ich hätte *alles* dafür getan, um den Fesseln zu entkommen...“

Tayla stiegen Tränen in die Augen. Allmählich verrauchte ihr Zorn.

„Bitte glaubt mir.“, flehte er.

Mit dem Mut der Verzweiflung nahm er ihre Hand. Sie wollte sie ihm wieder entreißen, aber er hielt sie fest.

„Seht mich an, Tayla. Schaut mir in die Augen.“ Sie kam seiner Forderung nach und das Blau seiner Augen durchbohrte sie auf eine Art, die sie nicht beschreiben konnte. „Ist Zorn denn das einzige, was Ihr für mich empfindet?“ Er beugte sich zu ihr herunter und legte seine Lippen auf ihre. Tayla verkrampfte sich erst unter dieser Berührung. Dann gab sie ihren Gefühlen nach. Noch während sie sich küssten, begann sie am ganzen Leib zu zittern und Tränen liefen ihr über die Wangen.

Nach einem Moment entzog sie sich ihm.

Die plötzliche Traurigkeit in seinen Augen ließ sie beinahe erneut in Tränen ausbrechen. Er bereute seine Taten, daran

bestand kein Zweifel.
„Sagt doch etwas.“, flehte sie.
„Was wollt Ihr von mir hören?“
Was sie von ihm hören wollte? Sie wollte so viel von ihm hören, was er noch nie ausgesprochen hatte. Sie wollte eine aufrichtige Erklärung für alles, war er ihr angetan hatte. Sie wollte, dass er sich vor ihr auf die Knie warf und sie um Verzeihung anflehte. Viel mehr jedoch wollte sie hören, dass er sie liebte.
„Was wollt Ihr mir denn sagen?“, erwiderte sie zweifelnd, ob diese Gegenfrage angebracht war.
Zacharias beugte sich mit einem atemberaubenden Lächeln vor.
„Ich dachte, Ihr wolltet mir etwas *sagen*?“
„Das ist meine Art es dir zu sagen.“
Er drückte ihren Rücken gegen den Baumstamm und lehnte sich dicht an sie.
„Ich würde es so gerne hören.“, flüsterte sie.
„Ich begehre Euch, Tayla.“, sagte er dunkel.
Tayla errötete und versuchte verlegen Abstand zwischen sie beide zu bringen. Doch Zacharias zwängte sie dicht an den Baumstamm.
Sie wich seinen glühenden Blicken aus. Die anderen Gefühle kämpften sich langsam zurück in den Vordergrund.
„Was habt Ihr, Tayla?“
„Es tut mir Leid, Zacharias, aber ich kann das nicht.“
„Was könnt Ihr nicht?“
„Ich kann Euch nicht ansehen, ohne daran zu denken, was Ihr mir angetan habt.“
„Aber, Tayla... Ich...“
Sie zog seinen Kopf zu sich hinunter, an ihrem Gesicht vorbei, sodass sich seines in ihren Hals grub. Sie schloss für einen kurzen Moment die Augen, und krallte sich in seine

braunen Haare. „Bitte, geht jetzt.“, bat sie ihn, ohne ihn ansehen zu können.

„Schickt mich nicht weg, Tayla.“

„Zwingt mich nicht dazu, Euch zu vertreiben.“

„Das werde ich nicht, wenn es das ist, was Ihr wünscht. Wünscht Ihr, das ich gehe?“

Schweren Herzens sah sie ihn an: „Ja.“

Zacharias strich über ihre Wange.

„Geht zurück nach Kratagon. Quält mich nicht, indem ihr mich so berührt.“

Er zog seine Hand erschüttert zurück.

„Und quält mich nicht mit einem langen Abschied.“

„Gewährt mir noch einen Kuss.“

Mit dem Daumen berührte er sehnsüchtig ihren leicht geöffneten Mund.

„Tut es.“, brachte sie hervor.

Seine Finger umschlossen ihr Kinn. Dann presste er seine Lippen auf ihre.

Tayla war es, die sich nach Atem ringend von ihm löste. Sie lächelte traurig. Jetzt würden sich ihre Wege trennen.

„Alles, was ich Euch angetan habe, tut mir unendlich Leid.“ Er wandte sich von ihr ab. „Verzeiht mir.“

Der Kratagoner erlaubte es sich nicht zurückzublicken. Würde er Tayla nur noch einmal ansehen, dann könnte er sie nicht verlassen. Doch sie wollte es. Sie wollte es, obgleich sie ihn nicht mehr nur hasste. Er ging und hörte Taylas leises Schluchzen hinter sich. Jede Faser in ihm sträubte sich dagegen, sich weiter von ihr zu entfernen. Aber er ging weiter. Wenigstens einen Wunsch wollte er ihr erfüllen, selbst wenn es für ihn das Ende bedeutete.

Und so kam es, dass Zacharias für lange Zeit verschwand.

Kratagon

Gen Heimat

Nachdem Norolana Zacharias freigelassen hatte, war er aufgebrochen, um nach Kratagon zurückzukehren.

In Lorolas hielt ihn nichts mehr. Selbst die Zuneigung zu Tayla war nicht stark genug, um die ihm angelegten Fesseln zerspringen zu lassen. Es war ihr Wunsch gewesen, dass er ging.

Auf seinem Weg aus dem Wald stieß der Greif Arkas zu ihm hinab. Zacharias flog mit ihm in die Nähe von Geleses Stadtmauer. Dort hatte er einen berittenen Soldaten erschlagen und sein Pferd gestohlen. Da Zacharias von diesem Zeitpunkt an nicht mehr auf die Hilfe des argwöhnischen Greifs angewiesen war, befahl er ihm zu seinem Herrn Rowan zurückzufliegen.

In Gelese war es ein Leichtes zu plündern und Proviant für die bevorstehende Reise zu stehlen, denn der Waldbrand hatte die Stadt in Aufruhr versetzt.

Zu Pferde ritt Zacharias drei Tage bis er zu dem Portal

kam, welches ihn in das Reich der Schattenaffen brachte.

Der Fürst der Schattenaffen, Dwar, hatte zwei der gorillaartigen Kreaturen beauftragt, Zacharias durch die unterirdische Welt bis zur kratagonischen Grenze zu geleiten.

In Kratagon gab es inzwischen mehrere Zugänge zu der unterirdischen Welt. Zacharias bevorzugte den, der ihn am schnellsten zurück ans Tageslicht brachte. Das war der, der unter dem Westmeer Lorolas' verlief.

Von der Grenze Kratagons aus, war Zacharias westwärts gezogen. Er hatte innerhalb von einer Woche eine Stadt und einige Dörfer passiert. In dieser Zeit hatte er über Tayla nachgedacht. Es hatte nicht lange gedauert, bis er zu dem Entschluss gekommen war, dass sich ihrer beider Leben nie mehr kreuzen würden, es sei denn, sie stünden sich einmal in einer Schlacht gegenüber.

Nun, drei Wochen nachdem er Lorolas verlassen hatte, setzte er mit einer Fähre über den Ogeasee zur Seestadt Ogea über.

Zacharias wachte auf, als ein Ruck durch ihn fuhr. Er wurde von den Heuballen, auf denen er zuvor geschlafen hatte, in mehrere Leinensäcke geschleudert.

Der Kratagoner legte rasch seine Rüstung an und eilte an Deck des Schiffes. Er wurde gleich von der kalten Brise erfasst und taumelte einen Schritt zurück.

„Gleich legen wir an!“, rief ihm der bärtige Steuermann des Schiffes zu.

Zacharias sah gen Norden und erblickte die Seestadt Ogea. Er war das letzte Mal dort gewesen, als er mit den Gesandten nach Lorolas aufgebrochen war, um die Halbgötter zu töten.

Als das Schiff im Hafen Ogeas angelegt hatte, sprang Zacharias gleich von Bord. Den Kratagoner kümmerte der Fischgestank, der in der Luft lag, nicht.

„Wer seid Ihr?“, fragte ein Mann mit Pergament und Geldbeutel in der Hand.

Zacharias sah zu der kleinen Empore auf, auf der der Mann stand. Beinahe hatte er vergessen, dass strengstens dokumentiert wurde, wer Ogea betrat oder verließ.

„Zacharias.“, antwortete er knapp, „ich glaubte, Ihr könntet Euch an mich erinnern.“

Die Augen des Mannes weiteten sich einen Augenblick: „Verzeiht.“, räusperte er sich, „es war nicht meine Absicht, einen Gesandten des Königs aufzuhalten.“

„Gut.“

„Dennoch sollte ich Euch den Zutritt nach Ogea verweigern, nach dem Chaos, was Ihr während Eures letzten Aufenthalts veranstaltet habt.“

Zacharias grinste: „Sollte man doch annehmen, dass nicht alle unerfreut darüber waren.“

Er dachte an die Weiber, denen er die Nacht versüßt hatte. Außerdem schmunzelte er unweigerlich, als sich vor seinem inneren Auge die Bilder der Prügeleien und Saufgelage abspielten, die er angezettelt hatte.

„Ich werde Euch nicht verwehren die Stadt zu betreten. Dennoch hoffe ich, dass Ihr nicht vorhabt zu lange in Ogea zu bleiben.“

„Ich bin lediglich auf der Durchreise.“

„Gut, dann eilt hindurch und hinaus.“

Der Mann ließ Zacharias passieren.

Die schmalen Gassen in Ogea waren verdreckt. Hohe Steinhäuser umsäumten sie.

Unbekümmert schlenderte Zacharias gen Süden. Er war im

Unklaren darüber, ob er Ogea so schnell hinter sich lassen wollte, wie er angegeben hatte. Etwas gefiel ihm an der verdreckten Seestadt. Waren es die Weiber, die sich einem jeden hingaben, oder die vielen Gasthäuser in denen man Met und Wein zum kleinen Preis bekam? Über diese Frage würde er wohl genauer nachdenken müssen.

Nach vier Tagen preschte ein Bote des Königs durch Ogeas Gassen. Vor dem Gasthof 'Fischerstrunk' sprang er von seinem Pferd ab und stürmte in den dunklen Schankraum des Gasthofes. Mit dem Wirt wechselte er kurz ein paar Worte, dann stürmte der Bote zu den bewohnten Kammern des Gasthofes. Ohne zu klopfen öffnete er die Türe und trat ein.

Er erblickte Zacharias nackt zischen drei Weibern. Sie lagen verschlungen auf einem Bett und schliefen. Die Kleider der Weiber lagen in Fetzen auf dem Boden verstreut.

Der Bote ging lautlos bis zu dem Bett und berührte den, den er aufzusuchen hatte, vorsichtig an der Schulter.

Plötzlich schnellte Zacharias' Arm vor und seine Hand umfasste den ungeschützten Hals des Boten.

Zacharias öffnete die Augen und fragte übellaunig: „Was willst du?“

Der Bote wand sich in seinem eisernen Griff und stammelte: „Ich überbringe eine Nachricht des Königs.“

Erst jetzt fiel Zacharias auf, dass der Bote noch ein junger Bursche war. Er ließ ihn aus seinem Griff entweichen und stieß ihn grob von sich und seinen Gespielinnen fort.

„Eine Nachricht des Königs, sagst du?“

„Ja, Herr.“

„Was will Kratagons König?“

„Er hörte von Eurer Rückkehr, Herr, und verlangt, dass Ihr Euch in Skandor einfindet.“

„In Skandor? Sag ihm, dass ich beschäftigt bin."
Zacharias blickte schelmisch grinsend auf die drei nackten Frauen.
„Aber Herr.", beharrte der Bote, als Zacharias sich zurück in die Arme seiner Gespielinnen fallen lassen wollte, „die Zeit drängt."
„Du hast es erfasst, Bursche. Also scher' dich raus!"
„Aber... aber das kann ich nicht. Es wurde befohlen nach Skandor aufzubrechen. Der König erwartet Euch."
Zacharias dachte an den gestrigen Abend zurück. Nach dem Saufgelage am Hafen hatte er diese Weiber mit in seine Kammer genommen und sich dort die ganze Nacht mit ihnen vergnügt. Nun brummte ihm gehörig der Schädel. Wie schon die Abende zuvor, war es zuviel des Mets gewesen.
„Na schön.", willigte Zacharias ein, als er einsah, dass vier Tage Vergnügen in Ogea reichten.
„Wir werden sofort aufbrechen.", sagte der Bote eifrig.
„Wir?", meinte Zacharias scharf, als er aus dem Bett stieg.
Nachdem der Bursche ihn verdächtig lange mit aufgerissenen Augen angestarrt hatte, drehte er sich peinlich berührt um.
Während Zacharias sich die Kleider anzog, sagte er: „Ihr werdet jetzt verschwinden. Ich mache mich heute Abend auf den Weg."
Bevor der Bote Zacharias' Befehl Folge leistete, übergab er ihm noch eine Schriftrolle.

Am Nachmittag hatte Zacharias die Schriftrolle am Hafen gelesen. Der König persönlich hatte sie geschrieben. In ihr war dennoch nicht erklärt, warum er sich in Skandor einzufinden hatte. Die Schriftrolle war lediglich ein Pergament, in welchem geschrieben stand, dass er ein gutes Pferd zu erhalten hatte – gleich von wem er es einforderte.

Glücklicherweise gab es bei Ogea ein Gehöft, welches selbst mit der Krone Handel trieb und für seine Pferdezucht bekannt war.

„Guter Mann.“, grüßte Zacharias, als er die Stallungen des Gehöfts betrat.

Ein stämmiger Mann mit weißem Haar und Schürze schaute zu ihm. Er hatte zuvor einem schwarzen Hengst die Hufe ausgekratzt.

„Was kann ich für Euch tun?“, fragte der Alte.

Zacharias holte die Schriftrolle hervor und verlas die entsprechenden Zeilen.

„Und da habt Ihr Euch mich ausgesucht?“, spuckte der Alte aus, „einen alten Züchter aus Ogea?“

„Ja.“

„Nun gut. Gegen den König persönlich werde ich mich nicht widersetzen. Welchen Zweck soll Euer Ross erfüllen? Soll es Euch in Schlachten tragen, lange Strecken schnell bewältigen, oder zum Wettkampf taugen?“

„Ich bin nicht darauf erpicht an Wettkämpfen teilzunehmen. Doch es soll zum Kampf und zum langen Ritt taugen.“

Der Züchter schürzte die Lippen: „Na schön. Folgt mir.“

Nachdem sie die Stallungen besichtigt hatten, hatte der Züchter drei Pferde nach draußen geführt. Aus diesen sollte Zacharias seine Auswahl treffen. Es waren eine helle Stute, ein Grauer und ein brauner Kaltblüter.

Der argwöhnische Blick des Grauen erinnerte den Gesandten an Arkas. Die Stute schien Zacharias nicht stark genug, um ihn lange Strecken Tag und Nacht zu tragen. Ausdauernd sollte der Kaltblüter wohl sein, doch Zacharias zweifelte stark an seiner Schnelligkeit.

„Das sollen Eure besten Pferde sein?“, spottete er, „keines würde ich wählen, um auch nur zum Hafen zu reiten.“

„Dann geht doch zu einem anderen, der bereit ist Euch ein Pferd zu verkaufen! Schnell werdet Ihr keinen weiteren finden..."
„Was ist mit dem Schwarzen?"
Zacharias dachte an das Ross, welchem der Züchter, als er eingetroffen war, die Hufe ausgekratzt hatte.
„Ein gutes Pferd. Doch nicht gut genug für den Gesandten des Königs."
„Bringt ihn heraus. Ich will ihn mir ansehen."
Der Züchter kam seiner Bitte widerwillig nach.
„Wie ist sein Name?", fragte Zacharias, als er die Beine und das Gebiss des Tieres prüfte.
„Sturmfalke nennen wir ihn."
Sturmfalke war ein stolzes Tier, edel und stark.
„Der Friese wird Euch gute Dienste tun."
„Dann soll er mein Gefährte sein. Sattel und Zaunzeug brauche ich aber noch."
„Was? Das auch noch?", empörte sich der Züchter und ruderte wild mit den Armen.
„Habt Ihr mir nicht zugehört?"
„In der Schriftrolle war lediglich von einem Pferd die Rede."
„Entweder Ihr holt mir sofort das, wonach ich verlangte und ich lasse Euch am Leben, oder ich erschlage Euch auf der Stelle und hole es mir selbst." Zacharias ballte eine Hand zur Faust und blickte den Züchter drohend an. Dieser knirschte mit den Zähnen und brachte ihm das Verlangte.

Sobald Sturmfalke gesattelt war, schwang sich der Gesandte auf den Rücken des Pferdes und gab ihm die Sporen. Ein Feuer entfachte in seinem Herzen, als er daran dachte, wie wundervoll grausam die Kriegshörner bei der Festung Skandor erschallen würden, wenn sie von der nahen Schlacht kündeten.

Skandor

Fahnen wurden von eisigen Böen gepeitscht, als eine Versammlung in Skandor, der größten Festung Kratagons, abgehalten wurde. Skandor war einst von König Kragon erbaut wurden, um das gesamte Heer Kratagons zu sammeln. Im Herzen Kratagons erbaut, diente sie auch für Ratssitzungen und Versammlungen.

Heute erinnerte Skandor mehr an eine Stadt in einer weiten Ebene bestehend aus Wehrtürmen, unzähligen Mauern und einzelnen Burgen im Inneren, die das gesamte Konstrukt der Festung bildeten. Skandor selbst war umgeben von vielen Verteidigungsanlagen und kleinen Städten. Diese waren wie ein weiter Ring um die Festung angeordnet.

Zwischen Skandor und dem äußeren Ring verlief ein breiter Wassergraben, der von dem Aren Fluss, im Nordwesten von Skandor, abgeleitet wurde.

Zu den Stützpunkten, Städten und Festungen jenseits des Wassergrabens führte jeweils eine Zugbrücke.

Jadro, der König Kratagons, saß mit fünf Männern um eine Karte versammelt. Graf Arroth, der Sohn des Stadthalters von Mortem Mar'Ghor, und ein Vertrauter des dunkelelfischen Fürsten Umbras waren unter den Versammelten.

Graf Arroth begutachtete die große Karte seines Heimatlandes, welche vor ihm ausgebreitet auf einem edlen Tisch lag. Der Graf wusste nicht, wie es möglich war, doch die Karte war eine Miniatur des Landes selbst. Berge ragten aus ihr und winzige Wellen brachen an der Westküste.

„Es freut mich, Fürsten und Grafen meines Landes nach so langer Zeit vereint zu sehen.“, sprach der König.

Jadro trug wie üblich seine Lederrüstung und Wolfspelz.

„Seit der Spaltung der Welt ist dies nicht mehr geschehen.“, fuhr er fort, „wie einst König Kragon, der für eine glorreiche Zeit Herr über die vereinte Welt war, werde auch ich danach streben das Land zu einen.“

Der König strich über sein Schwert, welches quer auf seinen Oberschenkeln lag.

„Um das Land zu einen, gebraucht es einen Krieg. Es braucht einen Krieg um die, die sich Lorolasser nennen, aus den Fängen eines Gottes zu befreien. Befreien wollen wir sie – und erlösen. Doch wenn eine Befreiung nur durch Knechtschaft und Tod zu vollenden ist, werde ich, euer aller König, dafür persönlich Sorge tragen, dass diese armen Geschöpfe aus der Tyrannei des Löwengottes entfliehen können.“

Jadro deutete auf die einzigartige Karte vor sich: „Seht euch nur unser Land an. Wunderschön ist es, nicht wahr? Der rechtmäßige Erbe sitzt auf dem Thron und regiert, wie es nur ein wahrer König fähig ist zu tun.“ Er blickte in die Gesichter der fünf Versammelten: „Und als euer König euch rief, seid ihr gekommen. Gekommen um zu kämpfen – und zu siegen.“

Jadro wandte sich alleine Graf Arroth zu: „Seht selbst. Die Liebe dieses Mannes zu seinem Land und seinem König war so groß, dass er an seines Vaters Stelle her ritt, um für das, was sein Innerstes bewegt, in den Krieg zu ziehen. Dieser Mann ist bereit für seinen König zu sterben. Bedingungslos nenne ich diese Liebe zu mir."

Graf Arroth versuchte sich den Ekel, welchen die geheuchelten Worte des Königs in ihm hervorriefen, nicht anmerken zu lassen. Statt wütend zu verkünden, lediglich wegen seines alten Vaters gekommen zu sein, lächelte er kühl und nickte.

„Der, der bei Mortem Mar'Ghor gegen meinen Herrn Umbra kämpfte, ist nicht anwesend?", fragte der Dunkelelf und Vertraute Umbras.

„Nein, Derethor wird unserer Versammlung nicht beiwohnen, Éndariel.", entgegnete Graf Arroth.

„Wie schade. Mein Fürst ersehnte bereits die Ankunft des Stadthalters."

„Vergeuden wir nicht die wertvolle Zeit mit sinnlosem Geschwätz!", meinte ein beleibter Mann namens Galdor entschlossen, nachdem er geräuschvoll die Nase hochgezogen hatte.

Galdor war der alte Fürst der Menschen aus den Palanthras Tälern in den gleichnamigen Bergen im Südwesten Kratagons. Unter Palanthranern betitelte Galdor sich mit Vorliebe als Talkönig. Außerdem ließ es sich der Mann mit dem gestutzten, grauen Bart nicht nehmen, demonstrativ einen roten Königsmantel zu tragen.

Galdor hämmerte mit der Faust auf den massiven Tisch: „Hebt euch Weibergetratsche gefälligst für wann anders auf!"

Galdor war in der Obrigkeit als ungehobelt, plump und pöbelhaft bekannt. Die Aristokraten sahen ihn nicht als Ihresgleichen an, weil seine Herrschaft durch das Volk legitimiert wurde.

Éndariel sah herablassend zu Galdor. Dieser Mensch sollte

schleunigst sein Maul halten. Was fiel einem minderen Menschen überhaupt ein, mit dem Repräsentanten der Dunkelelfen der Weißen Berge in diesem Tonfall zu sprechen?

„Ich danke Euch für diese Worte, Galdor.“, sprach Jadro.

Die Worte des Königs riefen eine unangenehme Ruhe hervor und Anspannung zehrte an den Gemütern der Versammelten.

„Euch verlangt es gewiss nach einer Erklärung, warum ich diese erste aller künftigen Versammlungen Skandors bereits am heutigen Tag mit nur Fünfen der Euren einberief. Es gebraucht nicht vieler Worte, um euch eine ausreichende Antwort zu geben. Die Umstände haben es schlichtweg so verlangt.“

„Was soll das heißen? Die Umstände sollen es verlangt haben? Welche Umstände, zum Teufel?“, unterbrach Galdor mit lauter Stimme.

„Die Umstände des Krieges.“

„Jaja.“, knurrte der Talkönig, „das ist mir klar! Sprecht nicht wie mein Weib in schleierhaften Worten, die ich erst enträtseln muss. Redet gefälligst wie ein Mann!“

Der Herrscher Kratagons machte eine unauffällige Handbewegung. Galdor, der zuvor wild gestikulierend auf seinem Stuhl gesessen hatte, erstarrte und seine Kiefer pressten sich zusammen.

„Schweigt, Talkönig.“, sagte Jadro mit seiner mächtig klingenden Stimme, „verschwendet Eure Worte nicht. Ihr werdet sie zu anderer Zeit brauchen.“

Der König wandte sich wieder den anderen Versammelten zu: „Der Tag, an dem sich Kratagon erheben wird, ist mit dem heutigen Aufgang der Sonne gekommen.“

Er stand auf, zog sein Schwert und hielt es über einen Teil der Karte.

„Dieses Land wird sich bald nicht mehr nur auf diese Gebiete beschränken. Meine Herrschaft werden wir ausweiten – ausweiten auf die gesamten Landen des einen Gottes." Aus dem König sprach reiner Hass. „Ihr fünf Mächtigen seid nicht die einzigen die kommen werden. Fürsten, Kriegsherrn, Kreaturen und Sagenumwobene werden aus dem ganzen Land herkommen. Sie werden Skandor aufsuchen, weil ihr König sie rief. Selbst die Dunkelelfen, die, die von Sagen und Mythen umwoben und zu einer Schauermär gemacht wurden, waren hier! Die, die auf Höllenpferden reiten und dunkle Zauber wirken! Und es werden noch viele folgen..." Jadro ließ sein Schwert über der Karte kreisen: „Alle Völker Kratagons, aus dem Norden, dem Süden, den Bergen und von der See, sie alle kommen, um sich gegen den Feind zu erheben! Sie kommen um Rache zu nehmen und um zu befreien. Feinde und ihre eigene Seele. Doch einem wird niemals die Gnade der Freiheit erwiesen werden: Dem Löwengott, der einst unser Schicksal besiegelte. Denn wir werden das göttliche Siegel brechen! Ja, das werden wir..."

Bis zum Abend hatte der König den Versammelten offenbart, welche Fürsten und bedeutenden Persönlichkeiten wann zu erwarten waren. Außerdem verteilte er die jeweiligen Anführer mit ihren Gefolgsleuten auf die Festungen, Städte und Verteidigungsanlagen jenseits des Wassergrabens.

Graf Arroth würde sich auf eine Mission begeben, deren Ziel noch unbekannt war.

Als sich die Sonne am Abend rot färbte und unterging, stieß ein weiterer zu der Versammlung. Für die fünf Geladenen kam er unerwartet, nicht für den König.

„Ich habe dich erwartet.", sagte Jadro, als Zacharias die

Halle, in der die Versammlung abgehalten wurde, betrat.

Der König erhob sich von seinem thronartigen Sitz und verließ ohne ein weiteres Wort die Halle. Zacharias folgte ihm unaufgefordert.

„Mein König." Zacharias verneigte sich vor Kratagons Herrscher und ging auf die Knie.

Jadro ließ ihn lange Zeit in dieser gebeugten Haltung verharren: „Zu lange hast du dein Haupt nicht mehr geneigt, Zacharias. Hebe es nun wieder."

Der Gesandte tat wie ihm geheißen.

„Warum bist du ohne deinen Anführer und deine Gefährten zurückgekehrt? Warum ohne die Köpfe der Halbgötter?", fragte der König.

„Alles, was in Lorolas geschah, war nicht meine Absicht. Ich war es, der die Tochter des Lichts aufspürte. Ich war es, der sie als eben diese erkannte. Und ich war es, der sie nicht töten konnte."

„Du, Zacharias? Du, der noch nie zögerte einen Mann zu erschlagen? Du, den ich die Kunst des Kampfes und des Tötens lehrte?"

„Es beschämt mich, mein Herr, doch ich versagte."

Jadro ergriff sein Kinn: „Waren es deine Augen, die ihr Herz für einen Kratagoner öffneten?" Der König blickte ihm in die unvergleichlichen blauen Augen. „War es dein Äußeres, dem auch in deiner Heimat kein Weib widerstehen kann?" Seine Lippen umspielte ein boshaftes Lächeln: „Oder waren es die Dinge, die dein König dich lehrte?"

Zacharias hielt seinen durchdringenden, nach einer wahren Antwort suchenden Blicken stand.

„Ich liebte sie.", sagte Zacharias.

„Du liebtest sie?!", schrie der König, „du bist nicht fähig zu lieben, Zacharias! Du hast kein Herz." Jadro entfuhr ein kehliges Lachen: „Aber es war gewiss dein Innerstes, was euch entzweite!“

Der König ließ seine andere Hand vorschnellen, packte Zacharias' Nacken und schleuderte ihn mit Leichtigkeit zu Boden.

„Ich habe Euch und Euer Land verraten. Ich habe Euch verraten, indem ich zu schwach war die Halbgöttin zu töten.“, erklärte Zacharias. „Ich bitte um die Gelegenheit es ungeschehen zu machen.“ Der Gesandte senkte erneut sein Haupt.

„Was hat dieser tyrannische Gott nur mit dir gemacht? Was hat dieses verfluchte Weib in dir zerstört? Deinen Willen für dein Land zu sterben?! Für deinen König?!“

„Nein.“

„Entwaffnet hat die Halbgöttin dich, Zacharias! Sie hat dir Willen, Leidenschaft und Ehre genommen!“

„Nein.“, sagte er, „sie hat in mir einen anderen Willen und eine brennende Leidenschaft entfacht, mir Schuld genommen und Ehre gegeben.“ Er blickte seinem König in die funkelnden Augen: „Doch all das bedeutet nichts in Eurer Gegenwart. Denn ich kehrte ihr und Lorolas den Rücken zu. Nun gehöre ich ganz meinem Heimatland. Nun gehöre ich ganz Euch.“

Jadro strich den Umhang aus Wolfspelz hinter sich: „Warum sollte ich dir vertrauen und dich erneut in meine Dienste stellen?“

Zacharias straffte sich und antwortete: „Vielleicht war ich in dem Irrglauben gefangen die Tochter des Lichts zu lieben, doch den Sohn des Löwengottes verabscheue ich. Er und sein 'heiliger' Vater sind die Ausgeburt der Hölle, meine Peiniger bis in alle Ewigkeit, wenn sie nicht bezwungen werden. Ihr habt mich gelehrt sie für alles Schlechte verantwortlich zu machen. Ihr habt mich gelehrt in ihnen den Feind zu sehen – und ich sehe in ihnen den Feind.“

Zacharias beschrieb gestenreich wie er den Halbgott tötete: „Ich rammte dem Löwen meine Schwerter in die Brust und zwischen die Schultern. Außerdem flößte ich ihm das Extrakt der Auroraorchidee ein. Erschlagen hab ich ihn dann mit einem Felsbrocken, den ich auf seinen Schädel niederdonnern ließ.“ Der Gesandte warf seine Schwerter zu Boden, kniete sich vor seinen König und ergriff dessen rechte Hand: „Schenkt mir Glauben, mein Herr.“, flehte er. „Ich tötete den Halbgott. Ich bin der Überzeugung, dass er den Verletzungen erlag.“

Der König entzog ihm seine Hand, bevor er sie untertänig küssen konnte.

„Erhebe dich, Sohn Kratagons.“

Zacharias tat wie ihm geheißen.

„Hass auf die Götter des Lichts ist es, was dich in Zukunft vorantreiben soll. Hass und der Treueschwur, den du mir einst geleistet hast.“

Zacharias verneigte sich: „Ich danke Euch für Eure Güte.“

„Doch vergiss nicht, wessen Land deine Heimat ist. Sonst werde ich dich ins ewige Vergessen und ins ewige Nichts schicken. Und jetzt geh' mir aus den Augen.“

Am nächsten Tag hatte der König noch vor dem Morgengrauen eine Versammlung in Skandor einberufen. In der Halle waren Graf Arroth, Talkönig Galdor, Éndariel, Zacharias und der Herrscher selbst zusammengekommen.

„Seid gegrüßt.“, sprach Jadro und setzte sich auf den Thron.

Der Graf, der Repräsentant der Dunkelelfen sowie der Talkönig nahmen auf ihren alten Stühlen Platz. Zacharias wurde aufgetragen sich zur Rechten des Königs zu setzen.

„Dreien von Euch wird eine lange Reise bevorstehen.", begann der König, „Éndariel und Zacharias werden zu den Dunkelelfen in die Weißen Bergen reiten. Eure Aufgabe wird es sein Fürst Umbra eine Nachricht zu überbringen."

Zacharias sprang auf: „Das könnt Ihr nicht von mir verlangen!"

Der Gesandte wusste, dass sein Vater ein Dunkelelf dieses Volkes war und dass es Jadro nur einen Zauberspruch kostete, damit dieser die Nachricht erhielt. Warum demütigte Jadro ihn?

Zacharias wusste nicht, wer sein Vater genau war, wo er lebte, ob er sich je darum bemüht hatte seinen verlorenen Sohn zu finden. Doch es war ihm heute gleich. Er hatte keinen Vater. Er war ein Bastard.

„Ich kann, und ich werde.", entgegnete der König.

„Für Euch werde ich jeden Mann wahllos morden, werde mich selbst auf eine im Tod endende Reise begeben. Doch zu dem dunkelelfischen Pack in dem Weißen Gebirge werde ich nicht reiten!"

Éndariel ergriff das Wort: „Beleidigt mein Volk noch einmal, und ich werde Euch töten."

„Dann zückt Eure Klinge, Elf!", forderte Zacharias Éndariel heraus.

Plötzlich hallte die Stimme des Königs unnatürlich laut durch die Halle: „Genug!"

Zacharias und der Dunkelelf zügelten sich und der Gesandte nahm wieder Platz.

„Zacharias, du schuldest mir Gehorsam.", zischte der König, „reite in die Weißen Berge und überbringe Fürst Umbra meine Botschaft."

„Ich werde in die Weißen Berge reiten, um sie blutig rot zu färben." Mit diesen Worten erhob er sich und verließ die Halle.

Éndariel, der Repräsentant der Dunkelelfen, blickte ihm wütend nach.
„Nun zu Euch, Graf Arroth.“, begann Jadro unbeeindruckt von Zacharias' drohenden Worten.
Der Graf blickte auf.
„Ihr werdet mit Euren Mannen zu der Seestadt Ogea ziehen. Wir müssen jeder Zeit mit Unruhen oder gar einem feindlichen Angriff rechnen. Falls Lorolasser in Kratagon eindringen oder Aufständische planen einen Krieg gegen Lorolas zu verhindern, verlange ich, dass jegliche Unruhen zerschmettert werden.“
„Zu Befehl, mein König.“

Lorolas

Zweier Völker Könige

Sonnenstrahlen brachen durch das düstere Grau des Himmels. Windböen wirbelten durch das Aschemeer. Die Hoffnung war noch nicht verloren. Der Wald war tot, aber die Halbgötter lebten. Der Wald war tot, doch er würde auferstehen.

Die Arboraner hatten Elozar freudig willkommen geheißen, nachdem Tayla und ihre Gefährten nach langer Suche mit ihm zurückgekehrt waren.

Ein Fest, wie zu der Ankunft der Halbgötter vor Monaten, wurde nicht gefeiert. Die Trauer über den Waldbrand und seine Opfer überwog in diesen Tagen.

Der Löwe hatte in Arbor vier Tage geruht. Tayla war in dieser Zeit nicht von seiner Seite gewichen. Elozar bemerkte, dass nicht nur die Arboraner, sondern auch seine Gefährtin von Trauer und Zorn erfüllt war. Er befürchtete, dass der Kratagoner Zacharias, der ihn zu töten versucht hatte, der Fremde am Flussufer gewesen war und Taylas Gefühlswelt aus dem Gleichgewicht gebracht hatte.

Große Sorgen hatte er sich gemacht, als Tayla mit dem Mann am Fluss alleine in das Waldgebiet unter Arbor gegangen war.

Den Mann hatte man nach einer viel zu langen Zeit aus dem Wald treten und in Richtung Westen ziehen sehen. Tayla aber war fort geblieben und sie hatten sich auf die Suche gemacht. Elozar hatte sie starr und in die Leere blickend hinter einer Baumfront gefunden. Was geschehen war hatte sie auch später in der Baumstadt niemandem verraten. Bis zum heutigen Tage, einem Monat nach Elozars Rückkehr, hatte sie darüber geschwiegen.

Als Zacharias den Befehl erhielt zu den Dunkelelfen zu reisen, wurde im geweihten Land des Löwengottes eine Versammlung abgehalten. Eine Versammlung, die niemand für möglich gehalten hätte. Es war eine Versammlung zweier Völker Könige.

Die untergehende Sonne tauchte Arbor in warmes Licht. Tayla und Elozar standen alleine im Palas der Burg.

„Es kommt mir wie eine Ewigkeit vor, die wir schon warten.“, seufzte Tayla. Sie knetete beunruhigt die Hände. „Wie lange dauert das denn noch?“

Die Halbgöttin ließ sich auf einem Schemel an der langen Tafel nieder. Den Palas hatte sie noch nie so leer wie jetzt gesehen.

Tayla fühlte sich in diesem Moment wie einst in Gelese, als sie von dem Stallburschen und dem Soldaten im Burghof festgehalten wurde. Dort hätte sie der Audienz mit Lorolas' König Serai gerne beigewohnt. Doch dies konnte sie nur mit Gewalt.

In ihr keimte ein erdrückendes Gefühl auf, als sie daran dachte, wie sie dem Stallburschen kaltblütig die Klinge ihres Säbels in den Wanst gerammt und den Soldaten erschlagen hatte.

„Immer diese Warterei wegen diesem König.“, fluchte Tayla in sich hinein und erstickte durch Wut auf Serai das elendige Gefühl eine Mörderin zu sein.

Sie sah vor ihrem inneren Auge, wie sie, nachdem sie den Stallburschen und den Soldaten überwältigt hatte, in den Thronsaal gestürmt war. Sie hatte die Halle des ewigen Friedens noch gut in Erinnerung. Weiße Weiten, edler Marmorboden, ein wundervolles Deckengemälde, welches die Illusion einer Wölbung erzeugte. Und am Ende der Halle hatte König Serai auf seinem Thron gesessen. Der Wissenschaftler Porter hatte zwischen zwei blutroten Bannern vor ihm gestanden. Tayla lächelte bei dem Gedanken an Porter. Dieser Sterbliche hatte ihr die Augen für die Welt geöffnet – hatte ihr die Augen für sich selbst geöffnet.

Das bogenförmige Tor zur Kemenate öffnete sich und Lethiel trat in den Palas: „Halbgöttin.“, grüßte er.

„Meister.“, entgegnete Tayla und sprang auf, „was ist geschehen?“

„Der König Lorolas' verlangt nach den Halbgöttern.“

Tayla spürte, wie das Gewicht ihres Herzens zu einer beinahe unerträglichen Last wurde.

Elozar erhob sich und trat neben sie. Der Löwe sah auf sie herab und seine goldenen Augen leuchteten wie zwei strahlende Sonnen.

„Sagt ihm, wir werden kommen.“

Lethiel nickte, schloss geräuschlos das Flügeltor und verschwand.

Taylas Muskeln verkrampften sich. König Serai war im

Morgengrauen mit seinen berittenen Soldaten gekommen. Die Arboraner hatten den Herrn Lorolas' nicht bekämpft. Norolana war zu ihm auf den Waldboden gestiegen und hatte ihn empfangen. Der König und die Führerin waren dann alleine in ihr Baumhaus gegangen und man hatte sie den ganzen Tag lang nicht mehr gesehen. Irgendwann am Mittag war Tayla nach Silva gerufen worden. Dort hatte sie mit Elozar bis jetzt gewartet.

Nun war es so weit. Sie sollte König Serai ein zweites Mal gegenübertreten.

Als Tayla und Elozar die Kemenate betraten, war der König noch nicht anwesend. Allein Lethiel saß an einem edel gearbeiteten Holztisch.

„Ihr habt die richtige Entscheidung getroffen, indem Ihr hier erschienen seid, Tayla.“, sagte Lethiel ohne sie anzusehen.

Tayla nickte: „Ich hoffe es.“

„Der König wird erst später kommen. Er wollte Euch die Gelegenheit geben, mit einem anderen Mann Geleses zu sprechen.“

„Mit wem?“

Lethiel stand auf, ging leichtfüßig zu der Türe, die in den Flur führte, und öffnete sie.

Als Tayla den Mann Geleses erblickte, stürzte sie los: „Porter!“, rief sie aus und fiel dem Wissenschaftler mit dem aschblonden Haar in die Arme.

„Hallo, Tayla.“

Porter erwiderte ihre herzliche Umarmung.

„Wie kommt es, dass du hier bist?“, fragte Tayla und lies ihn los.

„Setzen wir uns erst einmal.“, meinte er.

Porter und Tayla saßen sich am Tisch gegenüber. Lethiel hatte die Kemenate verlassen, um den König an der südlichen Toranlage Silvas zu empfangen.

„Dem Löwengott sei dank, dass ich heil und unversehrt hier angelangt bin.“, seufzte Porter und raufte sich durchs Haar. Lachfalten rahmten seine Augen.

„Weißt du, Tayla, nachdem der Späher des Königs vor zwei Wochen auf seinem Pferd nach Gelese geprescht kam, als würde er von Bestien und Ungeheuern verfolgt werden, da war mir nicht mehr so leicht um's Herz. Der gute Mann erzählte von einer grünen Insel im toten Wald, in der ebenso grüne Waldgeister hausten. Diese Waldgeister hätten mit Pfeil und Bogen auf ihn geschossen und dann hätte ihn noch ein riesiger, goldener Löwe mit einem Kriegerweib gejagt.“

„Ich erinnere mich an diesen Tag. Der Späher war bereits außerhalb der Reichweite der arboranischen Bögen. Daher haben Elozar und ich seine Verfolgung aufgenommen. Anhand des Wappens auf seinem Harnisch erkannte ich, dass er ein Späher Serais sein musste. Ich ließ den armen Kerl entkommen, da ich davon ausging, dass Lorolas' König seinem Bericht ohnehin nicht glauben würde. Wie ich sehe, war dem nicht so.“

„Hätte König Serai mich nicht zu sich diktiert, wäre dein Plan wahrscheinlich aufgegangen, Tayla.“, meinte Porter.

„Weißt du?“, begann er, „der König verlangte von mir zu wissen, ob man diese Waldgeister, den goldenen Löwen und das Kriegerweib als ernste Bedrohung, oder nur als Gruselmär wahrnehmen solle, die dafür gedacht sei kleinen Kindern Angst einzujagen.“ Er schüttelte den Kopf: „Da ich, wie es nun mal leider ist, ein ehrlicher Mann bin, sagte ich, dass man der Geschichte ruhig glauben solle.“

Tayla zog die Augenbrauen zusammen und verlangte nach einer Erklärung.

„Tayla, ich habe dir geglaubt, als du mir von dem baldigen Krieg und dem kratagonischen Waldvolk im Lorolas Wald erzähltest. Ich hoffte den König dazu zu bringen, dass er alles, was du ihm einst sagtest, als wahr anerkennt."

Porter räusperte sich: „Jedenfalls erzählte ich ihm von dem Waldvolk, welches du, meine angebliche Gehilfin, einst entdecktest. Die wahre Herkunft dieses Volkes verschwieg ich allerdings. So habe ich dann eine Welle ins Rollen gebracht... nun ja, das war nicht Absicht, das war es wirklich nicht... Jedenfalls zweifelte Serai an seiner Entscheidung, deine Prophezeiung von einem nahenden Krieg als Lüge abgetan zu haben – und er zweifelte an dir, Tayla. Dass du meine Gehilfin bist, wollte er mir nicht länger glauben. Er rief sich deine zornigen Worte ins Gedächtnis. Er wüsste nicht, wer du seist. Da vermutete er, ob du vielleicht die auserwählte Halbgöttin sein könntest. So brach er vor wenigen Tagen mit mehreren Dutzend Soldaten auf, um nach dem vom Feuer verschonten Waldteil zu suchen. Mich zwang er dazu ihn zu begleiten. Nun sitze ich hier und bin erleichtert, dass diese Waldgeister doch nicht so ein kriegerisches und mordlustiges Volk sind, wie ich befürchtete."

„Ich befürchtete, dass Arbor nach dem Waldbrand von anderen entdeckt würde. Aber das gleich der König kommt?" Tayla schüttelte ratlos den Kopf: „Es wäre sein Recht und seine Pflicht allen Arboraner das Todesurteil auszusprechen."

„Auch wenn du es mir nicht glauben kannst, Tayla, unser König ist ein gütiger Mann. Er wird nicht ein ganzes Volk auslöschen lassen, nicht wenn es ist wie dieses."

Die Türe zur Kemenate öffnete sich. Tayla sah gebannt zu ihr, als Schritte im Gang zu hören waren. Nach wenigen Augenblicken stand er in Silvas Kemenate. König Serai von

Lorolas.

Tayla sprang reflexartig auf, als sie Serai im roten Gewand und Hermelinmantel vor sich stehen sah. Er hatte sich keineswegs verändert. Die prunkvolle Krone der Würde trug er auf seinem Haupt. Das dunkelbraune, schulterlange Haar hatte er sorgsam in den Nacken gekämmt. Der dunkle Bart bedeckte die untere Hälfte seines Gesichts.

Tayla sah in die Augen des Königs, die von leichten Falten umsäumt wurden: „Seid gegrüßt, König von Lorolas.“, sagte sie.

„Seid auch Ihr gegrüßt, Halbgöttin.“, entgegnete der König. Er schritt ihr entgegen und blieb nicht weit von ihr stehen: „Es freut mich, Euch ein zweites Mal sehen zu dürfen.“

Nun wandte er sich Elozar zu. Zu der Verwunderung aller Anwesenden verneigte er sich vor dem Löwen: „Es ist mir eine Ehre, Sohn des Löwengottes. Doch stehe ich gebeugt in der Anwesenheit eines solchen Geschöpfes, das ich Halbgott nennen darf.“

Elozar senkte seinerseits das Haupt, schloss und öffnete die goldenen Augen.

„Wissenschaftler.“, sagte Serai dann zu Porter.

Porter stand auf und verbeugte sich tief: „Mein König.“

Tayla bemerkte, dass Norolana Serai in die Kemenate gefolgt war. Sie versuchte ihren Blicken zu entnehmen, was sie von ihm zu erwarten hatte, doch aus Norolanas Miene konnte sie nicht lesen. Die Alte nickte lediglich zum Gruß.

„Nehmen wir doch Platz.“, sagte die Führerin der Arboraner dann.

Die Anwesenden gingen zu dem Tisch herüber. Norolana bot Serai ihren thronartigen Stuhl an, der am Kopf des Tisches stand.

Er lehnte dankend ab: „Nicht ich bin König hier. Dieser Platz gehört der Herrin des Volkes.“

Als die Anwesenden alle am Tisch saßen, nahm Lorolas' König das Wort: „Dunkle Tage werden auf das Land des Löwengottes zukommen, dessen König ich sein darf.“ Serai nahm die Krone der Würde in die Hand und stellte sie auf die Tischplatte: „Doch wessen Landes König soll ich sein, wenn das Land des Gottes der Herrlichkeit und des Friedens genommen wurde?“

Tayla blickte verstört auf die Krone der Würde. Sie hätte niemals gedacht, dass Serai sie je absetzen würde.

„Dank Norolana bin ich der Überzeugung, dass Kratagon sich gegen Lorolas erheben und es vernichten wird – wenn nicht auch wir unsere Klingen wetzen und die Bedrohung ernst nehmen.“

Tayla war erleichtert, dass er zu dieser Erkenntnis gekommen war.

„Doch es gibt etwas, was mich daran hindert gegen Kratagon in den Krieg zu ziehen.“, warf Serai ein.

„Was soll das sein?“, fragte Tayla.

„Es sind die freien Völker Lorolas'.“

„Die freien Völker?“ Tayla wusste nicht, dass freie Völker im Königreich Lorolas existierten.

„Ja, die freien Völker. Sie sind nicht zahlreich. Doch sind unter ihnen starke Krieger, Führer und Könige, die für den Krieg unentbehrlich sind.“

„Wo leben diese freien Völker?“

„Eines von ihnen lebt in der Wüste Iskéan, Eurer Geburtsstätte.“

Taylas Augen weiteten sich.

„Euer Vater Marlon ist Herr des Wüstenvolkes, das sich selbst Dunathon nennt. Unter ihnen wird er Gladio'Arenam genannt. Das bedeutet Sandschwert. Der Gladio'Arenam ist der Wüstenkönig.“

Tayla versuchte sich nicht anmerken zu lassen, wie nahe

ihr die Worte über ihren Vater gingen.

„Und er ist der König der Dunathon?“, fragte sie mit ungewollt belegter Stimme.

„Ja. Er ist ein König, doch kein König wie ich, dessen Ahne von einem Gott zum König ernannt und gekrönt wurde. Er wurde von seinem Volk zum Herrscher gemacht.“

Tayla hatte noch unzählige Fragen über ihren Vater, doch sie wusste, dass es jetzt nicht an der Zeit war nach Antworten zu suchen.

„Wie ich bereits erwähnte, gibt es freie Völker in Lorolas, die sich von dem Königreich, dass meiner Herrschaft unterliegt, losgesagt haben. Bis heute glaubte ich, es seien vier. Nun, da ich um die Existenz der Arboraner weiß, bin ich eines Besseren belehrt worden. Denn in meinem Reich scheinen es fünf freie Völker zu geben.“, fuhr Serai fort, „die Dunathon sind lediglich eines. Viel bedeutender sind allerdings die Elfen.“

Bei dem Wort *Elfen* begann Porter mit besonderem Interesse zuzuhören.

„Nach der Spaltung der Länder haben sich beinahe alle Elfenvölker von den Königreichen des Löwengottes losgesagt. Sie gingen fort in die Wälder jenseits der Grenzen meines Landes. Nur ich, der König von Lorolas, weiß um den Aufenthaltsort der Elfen. Alle zehn Jahre reise ich zu ihnen, um die Freundschaft zwischen Lorolas und dem Elfenreich aufrecht zu erhalten. Dies ist seitdem sie fortgingen Tradition.“

„Entschuldigt, wenn ich Euch unterbreche.“, meinte Tayla, „Ihr sagtet, dass sich die meisten Elfenvölker von Eurem Königreich losgesagt hätten. Was ist mit den Verbliebenen geschehen?“

„Sie leben versteckt im Alaéwald. Diese Elfen gehören in ihrem Dasein im Verborgenen zu den freien Völkern. Aber sie stellen kein Problem dar. Sie werden mir dienen, wenn ich sie dazu aufrufe.“

„Es gibt noch die Kristallbucht.“, sagte König Serai, „mit deren Fürsten pflegten die vorherigen Könige eine gute Handelsbeziehung. Auch ich tue dies. Die Gestaltwandler der Kristallbucht werden meinem Königreich zu Hilfe eilen, wenn der Krieg nah ist – denn sonst steht auch ihnen der Untergang bevor.“

„Sprecht Ihr von den Fischweibern, die dort der Legende nach hausen sollen?“, unterbrach Tayla.

„Ja, das tue ich. Wir nennen sie Meermenschen. Doch sind sie nicht in der ihnen nachgesagten Gestalt gefangen. Sie sind fähig, sich, wann immer sie es wünschen, in einen Menschen zu verwandeln. Viele Bürger der Städte der Kristallbucht sind Meermenschen, denn auch unter der Wasseroberfläche ist in dieser Bucht eine Stadt errichtet worden.“

„Faszinierend.“, meinte Tayla.

Porter sagte: „Wenn dich die Kristallbucht interessiert, Tayla, kann ich dir später stunden – nein, was rede ich – tagelang davon berichten! Ich habe einige Schriften über die Meermenschen gelesen. Wie du weißt, habe ich alte Legenden und Sagen studiert... Ich kenne sie alle... Selbst die, die noch in der Zeit der vereinten Welt entstanden sind... und sogar manche aus Kratagon...“

Da sah der Wissenschaftler auf. König Serai blickte ihn scharf an.

Porter räusperte sich: „Entschuldigt.“

Lorolas' König ergriff erneut das Wort: „Das Vierte der freien Völker lebt weit im Norden, im Schnee und im Eis. Es haust noch hinter den Katharen. Wobei Osgardth in diesem Gebirgszug selbst schon zum freien Volk zählt. Das Fünfte ist Arbor, dessen Unterstützung im Kriege ich mir sicher sein kann."

Serai klatschte auf einmal voller Tatendrang in die Hände: „Nun gilt es zu beschließen, wer sich welchem der freien Völker annimmt und sie überzeugt, sich unserer Unternehmung anzuschließen."

Jeder am Tisch blickte jeden an. Nur die Blicke des Königs mied man.

„Ich habe bereits entschieden, wer die Menschen im Norden aufsucht." Serai blickte zu Porter und klopfte ihm grob auf die Schulter: „Dieser Mann wird den Weg gerne auf sich nehmen!"

Aus Porters Gesicht wich jegliche Farbe, die ihm ein gesundes Aussehen verlieh: „Was?", stammelte er, während er auf seinem Stuhl immer kleiner wurde, *„ich?"*

„Natürlich." Serai lächelte.

„Aber... Aber ich bin ein Wissenschaftler. Meine Aufgabe ist es zu forschen und zu untersuchen... Dingen auf den Grund zu gehen, doch nicht zu barbarischen Völkern im Norden zu reisen!"

Tayla schmunzelte, obwohl Porter ihr Leid tat. Sie wusste, wie unaufgeschlossen er gegenüber neuen Aufgaben war, die seine Fähigkeiten im ersten Augenblick überschritten.

„Mein König, *ich* kann doch nicht vertretend für *Euch* zu ihnen gehen."

„Doch, Ihr könnt – und Ihr werdet."

Serai setzte die Krone der Würde wieder auf: „Ihr wart schließlich selbst einmal ein Mann des Nordens."

Porters Augen begannen zu schimmern und seine Unterlippe zuckte.

Tayla befürchtete, dass er gleich zu weinen begann.

„Ich habe auch schon einen vertrauenswürdigen Mann im Sinn, der sich den Fürsten der Kristallbucht annehmen wird. Zu den Elfen werde ich persönlich reisen."

Der König faltete die Hände: „Ihr, Halbgöttin, werdet als Tochter Marlons in die Wüste gehen.“

Tayla klappte der Mund auf: „*Ich?* Allein?“

„Nehmt mit wen Ihr wollt – er darf Euch aber nicht von Eurem Weg abbringen.“

Er beschwor sie mit den Blicken.

„Das wird er gewiss nicht tun.“, versprach sie.

„An wen dachtet Ihr?“

„Ich dachte an meinen Meister im Schwertkampf, Lethiel. Seit zwei Wochen haben wir das Training wieder aufgenommen. Ich lerne schnell und werde stärker – doch bereit um eine Schlacht zu schlagen bin ich noch nicht.“

„Und dieser Meister würde sich dazu bereiterklären?“

„Ja, ich hoffe es.“

„Gut, gut.“, winkte Serai ab, „und was geschieht mit dem Halbgott?“

„Elozar wird selbstverständlich mitkommen. Wir waren erst vor Kurzem für eine lange Zeit voneinander getrennt. Ich werde nicht ohne ihn gehen.“

Nachdem die Versammelten alles besprochen hatten, was es zu besprechen galt, waren die Halbgötter und König Serai alleine zurückgeblieben.

„Es tut mir Leid, wenn ich Eure wertvolle Zeit in Anspruch nehme.“, begann Tayla, „doch ich habe noch Fragen bezüglich meines Vaters und meiner Reise in die Wüste.“

„Dann sprecht.“

„Wisst Ihr, ich kann mich weder an meinen Vater noch an meine Mutter erinnern. Sie spielten in meinem Leben trotzdem eine Rolle. Immer habe ich mich gefragt, wer meine Eltern sein könnten, warum ich getrennt von ihnen lebe... Nun soll ich auf all diese Frage bald eine Antwort erhalten. Ich weiß nicht, ob ich dazu bereit bin...“

„Wir sind nur bereit, wenn wir bereit sein wollen.“, erwiderte der König.

„Ich fürchte mich vor der Veränderung, wenn mein Vater in mein Leben tritt.“

„Die Veränderung ist die einzige Konstante in unserem Leben.“

„Ja...“ Tayla schlug betrübt die Augen nieder: „Bitte erzählt mir etwas von meinem Vater. Habt Ihr ihn schon einmal gesehen?“

„Nein, gesehen habe ich ihn noch nicht. Doch ich hörte Vieles über ihn. Er soll die Stämme und Völker der Wüste unter sich vereint haben. Von dem Volk zum König gekrönt, erklärte er die Dunathon vor mehr als zehn Jahren zum Vierten der freien Völker.“ Der König zuckte die Achseln: „Mich sollte es nicht stören. Vor Marlons Herrschaft gab es dort oftmals blutige Kämpfe, Hungersnöte und Wasserknappheit. Ich musste dafür Sorgen, dass die Wüstenvölker nicht krepierten. Dein Vater hat mir diese Sorge abgenommen und für das große Problem eine Lösung gefunden. Den Dunathon gelang es außerdem vor geraumer Zeit ohne den Handel mit dem Königreich zu leben.“ Serai schürzte die Lippen: „Doch die Eigenständigkeit machte die Dunathon auch zu Sturköpfen, die in dem Glauben leben niemals auf die Hilfe des Königreiches angewiesen zu sein. Daher verschlossen sie sich gegenüber Verhandlungen mit der Krone.“

„Und mein Vater hat all das veranlasst?“

„Natürlich.“

„Warum soll gerade ich zu den Dunathon?“

„Weil Ihr die Tochter des Gladio'Arenam seid. Ihr seid die Tochter ihres Königs, die Prinzessin des vierten freien Volkes.“

„Prinzessin...“, murmelte Tayla.

Sie sah an sich herab. Eine Prinzessin sollte wundervolle Kleider tragen und keine abgewetzte Lederrüstung. Sie sollte nicht so sein wie sie es war.

„Ihr gehört zum Adel der Dunathon. Es ist Euer Geburtsrecht mit dem König an einer Tafel zu speisen und die Untertanen in Euren Dienst zu stellen.“, beharrte er.

„Ich bin vielleicht als Tochter eines Königs geboren, doch ist dieser König heute nicht mehr mein Vater.“ Sie blickte in Serais Augen: „Alle waren im Glauben ich sei tot. War auch mein Vater in diesem Glauben?“

„Diese Worte werden Euch sehr schmerzen, Halbgöttin. Ja, er war im Glauben Ihr wärt in einem Sandsturm umgekommen – in einem Sturm, in dem er und Eure Mutter Euch dem Schicksal überließen.“

Tayla traten Tränen in die Augen. Sie hatte ähnliche Worte schon einmal von Porter gehört. Wieder bissen sie unbarmherzig und schmerzhaft in ihr Herz.

„Dann soll der Gladio'Arenam seine auferstandene Tochter zu Gesicht bekommen.“, entschied sie mit unglaublicher Härte in der Stimme.

Als sie sich gefasst hatte, stellte sie eine letzte Frage: „Wie lange wird der Ritt nach Dunathon dauern?“

„Wenn Ihr alleine mit dem Halbgott reist, wahrscheinlich vier Tage. Kann dieser auf den Zauber des Lichts zugreifen, werdet ihr es wohl auch in zwei Tagen schaffen. Reitet Ihr mit Eurem Meister wird sich Eure Reise hinauszögern.“

Tayla sah zu Elozar: „Dann werde ich allein gehen.“

„Eine weise Entscheidung.“

Dunathon

Wunderschön war sie, die Wüste Iskéan im Süden des Landes Lorolas. Sie schien wie ein endloses Meer aus glühenden Diamanten, wie hohe Berge bestehend aus Gold. Die Sonne strahlte mit voller Wucht auf den Wüstensand. Dieser glühte beinahe und die einzelnen goldenen Sandkörnchen schimmerten im gleißenden Licht.

Am zweiten Tag nach ihrem Aufbruch mit Elozar erblickte Tayla ihre Geburtsstätte.

In dem Randgebiet der Wüste ließ sie sich langsam von Elozars Rücken herunter. Noch nie zuvor hatte sie auf dem sandigen Grund ihrer Heimat gestanden.

Sie zog einen Stiefel aus und setzte den nackten Fuß in den Sand. So schnell sie konnte, riss sie diesen wieder aus dem glühenden Gold heraus.

„Man könnte ein Labru darauf braten.“, sagte sie zu ihrem Gefährten.

„Wie soll ich hier nur das freie Volk finden?“ Sie schüttelte den Kopf. „Wenn wir weiter in die Wüste gehen, finden wir das grüne Land vielleicht niemals wieder.“

Elozar blickte sie vielsagend an.

„Stimmt, wie konnte ich bloß an deinen Fähigkeiten

zweifeln?“, lächelte sie.

Der Löwe schnob und trat von einer Pranke auf die andere.

„Du wirst die Dunathon schon finden, nicht wahr?“

Er nickte und seine goldenen Augen begannen zu strahlen.

„Ich vertraue dir.“

Sie schwang sich auf seinen Rücken. Sobald sie in seine Mähne gegriffen hatte, rannte Elozar in die endlosen Dünen.

Die Nacht in der Wüste Iskéan war kalt. Kälter als die Mondstunden im Lorolas Wald.

Tayla war überrascht, dass es hier am Tag unerträglich heiß sein konnte, aber man in der Nacht wie im Winter fror.

Die Halbgötter hatten im Windschatten einer Düne Schutz gesucht. Tayla schlief an Elozars Mähne geschmiegt. Der Halbgott spürte, dass man in der Wüste nicht so alleine war, wie man glaubte. Die Dunathon wussten bereits, dass sie ihr Land betreten hatten. Darin war er sich sicher. Immerzu fühlte er sich beobachtet und er wusste nicht, ob von Freund oder Feind...

Tayla schreckte aus dem Schlaf, als Elozar brüllend aufsprang.

„Was ist geschehen?“, rief sie aus.

So schnell sie im schlaftrunkenen Zustand konnte, kam sie auf die Beine. In der sternklaren Nacht erkannte sie Männer auf Pferden, die sie umkreisten. Im schnellen Galopp wurden die Kreisbahnen, die die Reiter um sie zogen, immer enger.

Elozar bleckte die Zähne, riss sein gewaltiges Maul auf und brüllte Furcht erregend. Unbeeindruckt von dem angriffsbereiten Löwen zogen die Reiter weiterhin die Bahnen um die Halbgötter.

„Was wollt ihr?!“, schrie Tayla.

Mit einer Hand schirmte sie die Augen ab, denn die Pferde wirbelten Sand auf und behinderten ihre Sicht stark.

Plötzlich kamen alle Pferde zum Stehen. Auf den Befehl ihrer Reiter hin, wandten sie sich den Halbgöttern zu. Die Tiere schnoben verängstigt wegen des Löwen und stampften mit den Hufen.

Tayla traute ihren Augen nicht, als die Reiter die Pferde einen Schritt näher an sie herantrieben. Sie würden es doch nicht wagen sie anzugreifen?

„Haltet ein!“, schrie sie, während sie ihren Säbel und das magische Amulett in die Luft hielt.

Die Reiter kürzten die Zügel.

„Tayla.“, wisperte einer dem scheinbaren Anführer der Reiter zu.

„Woher kennt ihr meinen Namen?“, fragte Tayla forsch.

Sie erkannte, dass sich die Reiter vor dem Amulett fürchteten und hielt es ihnen entgegen. Einige der Pferde, die unmittelbar vor ihr standen, stiegen und rissen wild die Köpfe herum.

„Die verfluchte Tochter des Gladio'Arenam ist von den Toten auferstanden.“, sagte der Anführer der Reiter.

„Ich war niemals tot, Reiter von Iskéan.“, begehrte Tayla auf.

Der Anführer schwang sich von dem Rücken seines grauen Pferdes und wollte sich der Halbgöttin nähern. Elozar sprang sofort grollend zwischen ihn und seine Gefährtin.

„Lass ihn gewähren, Elozar.“, sagte Tayla.

Erst zögerte der Löwe, dann gehorchte er ihr.

Der Anführer blieb zwei Schritte vor der Halbgöttin stehen.

„Mein Name ist Loran.“, sagte er, „ich bin befehlshabender Jäger der Dunathon und Vertrauter des Gladio'Arenam.“ Loran wandte sich zu den anderen Reitern: „Dies hier sind meine Unterstellten.“

Tayla musterte Loran. Er war mehr als zehn Jahre älter als sie. Wahrscheinlich hatte er sein dreißigstes Lebensjahr schon überschritten. Sein langes Haar war kunstvoll geflochten und reichte ihm über den Rücken. Federn, Bänder und anderer Schmuck waren in die dünnen Zöpfe eingeflochten. Die Haare trug er zu einem langen Zopf im Nacken gebunden. Ihn kleideten Wildleder und dünne Felle. Des Weiteren trug er einen Bogen geschultert. Sein graues Pferd war ähnlich wie er mit Federn geschmückt.

„Seid gegrüßt, Jäger. Das ist der Sohn des Löwengottes Elozar. Ich bin Halbgöttin Tayla und die Tochter Marlons, eures Gladio'Arenams."

„Was wollt Ihr im Land der Dunathon, Lorolasserin?", fragte Loran.

„Wir Halbgötter kommen im Auftrag des Königs Serai.", antwortete sie stolz und aufrecht stehend. Sie wollte nicht schwach und unsicher wirken. Von den Jägern wollte sie respektvoll behandelt werden, wenigstens wie eine Ebenbürtige, wenn schon nicht wie eine Halbgöttin.

„Mit dem Königreich und der Krone haben wir schon lange nichts mehr zu schaffen. Sagt Eurem König, dass er uns, wie all die Jahre zuvor, in Frieden leben lassen soll."

„Er ist nicht mein König. Ich habe keinen König, ich diene dem Löwengott und nur ihm bin ich verpflichtet."

Loran schien verwundert, als er ihre Worte hörte. Er antwortete dennoch kühl und bestimmt: „Ihr seid hier nicht willkommen."

Nun war es Tayla, die entsetzt war. Wie konnte er sich nur erdreisten, so mit ihr zu sprechen?

Loran fuhr unbeeindruckt fort: „Wir sind nicht interessiert an Flüchen und Nöten, die Ihr und Euer Gefährte über's Land bringen. Die Geschehnisse von damals sollen sich nicht wiederholen."

Er wand sich ab und wollte sich wieder auf sein Pferd schwingen. Da spürte er eine Klinge im Nacken.

„Wenn Ihr uns den Zutritt zu Eurem Land verwehrt, wird Unheil über euch kommen, aber nicht, wenn Ihr uns gewähren lasst und zu dem Wüstenkönig führt.“, drohte Tayla.

„Was auch immer Lorolas' König von uns verlangt – wenn Ihr mich jetzt tötet, wird er es niemals erhalten.“ Lorans Stimme war ruhig.

„Wenn Ihr uns nicht sofort zu Eurem König bringt, dann wird das Königreich Lorolas, und mit ihm die Länder der freien Völker, untergehen.“, sprach Tayla. Sie zog ihren Säbel zurück.

„Seht mich an, Loran!“, verlangte sie im Befehlston.

Der Jäger wandte sich zu ihr um und wurde sogleich von ihren Blicken gefesselt.

„Euer Volk wird gemeinsam mit der Sterblichen Welt des Löwengottes sterben, wenn Ihr mich und den Halbgott nicht umgehend zum Wüstenkönig geleitet.“

Für einen kurzen Moment zweifelte Tayla daran, dass Loran einwilligte.

Doch er tat es: „Folgt mir.“

Marlon, Gladio'Arenam, stand auf der großen, halbkreisförmigen Terrasse in Dunathon. Die sandsteinfarbene Stadt, mit ihrem Palast und den goldenen Zwiebeltürmen, war zum Stolz seines Volkes geworden.

Der einstige Häuptling eines kleinen Wüstenvolkes, der durch das Einfangen und Zähmen eines sagenumwobenen Mustangs großes Ansehen unter den anderen Häuptlingen genossen hatte, blickte in die Ferne. Er blickte auf sein goldenes Land und das funkelnde Firmament, das seinen größten Schmuck darstellte.

Er sah sich selbst auf dem Mustang reiten, sah, wie er mit ihm und seinen Jägern zu den anderen Wüstenvölkern gereist war, und wie sie sich ihm und seiner Sache angeschlossen hatten. Dank des Pferdes, das so schnell und schwarz wie der Schatten eines fliegenden Adlers war, war es ihm gelungen, die Völker zu einem Stolzen und Mächtigen zu vereinen.

Der Wüstenkönig setzte seine Krone ab. Sie bestand aus einem schlichten Goldreif, an dem Adlerfedern und ein daumengroßer Rubin steckten. Mit einem Finger strich er über den Rubin, der auch das Herz der Wüste genannt wurde.

Es war, als wollte der Edelstein einst gefunden werden. Als Marlon nach einem Ort suchte, an dem es möglich war, eine Stadt für alle Wüstenvölker zu errichten, ritt er durch die Wüste. Ein Ort nahe des Felsgebirges hatte ihn schon fast magisch angezogen. Dort hatte er sich vom Pferd geschwunden, mit den Händen im Sand gegraben und das Herz der Wüste gefunden. Er hatte sofort gewusst, dass dieser Stein das Königsjuwel sein sollte, welches die Krone des freien Volkes schmücken würde.

Lange konnte Marlon den Anblick des Edelsteins nicht ertragen. Seine Farbe erinnerte ihn zu sehr an die Götterzeichnung – an das Symbol, welches auf dem Amulett seiner toten Tochter zusehen gewesen war.

So sehr er den Löwengott liebte und ehrte – so sehr verfluchte er den Erschaffer der Sterblichen Welt. Denn er hatte ihm sein Heiligstes genommen.

Trotz allem, was der weiße Löwe ihm angetan hatte, betete er ihn an. Jeden Tag, jede Nacht und jeden Morgen, bevor ein neuer Tag, an dem er die Verantwortung für Tausende zu tragen hatte, begann.

Marlon löste sich von den Erinnerungen an seine Tochter. Sie schmerzten ihn zu sehr. Außerdem warteten im Palast Unzählige auf ihn, denn heute wurde ein Fest gefeiert, das jedem Dunathon offen stand. Es wurde getrunken, gespeist und getanzt, bis am nächsten Tag die Sonne aufging. Sobald deren erster Strahl die Wüste küsste, sollte das Fest beendet sein.

Marlon war nicht nach feiern zumute, denn heute vor neunzehn Jahren wurde seine Tochter geboren. Dennoch überwog das Pflichtgefühl in ihm und er verließ den Balkon, ohne sich noch einmal umzusehen.

In dem großen Thronsaal des Palastes ließ er sich auf einer Empore auf seinem Thron nieder. Marlon beobachtete, wie sich die Dunathon vergnügten und wie leichtbekleidete Frauen leidenschaftlich zu orientalischer Musik tanzten.

„Zu Beginn habe ich diese Darbietungen noch genossen.“, dachte der Wüstenkönig, „jetzt langweilen sie mich. Nichts vermag meinen Schmerz und meine Trauer zu lindern. Niemand vermag mir die Last von meinen Schultern zu nehmen.“

Jemand trat auf die Empore und verneigte sich vor ihm.

„Loran.“, sagte Marlon noch in Gedanken.

„Es ist etwas geschehen, Gladio'Arenam.“, sagte Loran außer Atem.

„So sprich.“

„Ich bitte Euch, folgt mir. Ich kann das Geschehene nicht in Worte fassen. Ihr müsst es selbst sehen, damit Ihr es mir glaubt.“

Marlon wurde grüblerisch: „Warum bist du schon von der Jagd zurück, Loran? Ich wurde informiert, dass du mit deinen Jägern erst vor zwei Tagen ausgezogen bist. Solltet ihr nicht erst in einer Woche zurück sein?“

Loran wurde merklich unruhig: „Alles was Ihr sagt stimmt, Gladio'Arenam, aber ich bitte Euch, folgt mir.“

„Ich bin gerade erst zum Fest gekommen, da kann ich nicht gleich wieder gehen.“

„Euer Volk wird Verständnis haben, ich schwöre es.“

„Nun gut.“, willigte Marlon ein.

„Sag, Loran, wo führst du mich hin?“, fragte Marlon, als sie den Palast schon weit hinter sich gelassen hatten und sich dem Tor der Stadt näherten. „Hätte ich diesen Marsch erahnen können, dann hätte ich ihn zu Pferd bestritten.“

„Wir sind gleich da.“, beschwichtigte Loran und beschleunigte seinen Lauf.

Der Jäger bog in eine schmalere Gasse ein und blieb vor einer Türe, die in ein zweistöckiges Haus führte, stehen und entriegelte sie.

„Gladio'Arenam.“, grüßte eine Marlon unbekannte Frauenstimme.

Er suchte das Weib, zu der sie gehörte. Da erblickte er eine schlanke Gestalt in Lederrüstung, die in einer abgedunkelten Ecke des Zimmers stand und ihn direkt ansah. Sie trat vor und verneigte sich vor ihm.

Marlon musterte das Weib in Rüstung und wartete, bis sie ihren Kopf hob, damit er in ihr Gesicht sehen konnte.

Als es soweit war, entgegnete er: „Seid gegrüßt, Frau aus dem Königreich Lorolas.“

Es war offensichtlich, dass sie nicht aus der Wüste kam. Sie trug nicht die übliche südländische Kleidung, hatte keinerlei Traditionsbewusstsein.

Marlon sah der jungen Frau in die Augen. Einen Moment lang glaubte er die Augen zu kennen... „Was führt Euch in die Wüste Iskéan?“, fragte er.

„Der König des hier lebenden freien Volkes.“
„Ist das so, ja?“
„Ja, so wahr ich hier vor Euch stehe.“
„Und wer seid Ihr?“
„Ich bin eine Gesandte des Königs Serai.“
Marlon riss abwehrend die Hände in die Luft: „So? Was will Lorolas' König schon wieder von mir? Wir erklärten uns vor mehr als einem Jahrzehnt unabhängig. Wir sind ein freies Volk und weder am Handel, noch an Verträgen mit dem Königreich interessiert!“
„Eure Unabhängigkeit will Euch der König auch nicht streitig machen. Auch will er die Dunathon nicht an sich binden.“, beruhigte Tayla Marlons Gemüt.
„Was will er dann? Nicht umsonst schickt er eine Botin in mein Land.“
Misstrauisch verschränkte Marlon die Arme. Dieses Weib kam ihm bekannt vor. Woher er sie kannte, wusste er nicht. Seltsam fand er, dass sie in Rüstung und bewaffnet erschienen war.
„Der König erbittet die Hilfe des Gladio'Arenam und die seines Volkes.“
„Hilfe? Wozu?“
Tayla trat ihrem Vater, der ihr so fremd war, wie man ihr nur fremd sein konnte, näher: „Bald wird Krieg sein, Wüstenkönig. Bald, sehr bald schon.“
Sie brachte wieder größeren Abstand zwischen sich und ihren Vater. Den Drang, ihm ihre Identität zu offenbaren unterdrückte sie, auch wenn sie nichts lieber wollte.
„Gegen wen sollte Lorolas in den Krieg ziehen? Die Gefahren Kratagons sind gebannt und mir ist kein existierendes Königreich westlich von Lorolas bekannt.“, zweifelte Marlon an.
„Die Gefahren Kratagons schienen für lange Zeit gebannt.

Doch der Bann wurde gebrochen und bald wird Krieg sein. Es kam bereits Unheil über Lorolas. Bestien, tödlicher als Blutwölfe, sind sie. Sie mordeten im Lorolas Wald, verschleppten Unschuldige und selbst meinem Leben hätten sie beinahe ein Ende bereitet. Ein Kratagoner betrat geweihten Boden und wütete skrupellos.“

Tayla traten bei dem Gedanken an Zacharias und seine Gräueltaten, aber auch an seine unausgesprochene Liebe, Tränen in die Augen.

„Nur der Löwengott weiß, wie viele Kratagoner außer ihm hier ihr Unwesen trieben.“

Marlon streckte mitfühlend seine Hand nach der Fremden aus, als er bemerkte, wie ergriffen sie war.

„Es wurde ein Weg gefunden, die Grenze zwischen den Ländern zu passieren.“, setzte Tayla nach.

„Warum sollte ich einer Fremden glauben?“

Tayla holte ihr Amulett hervor: „Einer Halbgöttin und Eurer Tochter würdet Ihr glauben, nicht wahr?“

Marlon taumelte einige Schritte zurück, als wäre alle Kraft aus seinem Körper gewichen.

„Wie ist das möglich?“, wimmerte er. „Ein Geist! Seid Ihr ein Geist? Das ist nicht möglich... Meine Tochter starb! Tayla starb vor vielen Jahren! Erlaubt Ihr Euch einen Scherz, Weib?! Wenn ja, schlage ich Euch den Kopf ab!“

„Mein Name ist Tayla und ich wurde in der Wüste Iskéan geboren. Marlon ist mein Vater.“, sprach sie, „ich lebe, Gladio'Arenam, und ich komme im Namen des Königs von Lorolas, mehr aber noch im Namen des Löwengottes zu Euch. Elozar, der Halbgott und mein treuer Gefährte, ist mit mir gekommen. Wenn Ihr mir nicht glaubt, folgt mir hinaus in die Wüste und Ihr werdet mit dem Sohn des Löwengottes Angesicht zu Angesicht stehen.“

Marlon wandte sich Loran zu: „Sag' mir, Loran!“, begann

er, „hast du *ihn* gesehen?“

„Ja, ich sah *den* Löwen. *Seinen* Sohn.“

Marlon sank schwer atmend zu Boden: „Das ist unmöglich.“

„Es ist nicht unmöglich.“, sagte Tayla eindringlich.

„Wo seid Ihr all die Jahre gewesen?“

„Ich lebte alleine mit dem Halbgott im Lorolas Wald. Ohne Vater und ohne Mutter. Ich wuchs ohne die Liebe meiner Eltern auf .“

Tayla sah ihren Vater vorwurfsvoll an. Der machtvolle König der Wüste kauerte am Boden und wagte es nicht, ihr ins Gesicht zu sehen.

„Fürchtet Ihr Euch vor mir, oder der Zukunft?“, fragte Tayla angewidert von dem Anblick Marlons. Sie verstand nicht, wie er, der Herrscher der Wüste, sich so schwach zeigen konnte.

„Nichts erfüllt mein Herz mit Furcht. Ich bin das Sandschwert und glaubte mich herzlos nachdem du starbst, Tayla. Alle Kraft hat mich nun verlassen, da du, Tochter, zurückgekehrt bist.“

Er erhob sich und Tayla sah seine schimmernden Augen. Marlon ging zu ihr und zog sie in eine liebevolle Umarmung.

Tayla war in den Armen ihres Vaters erst starr wie eine Puppe. Dann weinte sie. Sie weinte um alles, was sie verloren geglaubt, und nun wiedergefunden hatte.

Tayla und Marlon waren noch in der Nacht zu Elozar in die Wüste geritten. Der Löwe war gleich an Taylas Seite erschienen, als er sie mit ihrem Vater auf dem Kamm einer Düne stehen sah.

„Sohn des Löwengottes.“, grüßte Marlon den Löwen.

Er verneigte sich vor dem majestätischen Geschöpf.

„Das ist Elozar.“, sagte Tayla und deutete auf ihren Gefährten.

„Verzeiht mir alles, was ich Euch und meiner Tochter je angetan habe.“, entschuldigte Marlon sich, „glaubt mir, dass ich euch beide so lange bei mir hielt, wie ich es nur konnte.“

Elozar senkte sein Haupt.

Marlon lächelte: „Ich bin erfüllt mit Glück, Halbgötter. Alle Furcht, die mein Herz umfing als ihr erschienen wart, wurde von einer warmen Frühlingsbrise ergriffen und fortgetragen.“

Tayla erwiderte sein Lächeln: „Ich kenne auch keine Furcht mehr. Ich bin bereit zu kämpfen, wenn Ihr uns zur Seite steht.“

Marlons Stimme klang betrübt: „König Serai werde ich nicht beistehen.“

Tayla unterbrach ihn: „Dann steht den Göttern des Lichts bei.“

Marlon blickte zu den Sternen auf. Alle Zweifel, die ihn seit dem scheinbaren Tod seiner Tochter geplagt hatten, waren verflogen.

„Für die Götter werde ich meinen Säbel ziehen, selbst wenn es mich die Krone kostet.“

Marlon, der nun frei von Furcht vor den 'verfluchten' Halbgöttern war, hatte seinem Volk das Überleben Taylas und Elozars offenbart. Angesteckt vom Glück des Wüstenkönigs, huldigten die Dunathon den Halbgöttern und beteten zu ihnen wie zum Löwengott selbst.

Marlon stand in Taylas und Elozars Mitte auf einer gewaltigen Terrasse des Palastes. Auf dem Platz und den Straßen unter ihnen hatten sich Tausende versammelt. Überwältigt jubelten sie ihrem Gladio'Arenam und den 'auferstandenen' Halbgöttern zu.

Tayla stand ruhig da und versuchte nicht nervös zu wirken. Sie verstand die bedingungslose Liebe dieses Volkes nicht, das ihr so fremd war. Sie wusste um keine ihrer zahlreichen Traditionen.

Die Jubelschreie holten sie aus ihren Gedanken in die Wirklichkeit: „Filia Iskéan! Sica'Deserto!“

„Was sagen sie?“, fragte Tayla im Flüsterton an Marlon gewandt.

„Sie sagen 'Tochter Iskéans' und rufen den Titel, den nur eine Prinzessin der Dunathon tragen darf. Ich, als ihr König, bin Gladio'Arenam, das Sandschwert. Du, als ihre Prinzessin, bist Sica'Deserto, der Wüstendolch.“

Tayla wiederholte murmelnd: „Sica'Deserto.“

„Warum nennt ihr die Herrscher nicht bei gebräuchlicheren Titeln?“, fragte sie dann.

„Weil wir ein freies Volk sind. Unser erster König wurde nicht wegen des Geburtsrechts Herrscher. Ich habe einen anderen Weg bestritten, um die Völker zu vereinen und sie haben mich als Regenten gewollt. *Gewollt*, und nicht *ertragen.*“, betonte er.

Tayla nickte anerkennend.

„In der südländischen Kleidung siehst du aus wie eine wahre Sica.“

Tayla sah an sich hinab. Sie hatte sich überzeugen lassen, dass sie heute, an dem Tag, an dem sie sich den Dunathon zeigte, ihre traditionelle Festtagskleidung trug. Sie mochte diese, obgleich sie sich darin nackt fühlte. Ein kostbares rotes Seidentuch war allein um ihre Brüste und ihre Schultern gebunden worden. Es war bestickt mit funkelnden Edelsteinen und schwingenden, goldenen Tränen. Des Weiteren kleidete sie eine sehr weite Hose aus dünnem Stoff in dem gleich Farbton. Diese war um die Hüften und an den

Fußknöcheln mit einem goldenen Band fest um ihren Körper gezogen wurden.

Marlon trug ein bodenlanges Gewand in der gleichen Farbe. Ein goldenes Tuch war um seine Hüften geschlungen und darin steckte sein Säbel.

Ein Horn wurde geblasen und der Jubel verebbte. Marlon hob seine Stimme.

„Ich, euer Gladio'Arenam, spreche in dieser glücklichen Stunde zu euch, den freien Dunathon. Meine Tochter Tayla, des Löwengottes Gesandte und eure Sica'Deserto, ist von den Toten auferstanden!“

Tayla lauschte Marlons Worten gebannt. Er verstand es, das Volk wie kein anderer auf seine Seite zu ziehen, und es für sich und seine Sache zu gewinnen. Er berichtete den Dunathon von dem drohenden Krieg. Inbrünstig und mit flammenden Worten erbat er ihren Treueschwur, an seiner Seite in den Krieg zu ziehen.

Bedingungslos hatten sie ihrem Gladio'Arenam versichert, dass sie ihre Säbel allein für ihn erheben würden und sich auf die Rücken ihrer Pferde schwingen, um unter der Flagge des freien Volkes für ihren König zu reiten.

Rückkehr nach Arbor

Da die Zeit des Aufbruchs für die Halbgötter gekommen war, schickte Marlon eine Gesandtschaft des freien Volkes aus, die Tayla und Elozar ins Königreich Lorolas begleiten sollte. Er selbst würde ihnen, sobald es seine Pflichten erlaubten, folgen.

Die Gesandtschaft, unter ihnen waren Loran und ein Kriegsstratege der Dunathon, ritt in die Königsstadt Gelese. Tayla und Elozar hatten sich bei Arbor von ihnen getrennt. Beinahe einen halben Mond hatte es gedauert, bis sie aus der Wüste Iskéan zurückgekehrt waren.

In Arbor erfuhr Tayla von Norolana, dass König Serai noch nicht zu den Elfen aufbrechen würde. Er sei jetzt in Gelese und warte darauf, dass sich die Fürsten und Adeligen zum Kriegsrat in seinem Palast versammelten.

Der Wissenschaftler Porter hatte Tayla in Arbor erwartet. Noch war er nicht zu dem freien Volk im Norden aufgebrochen.

Norolana hatte Tayla schmunzelnd erzählt, dass er ihre Rückkehr abwarten wollte und seinem König angedroht hatte ihm den Befehl zu verweigern, wenn er dies nicht zuließe.

Lethiel hatte gleich nach Taylas Ankunft darauf bestanden

mit ihr die Lektionen im Schwertkampf wieder aufzunehmen. Die Halbgöttin überredete ihn damit noch so lange zu warten, bis Porter aufbrach.

Tayla und der Wissenschaftler saßen nebeneinander auf dem Ast vor der Baumhöhle. Die Amuletttrȁgerin spürte, dass es Porter schwer ums Herz war.

„Was bedrückt dich?“, fragte sie.

Porter seufzte: „Es ist der Gedanke in den Norden zu gehen. Zu diesem barbarischen Volk will er mich schicken, unser König – nur weil ich in Osgardth geboren wurde. Das heißt doch noch lange nicht, dass ich die Sprache dieses freien Volkes spreche und dass sie in Verhandlungen einwilligen! Weißt du, es ist mehr als dreißig Jahre her, dass ich den Norden verlassen habe. Damals war Osgardth noch eine prächtige Stadt, mächtiger wie viele im Norden. Aber diese Barbarenvölker... ich habe mich schon als Junge vor ihnen gefürchtet...“

„Porter.“, sagte Tayla liebevoll, „ich reiste in die Wüste zu meinem Vater. König Serai trug mir auf, das starrköpfigste der freien Völker auf die Seite des Königreiches zu ziehen. Die Dunathon sind dazu noch völlig unabhängig. Ich tat meine Pflicht. Du wirst die Deine auch tun.“

Er schnaufte: „Du bist ja auch die Tochter ihres Königs! Ich hingegen bin den Nordmenschen ein Fremder – und ein Feigling noch dazu...“

Tayla schmunzelte: „Nun ja, der Mutigste bist du nicht. Aber gebraucht es Mut, um die Zukunft zum Besseren zu verändern? Nein, es braucht Willen, und den hast du.“

„Was soll ich meiner Gemahlin nur erzählen, wenn ich heimkehre – ich meine, wenn ich das überhaupt je tun sollte.“

„Porter, sie wird bestimmt Verständnis haben und stolz auf dich sein, wenn du dem König eine gute Nachricht überbringst.“

Er zuckte frustriert die Achseln: „Ich bin ein Wissenschaftler und kein Bote in Kriegsangelegenheiten.“

„Eine Botin bin ich genauso wenig wie du. Trotzdem bin ich der Bitte des Königs nachgekommen. Es gilt schließlich die Sterbliche Welt des Löwengottes zu retten. Wir wollen doch nicht zusehen, wie sie vom Schatten genommen wird und untergeht.“

„Natürlich nicht! Doch ich musste noch nie ein Schwert schwingen, oder meine Worte wie Pfeile nutzen. Nur von meinem Verstand musste ich je Gebrauch machen.“

„Und dein Verstand wird dir auch bei den Nordmenschen die stärkste Waffe sein.“

„Danke, Tayla.“

„Konnte ich dir deine Angst nehmen?“

„Ich glaube schon.“

Nach diesem Gespräch hatte Porter Mut gefasst. Bevor der kleine Funke Selbstvertrauen von den Zweifeln erstickt werden konnte, machte er sich auf den Weg nach Norden. Die Arboraner hatten ihm eines der Imerak anvertraut und ihm reichlich Proviant mit auf den Weg gegeben.

Tayla wollte heute noch nicht die Kampfstunden mit ihrem Meister aufnehmen. Diesen Tag wollte sie sich lassen, um über das Vergangene nachzudenken.

Noch auf dem Ast vor der Baumhöhle sitzend, kam ihr Zacharias in den Sinn. Sie sah sein Gesicht im Geiste vor sich. Noch nie hatte sie einen Mann gesehen, der so atemberaubend aussah wie er. Tayla entsann sich seiner Augen. Blau waren sie, blau wie die Farbe eines klaren Bergsees.

Oft hatte sie in seine Augen gesehen, lange und beinahe starrend, weil sie sich nicht von ihrem Anblick losreißen konnte.

Ihr wurde warm um's Herz. Sie spürte seine Lippen auf den Ihren, als säße er gerade in diesem Moment bei ihr und küsste sie. Sie atmete tief ein, als würde sie seinen Geruch in sich aufnehmen. Sein Duft kam ihr ins Gedächtnis, dann spürte sie wieder die Berührung seiner Lippen. Sein zuvor so liebevoller Kuss wurde ungestüm und sie schloss die Augen. Als sie sie wieder öffnete, sah sie nichts außer die Baumkronen.

Eine kühle Brise umfing sie und strich ihr durchs lange Haar. Der Wind riss sie aus ihren Tagträumen und holte sie in die Wirklichkeit zurück. Zacharias war nicht hier. Er war fort, unerreichbar weit weg für sie. Und es war richtig so. Das war es doch, oder?

„Hätte er doch nur nicht all diese Dinge getan.“, seufzte sie.

Belogen hatte er sie, und sie hatte ihm geglaubt wie ein naives Kind, das sie einst gewesen war. Schlimmer noch war es, dass er ihr beinahe alles genommen hatte, was ihr lieb und wichtig war.

„Wie konnte etwas so Schönes so falsch sein?“, fragte sie sich, „wie konnte Wahrheit in Lüge enden? Wie konnte Lüge zur Wahrheit werden?“

Wie aus dem Nichts glaubte sie ihn wieder neben sich sitzen zu sehen. Er trug ein weites Hemd und stützte sich auf seine muskulösen Arme. Er blickte in ihre Augen, zog sie an sich und hielt sie fest. Sein Griff war so sanft, dass sie sich jeder Zeit lösen konnte. Doch sie verharrte bei ihm, den Kopf an seine Brust gelehnt. Sie ließ sich in seine starken Arme sinken, die ihr so viel Halt wie nichts anderes auf der Welt bieten konnten. Für einen kurzen Moment glaube sie, den Herzschlag des Mannes zu hören, von dem sie einmal

glaubte, er wäre unfähig zu empfinden und zu lieben.
„Tayla.“, sagte Zacharias dann.
Er ergriff ihre Hand und streichelte über ihre Fingerknöchel.
Tayla spürte, wie ihr Herz bei seiner Berührung in der Brust zerriss.
Sie schüttelte den Kopf und Zacharias' Bild verschwamm vor ihren Augen. Sie wurde brutal aus dem angenehmen Gefühl der Geborgenheit gerissen. Die Kälte und die Härte der Wirklichkeit umfingen sie und die Illusion, dass eine unausgesprochene Sehnsucht Erfüllung gefunden hatte, verschwand.
Tayla erzitterte, als die Geschehnisse der Vergangenheit zurück in ihr Bewusstsein drängten. Unerbittlich stießen sie gegen die Mauern ihres Geistes und durchbrachen sie.
Sie sagte zu sich selbst: „Er ist nicht hier. Zacharias ist nicht hier. Er ist zurück in seinem abscheulichen Kratagon.“

Kratagon

Das Weiße Gebirge

Kälte lag in der Luft. Die Landschaft war von weißen Schleiern eingehüllt und Nebel lag in den Bergtälern. Stille herrschte. Lediglich der Wind, der über Schnee und Eis strich, erzeugte ein leises Rauschen.

Zacharias parierte seinen Friesen. Sturmfalke war ein treues Tier geworden und Zacharias hatte begonnen den Hengst zu schätzen.

Der Dunkelelf Éndariel ritt nicht weit vor ihm auf seinem Braunen.

Die beiden waren schon einen halben Mond unterwegs und sie hatten kein Wort miteinander gesprochen. Wäre Zacharias nicht auf den Elf angewiesen, hätte er ihn schon vor ihrem Aufbruch von Skandor getötet. Seinen Freund, den Bogenschützen Rowan, vermisste er jetzt. Mit ihm war er jahrelang durch Kratagon gezogen.

Die Dunkelelfen verabscheute Zacharias. Er wusste, dass sein Vater, an den er sich nicht erinnern konnte, einer dieses

Volkes war.

Sturmfalke blieb plötzlich stehen und starrte zu der Reihe von Tannen vor sich.

Zacharias lehnte sich über den Hals des Pferdes: „Leben Blutwölfe im Weißen Gebirge?“

„Ja, das tun sie. Doch nicht die Blutwölfe sind das größte Unheil in diesen Wäldern.“

Zacharias hatte den Klang der Stimme Éndariels beinahe vergessen.

„Doch ich vergaß, Bote Jadros, nicht die Wölfe sind es vor denen ich mich in Acht nehmen sollte. Ihr wart es ja, der androhte die Weißen Berge rot zu färben.“

Zacharias hasste die Listigkeit Éndariels. Er erinnerte ihn zunehmend an Juda: „Ihr tut gut daran, Euch an meine Worte zu erinnern.“, entgegnete Zacharias.

Éndariel trieb seinen Braunen in den Schritt: „Wollt Ihr Wurzeln schlagen?“, fragte er und wandte sich zu Zacharias um.

„Natürlich nicht.“

Zacharias wurde das Gefühl nicht los, dass sie beobachtet wurden.

Als er Éndariel darauf ansprach, bekam er nur eine wage Antwort: „Wir sind im Weißen Gebirge Umbras. Ihr solltet Euch beobachtet fühlen.“

„Wie lange wird es dauern, bis wir Umbra erreichen? Ich will diesem Gebirge endlich den Rücken kehren.“

„Wir sind angekommen.“

Zacharias zügelte Sturmfalke. Er blickte sich verwundert um. Hohe, weiße Berge erstrecken sich vor ihnen und ein weißes Tal lag ihnen zu Füßen. Wenn man das Tal erreichen wollte, musste man die steile Felswand herunterklettern, die

ihnen den Weg abschnitt.
„Das ist das Reich der Dunkelelfen?“ Spott lag in Zacharias' Stimme.
„Einem Fremden wird der Zutritt zu Umbras Stadt verwehrt.“, sagte Éndariel kühl. „Mein Herr wird schon bald zu Euch finden. Ich werde zu den Meinen zurückkehren. Ihr wartet hier.“
Ohne ein weiteres Wort zu verlieren, war Éndariel im Begriff Zacharias zurückzulassen. Der Gesandte hätte am liebsten seine Schwerter gezogen und sie ihm in den Rücken gerammt. Doch er zügelte seinen Zorn.

Zacharias schien die Zeit endlos, bis Fürst Umbra ihn mit seiner Anwesenheit beehrte. Im Dunkel der Nacht war der maskierte Elf zu ihm gekommen. Allein.
„Erwartet keine Verbeugung von mir.“, sagte Zacharias, als er dunkle Schemen vor dem Abhang sah.
„Das tue ich nicht, Zacharias.“
Mit lautlosen Schritten kam Umbra näher.
Zacharias überreichte dem Fürst eine Schriftrolle: „Kratagons König sandte mich aus, um Euch dies zu überbringen.“
„Éndariel berichtete mir, dass Ihr im Zorn auf die Dunkelelfen gefangen seid und dass Ihr mein Volk auslöschen wollt.“
Zacharias sprang von Sturmfalkes Rücken: „Das tue ich!“
„Warum?“
„Mein elendiger Vater ist einer der Euren! Eine dieser verabscheuungswürdigen Kreaturen!“
„Nehmt mein Volk nicht zu streng ins Gericht. Bedenkt, Ihr seid einer von Ihnen.“
„NIEMALS! Ich bin ein Mensch! Nichts habe ich mit Euch gemein!“

Umbras Stimme war unverändert ruhig: „Ihr erscheint mir sehr stark für einen Menschen – und Ihr verfügt über eine Schönheit, die lediglich den Unsterblichen meines Volkes vorbehalten ist.“

Der Fürst enthüllte sein Gesicht und Zacharias blickte in Augen, die von seinen fast nicht zu unterscheiden waren.

„Nein.“, keuchte er.

„Vor dir steht dein Vater, verlorener Sohn.“

Zacharias riss seine Schwerter aus ihren Scheiden und ging voll unbezähmbarer Wut auf seinen Vater los: „Ich verabscheue Euch! Niemals werde ich das Wort Vater in den Mund nehmen – es würde meine Zunge verätzen!“

Nun zückte auch Umbra seine Klinge: „Von Zorn getrieben bist du, junger Zacharias. Richte diesen nicht auf den, der dich aus Fleisch und Blut gemacht hat, sondern auf die wahren Feinde in diesen Landen.“

Vater und Sohn umkreisten sich.

„Ihr wart mir nie der Vater, der Ihr sein solltet. Euretwegen wurde ich Bastard genannt! Verschwindet aus meinem Leben und schneidet Euch selbst, für das Vergehen Euch meinen Vater zu nennen, die Zunge heraus!“

Zacharias sprang Umbra entgegen. Dabei hob er die Schwerter über den Kopf. Als er unmittelbar vor seinem Gegner aufkam, ließ er sie hinabsausen. Der Dunkelelf parierte den wütenden Angriff, welcher mit größerer Kraft erfolgte, als er geahnt hatte.

„Dunkelelfisches Blut fließt durch deine Adern.“, sagte Umbra, währenddessen er gegen seinen Sohn focht.

Zacharias stieß einen donnernden Schrei aus. Niemals floss das Blut dieses Abscheulichen durch seine Adern.

Bald merkte er, dass Umbras Kraft seine überstieg. Er wollte sich dennoch nicht geschlagen geben: „Zieht Euch zurück in Eure Wälder, Fürst!“, rief er aus, als er sich unter einem Schwerthieb hinweg duckte.

Schnell warf er sich auf die Knie und glitt unter den Beinen Umbras hindurch. Sobald er hinter ihm angelangt war, sprang er auf und rammte ihm das Schwert zwischen die Schulterblätter.

Ein erstickter Laut entkam Umbras Kehle. Zacharias festige den Griff um die Schwerter. Er wusste, dass der Fürst der Dunkelelfen nicht von einem gewöhnlichen Schwert getötet werden konnte.

Umbra wandte sich zu seinem Sohn um: „Bemerkenswert, Zacharias. Lange bin ich in einem Kampf nicht mehr in solche Bedrängnis geraten."

Gerade als Umbra einen Schritt auf Zacharias zumachte, holte dieser mit dem zweiten Schwert aus. Dieses grub er dem Fürst in die Brust.

Der Dunkelelf fuhr lächelnd mit einem schlanken Zeigefinger über die Klinge, die aus seiner Brust herausragte. Dann packte er sie an der Schneide und zog sie sich aus dem Leib. Zacharias ließ das Schwert los. Er war fassungslos.

„Du bist im Begriff den Fürst zu verärgern, der über Sieg oder Niederlage im baldigen Krieg entscheiden kann."

Aufgebracht presste Zacharias die Lippen aufeinander. Auf der einen Seite imponierte ihm die Stärke und die Unverwundbarkeit seines Vaters. Auf der anderen Seite hasste er ihn dafür, denn noch nie war er, der Schüler Jadros, in einem Kampf so unterlegen gewesen.

„Was kann ich tun, dass du mich akzeptierst?", fragte Umbra.

„Nichts wird den Hass auf Euch verebben lassen."

Umbra legte ihm eine Hand auf die Schulter: „Es erfüllt mich mit Glück meinen Sohn wiederzusehen."

„Und mich erfüllt es mit Abscheu mit Euch Angesicht zu

Angesicht zu stehen!"

„Sieh dir nur das Weiße Gebirge an.", begann Umbra, „du könntest hier gemeinsam mit mir herrschen. Éndariel, meine rechte Hand, wäre sicherlich nicht darüber erfreut, doch er würde sich damit arrangieren."

„Dieser stumme Kerl ist Eure rechte Hand?! Dieser Elf, der seine gespaltene Zunge hinter den Zähnen behalten sollte?!"

„Sprich nicht so!"

Von Abscheu erfüllt rief Zacharias sich das Gesicht Éndariels vor Augen: „Ich werde Euch und Eurem Volk den Rücken kehren, ich will nichts von euch wissen! Lebt wohl zu sagen wäre eine Lüge. Möge der Löwengott sich Eurer annehmen."

Er hob sein Schwert auf, schwang sich in Sturmfalkes Sattel und bohrte die Fersen in die Flanken des Tieres. Sturmfalke stieg auf die Hinterläufe und preschte davon.

Zacharias ritt auf Sturmfalke durch einen tobenden Schneesturm. Die Nadelbäume rings herum waren nur noch verzerrte Schemen. Sturmfalkes Beine zitterten. Bald war das Tier erschöpft, dass wusste er. Endlos lange schleppte es sich schon durch den hüfthohen Schnee.

Da entdeckte Zacharias eine Höhle in der Felswand rechts von ihnen: „Dort hinein, mein Guter."

Sturmfalke kämpfte sich bis zu der Höhle. In dieser war es dunkel, als wäre die Nacht Herrin über sie. Zacharias glitt aus dem Sattel und ließ sich auf den Boden sinken. Erschöpft legte er den Kopf in den Nacken.

„Ist da jemand?", fragte eine Stimme.

„Wer spricht da?"

Ein zartes Licht kam aus den Tiefen der Höhle. Es enthüllte eine menschliche Gestalt.

Zacharias richtete sich auf. Er versuchte zu erkennen, wer auf ihn zukam.

Da ging Sturmfalke dem Licht entgegen.

„Was tust du da?!" Zacharias versuchte die Zügel des Schwarzen zu packen, doch er war bereits zu weit von ihm weg.

Sturmfalke hatte das Licht erreicht. Der Kratagoner sah, wie eine Hand über den Hals des Pferdes strich und ihm dann Zaumzeug und Sattel abnahm.

„Was tut Ihr da, Geist?", fragte er, unwissend ob Furcht oder Neugierde aus ihm sprach.

„Ich nehme ihm die Fesseln ab, die ihm einst angelegt wurden. Wenn du ihn gut behandelt hast, wird er dir aus freiem Willen dienen."

Diese Stimme, so dachte Zacharias, diese Stimme war ihm nicht unbekannt. Selbst wenn sie eigenartig und wunderschön zugleich klang, glaubte er, sie schon einmal gehört zu haben.

Das Licht kam gemeinsam mit Sturmfalke auf ihn zu. Die Gestalt im hellen Schein hielt noch Zaumzeug und Sattel.

„Soll ich auch dir die Fesseln abnehmen, die dir einst angelegt wurden?", fragte das Licht.

Zacharias war verwirrt. Was wollte dieser Geist von ihm?

„Gestattest du mir dich zu befreien?"

Zacharias wich zurück: „Was bildet Ihr Euch ein, Geist?"

Plötzlich schwebte das Licht genau vor seinem Gesicht und er erkannte etwas in ihm. Es war ein Mensch, eine Frau. Er kannte diese Frau. Mit einer Hand die Augen vor der Helligkeit abschirmend, schärfte er sein Sichtfeld. Es war Tayla.

Die Halbgöttin überreichte ihm Sturmfalkes Fesseln und lächelte.

Zacharias ließ den Sattel zu Boden fallen: „Wie ist das

möglich?“, fragte er, „bist du ein Geist?“

„Ich bin, was auch immer du willst, was auch immer du in mir siehst, wonach auch immer du dich sehnst.“

„Dann sei kein Geist mehr!“, flehte er, „komm aus dem Licht und geh' mit mir.“

Wieder konnte er in ihren gleißend hellen Gesichtszügen ein Lächeln erkennen.

„Gehen wohin?“, fragte sie, „ins Verderben? In die Dunkelheit?“

Er griff nach ihrer Hand doch glitt durch sie hindurch: „Geh nicht fort!“

Zacharias ließ sich vor der Lichtgestalt auf den Boden fallen.

„Komm du mit mir und wir werden gemeinsam im Licht stehen.“

„Ich kann nicht.“

„Warum?“

„Ich entschied mich für Kratagon, das Land, indem ich zuhause bin.“

„Nicht in einem Land bist du daheim.“, entgegnete sie und entfernte sich ein wenig von ihm.

„Geh nicht fort, Tayla!“, rief er, „alle Last fällt von mir ab, wenn ich dich sehe. Bleib bei mir und überlass' mich nicht den kalten Händen meines Lebens.“

Die Lichtgestalt nahm seine Hand, ohne dass er die Berührung spüren konnte.

„Ich bin immer bei dir, aber ich sterbe in dir, weil du dich von mir lossagst. Verleugne mich nicht. Akzeptiere das was geschehen ist, und die Zukunft wird die Deine sein.“

Mit diesen Worten löste sich die Lichtgestalt vor Zacharias' Augen auf und Dunkelheit umfing ihn.

Der Kratagoner wachte in Schweiß gebadet auf. Er erkannte die Höhle aus seinem Traum und Sturmfalke neben ihm. Zacharias sammelte sich. Es war zwei Tage her, als er nach Skandor aufgebrochen war. Noch war er im Weißen Gebirge. Am gestrigen Abend hatte ihn ein Schneesturm überrascht und er musste in dieser Höhle Schutz suchen.

Zacharias rief sich die Bilder des Traums ins Gedächtnis. An Tayla hatte er, seitdem er sie vor über einem Mond verlassen hatte, keinen Gedanken verschwendet.

„Nein.“, seufzte er, „ich habe mich gezwungen nicht mehr an sie zu denken.“

Sturmfalke schnaubte leise und drückte seinen Kopf gegen den seines Herrn. Das Pferd trug keinen Sattel.

Zacharias schreckte hoch.

„War sie doch hier in der Nacht?“, fragte er sich, als er den Sattel inmitten der Höhle liegen sah.

„Nein, es kann nur ein Traum gewesen sein. Komm, Sturmfalke, wir müssen aufbrechen.“, sagte er und das Pferd gehorchte.

Lorolas

Die Macht der Zauberkunst

Welche Waffe war einem Schwert, geschmiedet im Feuer des Zorns und in der Glut der Abscheu, überlegen? Welche Waffe konnte den Stahl schwarzer Seelen zerschlagen? Was konnte eine Macht, mächtig wie diese, brechen?

Tayla duckte sich unter dem Schwert Lethiels hinweg.
„Konzentration!“, rief der Elf, der gegen Tayla beinahe einen verheerenden Schlag gelandet hätte, „die Schwerter Kratagons werden Euch nicht wie einen Welpen schonen!“
Tayla keuchte überanstrengt und blickte auf: „Kratagons Schwerter werden auch nicht vom Morgengrauen bis in den Nachmittag ohne Pause auf mich einstechen!“
Lethiel griff sie erneut so leichtfüßig an wie zuvor: „Nein! Kratagons Schwerter werden Euch noch am Abend bis in die Nacht und in den nächsten Tag verfolgen.“
Tayla parierte Lethiels Hieb, machte einen Ausfallschritt zurück, legte alle Kraft in den Schwertarm und brachte mühevoll Abstand zwischen ihre Klingen.

„Genug.“, sagte sie dann und stützte die Hände auf die Knie.

Lethiel blieb kurzzeitig stehen, dann sprang er nach vorn und rammte ihr den Knauf seines Schwertes in den Magen.

Mit einem ächzenden Laut fiel Tayla auf die Knie: „Wäre ich Herrin über den göttlichen Zauber, dann würdet Ihr bereits gekrümmt neben mir liegen.“

Mit dem Schwert entspannt in der Hand zog er die Augenbrauen hoch: „Wie Ihr seht, stehe ich noch auf meinen Füßen. Also steht auf und kämpft.“

Tayla kam wütend auf die Beine.

„Nun nehmt Position ein und verteidigt Euch.“

Sie schürzte die Lippen: „Was tue ich denn schon den ganzen Tag?!“

Plötzlich stand Elozar zwischen zwei gewaltigen Baumstämmen. Sein Maul war blutverschmiert und seine Augen funkelten. Der Löwe trabte zu seiner Gefährtin und deren Meister.

„Seid gegrüßt Halbgott.“, sagte Lethiel, „wie ich sehe, war Eure Jagd erfolgreich.“

Elozar leckte sich die Schnauze.

„Genug der Lektionen im Kampf.“, meinte Tayla dann.

Lethiel zog mahnend die Augenbrauen hoch. Ohne darauf zu achten, gab sie ihm das Schwert zurück.

„Tayla.“, sagte er scharf, „wir sind noch nicht fertig.“

„Ich schlage Euch etwas vor. Wenn ich Euch in dem nächsten Kampf besiege, werden wir aufhören. Wenn Ihr gewinnt, dann erteilt Ihr mir solange Lektionen wie es Euch beliebt.“

Lethiel lächelte und Tayla erkannte, dass er sich zurecht überlegen glaubte: „Wie Ihr wünscht.“

Er gab ihr das Schwert zurück und beide nahmen Kampfhaltung ein. Langsam umkreisten sie sich. Tayla versuchte in seinem Gesicht zu lesen, wann er sie angriff. Doch es war ausdruckslos wie immer.

Da entschied sie sich von der Defensive in die Offensive zu wechseln. Sie machte einen Ausfallschritt nach vorn, hob das Schwert über den Kopf und ließ es auf Lethiels Schulter hinabsausen. Der Elf wich ihrem Hieb aus und hob seinerseits die Waffe. Tayla gelang es, seinen machtvollen Hieb mit der Klinge abzufangen.

Für eine kurze Zeit des Kampfes wollten sich ihre Klingen nicht mehr voneinander lösen – und wenn sie es doch taten, fanden sie kurz darauf wieder zusammen.

In Tayla entwickelte sich eine Verbissenheit, die die Stärke ihrer Angriffe vergrößerte, sie jedoch blind für Lethiels Raffinesse und Geschick machte. So kam es, dass er einen unvorhersehbaren Schlag landete, sie gegen einen umgestürzten Stamm rammte und ihr das Schwert aus der Hand schlug.

Als der Mond schon hoch am Himmel stand ließ Tayla sich völlig erschöpft auf den Waldboden sinken. Lethiel hatte sie noch bis vor wenigen Momenten mit Schwertkampflektionen gequält. Der Elf war nun mit den Waffen und Elozar nach Arbor zurückgekehrt.

Tayla sah noch bevor sie der Schlaf übermannte, wie das erste orange verfärbte Blatt vor ihr durch die Luft schwebte und ins Moos fiel.

Tayla öffnete schläfrig die Augen. Es brauchte einen Moment, bis sie wirklich wach war. Etwas kaltes, feuchtes berührte ihre Wange.

Als Tayla die graue Blutwölfin Schattenläuferin erkannte, sprang sie panisch auf und riss den Säbel aus der Scheide.

Bei dem Anblick der fleischfressenden Bestie bangte sie um ihr Leben. Zu ihrer Verwunderung blieb die Blutwölfin ruhig stehen.

Als die Furcht in Tayla zu verebben begann, sah sie das Labru, welches sie in dem Waldbrand gerettet hatte, neben der Blutwölfin stehen.

„Der Herr der Tiere und diese Wölfin?", fragte Tayla sich verwundert, „wo bin ich hier?"

Sie hörte eine animalische Stimme in ihrem Kopf: „Jenseits des Südufers des Baches der den Wald teilt."

Tayla blickte die Wölfin ungläubig an. Es musste die Stimme dieser Kreatur sein, die alleine sie sprechen hörte. Das Labru trat vor Tayla und senkte sein Haupt. Tayla strich dem Tier über die Stirn.

„Wie komme ich hierher?", fragte sie.

„Wir haben Euch in der Nacht geholt.", sagte die Blutwölfin.

„Warum?"

„Weil unsere Zeit gekommen ist. Der Krieg naht. Kratagoner treiben in unserem Wald ihr Unwesen."

„Kratagoner?"

„Ja. Wir hielten sie auf, als sie zu der Geburtsstätte der Waldmenschen vordringen wollten, als Ihr dort nach dem Waldbrand gepflegt wurdet."

„Ihr hieltet sie auf?"

„Wir versperrten ihnen den Weg – nicht wir allein. Alle Hüter des Waldes."

„Hüter des Waldes? Was hat das zu bedeuten?"

„Die Tiere lehnen sich gegen die dunklen Mächte auf. Sie werden mit den Kindern des Löwengottes in den Krieg ziehen."

„Warum sollten sie das tun?"

„Weil es Eure Gabe ist und sie nur darauf warten Euren

Ruf nach Hilfe zu erhören.“

Tayla konnte den Worten der Wölfin nicht folgen: „Es ist meine Gabe?“

„Oder Euer Geschenk, wenn Ihr so wollt.“

„Ein Geschenk von wem?“

„Von dem Erschaffer alles Existierenden. Seinem Sohn schenkte er die Fähigkeit zwischen den Welten zu wandeln. Eure Gabe ist es Geschöpfe für Eure Sache und die der Götter zu gewinnen. Die, die sich an Euch binden, werden ewig die Euren sein.“

Tayla dachte unweigerlich an die Dunathon und an Zacharias.

„Jedem Halbgott wird eine Gabe zuteil?“, fragte Tayla dann.

„Ja, sobald es der Löwengott wünscht.“

„Woher weißt du davon? Ich glaubte Blutwölfe seien Bestien, die sich nur auf das Töten verstehen.“

Schattenläuferins weise Augen funkelten: „Es gibt viele Dinge in dieser Welt, die Menschen unfähig sind zu begreifen.“ Mehr wollte die Wölfin dazu scheinbar nicht sagen, denn ihre Worte in Taylas Kopf verhallten.

„Was ist mit den Kratagonern in unserem Wald? Sind sie zahlreich gekommen?“, fragte Tayla dann.

„Nein. Es sind vier.“, antwortete Schattenläuferin.

„Nur vier? Wo sind sie?“

„Sie erscheinen mal hier, mal dort. Wie aus dem Nichts. Ein Magier ist unter ihnen.“

„Haben sie Schaden angerichtet?“, fragte Tayla gleichsam wütend und beunruhigt.

„Sie sind verantwortlich für den Waldbrand.“

Rasende Wut zeigte sich auf Taylas Gesichtszügen und sie ergriff entschlossen den Knauf ihres Säbels: „Was?! Bring mich zu ihnen und ich werde sie töten!“

„Folgt mir.“

Schattenläuferin setzte sich in Bewegung. Bevor Tayla ihr nachging, ließ sie das magische Amulett unter den Brustharnisch gleiten. Sie zögerte für einen kurzen Augenblick, ob sie einen offenen Angriff auf die Kratagoner ohne Elozar wagen sollte. Sie entschied sich, es zu tun.

Schattenläuferin und Tayla mussten nicht weit gehen, um die Kratagoner zu erreichen. Die Vier hockten wortkarg um ein Feuer inmitten eines Rings aus Bäumen.

Hinter Büschen versteckt fragte Tayla: „Sind sie das?“

Schattenläuferin nickte.

„Ich werde sie *töten!*“

„Wollt Ihr Euch ihnen ohne den Halbgott stellen?“

Sie nickte und sprang entschlossen aus ihrem Versteck.

Die Gesandten Kratagons sahen auf, als Tayla nicht weit von ihnen wie aus dem Nichts auftauchte.

Der Größte von ihnen, es war ein beinahe barhäuptiger Mann, nahm das Wort. Es war Juda.

„Gibt es doch Weiber in diesem Wald?“ Seine dünnen Lippen umspielte ein boshaftes Lächeln. „Wer bist du denn, Mädchen? Komm schon her, ich tu dir nichts.“

Keinen Augenblick glaubte Tayla ihm.

Juda erhob sich und sie musterte ihn. Der große, hünenhafte Krieger in Rüstung kam näher und wiederholte: „Komm doch mal her, Mädchen. Komm mit mir ans Feuer.“

Er deutete auf das Feuer. Einer der drei Gesandten gaffte sie lustvoll an.

Juda lachte: „Der nackte Leib eines Weibes wärmt besser als jede Flamme, hab ich nicht Recht?“

Die anderen Männer an der Feuerstelle stimmten in sein Gelächter mit ein.

„Bleibt weg!“, drohte Tayla.

Als die Starre von ihr abfiel, drehte sie sich leicht, damit man ihren Säbel sehen konnte.

„Ein Weib mit einer Waffe!“, lachte Juda, „in ganz Lorolas habe ich kein Weib wie dich gesehen.“

Seine Stimme war verändert, klang begierig und finster.

Er fasste sich in den Schritt: „Ich weiß noch nicht, ob mir das gefällt.“

Als Juda ihr wieder näher kam, zog Tayla den Säbel ein Stück aus der Scheide und rammte ihm dessen Knauf in den Magen. Sie hoffe, dass sie den Hünen so, wie Lethiel es mit ihr getan hatte, kampfunfähig machen konnte.

Juda krümmte sich für einen Augenblick, als es ihm den Atem verschlug. Der Anführer der Gesandten straffte aber wieder den Rücken nachdem er sich von dem Hieb erholt hatte, und Zorn trat in seine Augen.

„Das hättest du besser nicht tun sollen.“, sagte er und ließ Gier und Wut freien Lauf.

Mit seinen großen Händen packte er Tayla und riss sie an sich. Die Halbgöttin wand sich wie ein erbeuteter Hase in seinen Armen, doch sie kam nicht von ihm los.

Nun packte Juda ihren Nacken und krallte sich in ihren langen Haaren fest: „Na, wie gefällt dir das?“

Tayla war so gezwungen ihm ins Gesicht zu sehen. Abscheu kam in ihr auf, als sie in seine giftig grünen Augen starrte.

Judas Blicke wanderten von ihrem Scheitel bis zu den Füßen: „Mir gefällt was ich sehe.“

Er versuchte ihr mit einer Hand den Brustharnisch vom Körper zu reißen. Tayla gelang es im letzten Moment, ihn, mit einem heftigen Stoß des Knies gegen die Leiste, abzuwehren.

„Der Teufel soll in seine Hölle zurückkehren!“, zischte sie.

Voller Wut warf sich Juda mit ihr auf den Boden.

Einer der Kratagoner am Feuer lachte und schaute

belustigt zu. Es war der Erfinder Karlsson. In Kratagon hatte er schon unzählige Male gesehen, wie Frauen vergewaltigt wurden.

„Hoffentlich lässt er für uns auch noch was übrig.", sagte er witzelnd zu den anderen Gesandten am Feuer.

Die lachten nicht über seinen Scherz. Der Hexenmeister schien hingegen äußerst nachdenklich und so, als wolle er Juda gleich von dem Weib herunterzerren.

Judas Gewicht lastete schwer auf Taylas Körper. Sie glaubte von ihm erdrückt zu werden. Lange konnte sie seiner Kraft nicht mehr standhalten. Dann wäre sie hilflos wie ein zappelndes Kaninchen im Maul Elozars.

Tayla nahm allen Mut zusammen, holte mit der Faust aus und schlug dem Hünen gegen die Schläfe. Für einen kurzen Moment schien es so, als würde Juda das Bewusstsein verlieren. Das genügte, um sich von ihm zu befreien. So schnell Tayla konnte, kam sie auf die Beine. Sie riss den Säbel aus der Scheide und richtete ihn auf Juda, der sich schwerfällig aufrappelte.

Die drei Gestalten am Feuer machten sich bereit, um in das Geschehen einzugreifen. Rowan griff kurzerhand in den Köcher und spannte einen Pfeil auf der Sehne seines Bogens.

„Meine Männer werden dich töten, wenn du dich mir ein zweites Mal widersetzt.", drohte Juda.

Mit der Rechten rieb er sich die pochende Schläfe.

„Dazu wird es nicht kommen."

Mit diesen Worten stach Tayla ihm den Säbel in den ungeschützten Oberschenkel.

Ein Schrei entfuhr seiner Kehle.

„Tötet sie!", befahl er den verbliebenen Gesandten.

Rowan war im Begriff den Befehl auszuführen. Er beobachtete die Frau, wie sie die Klinge aus Judas Bein riss, aufsprang und sich auf ihn stürzen wollte. Er zog die Hand bis an sein Kinn zurück. Er würde sie nicht ein zweites Mal in Judas Nähe kommen lassen.

Da erspähte er eine goldene Kette unter dem Lederpanzer der Kriegerin. Er musste den Blick nicht schärfen, um zu erkennen, was das für eine Kette war.

Der Bogenschütze zögerte. Er dachte an seinen Freund Zacharias und daran, dass er diese Kriegerin liebte. Dieses Weib, das beinahe Juda zum Opfer gefallen war, war die Tochter des Lichts! Er durfte sie nicht töten.

Rowan zielte neben den Kopf der Halbgöttin und ließ den Pfeil davon schnellen. Instinktiv warf sie sich zur Seite, als das Geschoss an ihrem Kopf vorbeischoss. Zeitgleich ertönte ohrenbetäubendes Gebrüll.

Rowan fuhr herum. Was konnte das nur gewesen sein? Er sah zu der Halbgöttin. Im Gegensatz zu ihm wirkte sie über das Gebrüll erleichtert.

Plötzlich sprang Schattenläuferin gemeinsam mit Elozar ans Feuer. Bei dem Anblick der beiden Bestien erstarrten die Gesandten.

„Tötet sie!“, brüllte Juda, der als erstes aus der Schockstarre erwachte, „macht schon!“

Der Anführer der Gesandten tastete nach seinem Schwert.

„Ich werde der sein, der dir das Leben nimmt, Tochter des Lichts! Ja! Ich habe dich erkannt!“, rief er Tayla zu, „ich werde dir und damit auch Zacharias das Herz herausreißen!“

Elozar brüllte erzürnt. Er sprang auf Juda zu und landete vor ihm. Mit einer Pranke schlug er den Kratagoner zu Boden.

Da gebot Tayla ihm Einhalt.

Sie wandte sich den verbliebenen Kratagonern zu: „Verschwindet aus dem Wald! Verschwindet aus Lorolas!

Kehrt zurück nach Kratagon und berichtet von dem Zorn der Götter!“

Tayla und Elozar wichen von Juda zurück.

„Nehmt euch seiner an.“, sagte sie und deutete auf Juda, der regungslos dalag.

Ihm troff Speichel aus den Mundwinkeln.

Rowan war es, der seinen Anführer packte und ihn zum Feuer zerrte.

„Sollte ich erfahren, dass ihr Lorolas nicht verlassen habt, werde ich euch kein zweites Mal verschonen. Dankt denen, die ihr anbetet, für unsere Gnade. Dankt ihnen.“

Rowan beobachtete, wie sich die Tochter des Lichts kraftvoll auf den Rücken des Löwen schwang und die Hand hob: „Sagt mir noch eines bevor sich unsere Wege für immer trennen. Wie seid ihr nach Lorolas gelangt?“

„Gebt kein Wort preis!“, presste Juda hervor. Er war unfähig aufzustehen. „Ich warne euch, wenn ihr nur ein Wort sagt, schneide ich euch die Zunge heraus!“

Der Hexenmeister hob entschlossen seinen Stab und rief: „Zu lange habt Ihr unseren Geist mit euren Worten vergiftet, Juda!“

Das Ende des Stabes glomm bläulich und ein Schein wie von Mondlicht umgab ihn: „Auch nicht nur ein einziges weiteres Mal werdet Ihr unsere Sinne verpesten!“

Er hieb mit dem Stab wie mit einem Schwert durch die Luft. Das blaue Licht, welches der Stab verströmte, umfing den Anführer der Gesandten.

„Was tut Ihr da?!“, schrie Juda.

„Das, was ich schon lange hätte tun sollen...“

Das blaue Licht drang in Judas Körper ein und löste ihn auf brutale Weise auf. Seine Schreie gellten durch den Wald. Tiefe, blutig rote Schnitte ritzten sich brennend in sein Fleisch. Seine Gliedmaßen wurden durchtrennt, die

Innereien zerrissen.
„Hört auf!“, rief Karlsson den Hexenmeister an.
Der Alte war wie in einem abscheulichen Wahn gefangen und zeigte keine Reaktion.
Juda schrie ohne Unterlass. Selbst als von seinem Körper bald nichts mehr übrig war, waren es seine markerschütternden Schreie, die in den Ohren der anderen wieder hallten.
„Hexenmeister! Genug!“ Karlsson war im Begriff, den Arm des Alten zu packen, doch Rowan verhinderte es.
Das blaue Licht löste sich auf, und mit ihm war auch Juda verschwunden.
Schockiert sah Tayla den alten Mann an, der ihr zuvor nicht wirklich unter den kratagonischen Kriegern aufgefallen war: „Was habt Ihr mit diesem Scheusal gemacht?“
„Ich habe dafür gesorgt, dass er den Frieden in Lorolas nicht länger stören kann. Er sollte sich wieder in Kratagon befinden. Jedes Mal, wenn er sich entschließt, diesen geweihten Boden zu betreten, wird ihn dasselbe Schicksal wie gerade ereilen.“
Tayla rutschte von Elozars Rücken herunter: „Aber warum?“
„Genau!“, stimmte der Erfinder Karlsson schnaubend ein, „WARUM HABT IHR DAS GETAN?! Seid Ihr Kratagon etwa abtrünnig geworden?!“
Der alte Zauberkundige blickte Karlsson streng an: „Ich erkannte, dass die Sache, für die wir morden und kämpfen, nicht die Richtige ist. Nicht Frieden werden wir durch diesen Krieg über die Sterbliche Welt bringen. Eine Schreckensherrschaft wird an des Friedens Stelle rücken.“
Tayla wich vor dem Magier zurück: „Wollt Ihr etwa ein Bündnis mit Lorolas eingehen?“
„Nein.“, entgegnete dieser, „niemals wieder werde ich mich

in den Dienst eines Königs stellen. Doch ich werde Lorolas, dem Land, das einst mein Feind war, in diesem Kampf der Mächte beistehen."

Der Bogenschütze Rowan schloss seinen Bogen in die Faust und legte einen Pfeil an: „Das werde ich nicht erlauben."

„Erschießt mich ruhig, Rowan.", begann der Hexenmeister, „mich wird niemand beweinen – doch um Euch werden sie trauern, wenn sie erkennen, dass Ihr dem Grauen mit diesem Streich zum Sieg verholfen habt."

Rowan festigte den Griff um den Bogen: „Ich werde mich nicht von einem Abtrünnigen von meiner Entscheidung abbringen lassen!"

Der Hexenmeister lachte: „Ihr wurdet Kratagon nicht weniger abtrünnig als ich. Ihr schicktet Euren Greif um Zacharias aus dem Göttertempel zu befreien. Zu diesem Zeitpunkt wusstet Ihr bereits, dass er den Befehl verweigerte die Tochter des Lichts zu töten. Tut nicht so, als wärt Ihr ein Mann, der noch nicht die Falschheit seiner Taten erkannt hat!"

Nach wenigen Momenten der Stille ließ Rowan den Bogen sinken: „Ihr seid im Recht, Hexenmeister. Vergebt mir."

Da schrie Karlsson: „Bin ich allein unter Verrätern?!"

Plötzlich schwang der Hexenmeister seinen Stab und Karlsson ereilte das gleiche Schicksal wie Juda zuvor.

Tayla sah dem Schauspiel fassungslos zu.

„Wisst Ihr, was mit Zacharias geschehen ist, Halbgöttin?", fragte Rowan in Sorge an Tayla gewandt.

„Warum interessiert Euch das?", fragte sie.

„Er war mein Freund. Ich hoffe, er ist es noch immer."

Tayla schluckte bei dem Gedanken an ihre letzte Begegnung mit Zacharias, die nun schon lange zurücklag: „Er kehrte nach Kratagon zurück."

Rowan schüttelte den Kopf: „Ich glaubte, er würde Euch aufrichtig lieben, selbst wenn er sich weigerte es zuzugeben."

„Nichts an diesem Mann ist aufrichtig.", erwiderte Tayla, „ich wünsche, er findet in Kratagon was er verdient."

„Wir sollten vorsichtig sein mit den Wünschen, die wir laut aussprechen, Tochter des Lichts. Vielleicht werden sie einmal wahr.", warf der Hexenmeister ein. Dann wechselte er lächelnd das Thema: „Es erfüllt mich mit Freude den Halbgöttern gegenüberzustehen."

Tayla nickte verunsichert. Konnte sie diesem Hexer trauen?

„Wer seid Ihr, der so viel Macht besitzt?", fragte sie ihn.

„Ich bin ein Herr der Zauberkunst."

„Das habe ich gesehen. Warum habt Ihr Euch von Kratagon abgewandt?"

„Ich denke, das habt Ihr bereits gehört. Einst habe ich mir geschworen, dem Guten und der Gerechtigkeit zu dienen. Dieser Schwur liegt schon sehr lange zurück..."

Tayla runzelte die Stirn: „Und was ist mit Euch, Bogenschütze und Freund von Zacharias?"

„Ich bin zerrissen, Tochter des Lichts. Zerrissen...", grübelte Rowan.

Der Hexenmeister verbeugte sich vor Tayla: „Nehmt mich, der sich demütig und ergeben zeigt, in Eure Reihen auf."

„Warum sollte ich Euch trauen? Warum sollte ich glauben, dass Ihr Eure Kräfte nicht auch gegen mich und meine Verbündeten einsetzt?", fragte sie.

„Wäre dies meine Absicht, hättet Ihr bereits Euren letzten Atemzug getan.", antwortete er.

„Und Ihr, Zerrissener?", rief sie Rowan an, „wenn Ihr ein Freund Zacharias' seid, beantwortet mir eine Frage."

Der Bogenschütze mit den blattgrünen Augen sah zu ihr.

„Seid Ihr kalt und blutrünstig und davon besessen anderen

Leid zuzufügen, oder habt Ihr herausgefunden, dass Euer Herz nicht nur für Kratagon und Grausamkeit schlägt?“

„Mein Herz schlägt nicht für Grausamkeit, nein. Aber ich lebe auch nicht mehr wie einst für mein Heimatland und meinen König.“

Tayla wandte sich an ihren halbgöttlichen Gefährten: „Was denkst du, Elozar?“

Der Löwe beugte seinen Kopf zu ihr herunter. Seine Muskeln waren angespannt und den aufmerksamen Blick nahm er nicht von den Männern.

„Sprechen sie die Wahrheit?“, fragte Tayla.

Der Löwe schnob, bohrte die Krallen in den Waldboden und fuhr sie dann wieder ein.

Schattenläuferins Stimme erklang in Taylas Kopf: „Dem Alten ist zu trauen. Er hielt einst seinen Anführer davon ab mich zu töten. Nutzt seine Macht. Er wird sie nicht gegen Euch einsetzen. Ich bin mir sicher.“

„Aber was ist mit dem Schützen?“, flüsterte Tayla für die Kratagoner unhörbar.

„Er verehrt den Magier. Er wird sich nicht gegen Euch wenden, wenn es der Alte nicht tut.“

„Ich vertraue in deine Weisheit, Wölfin. Lass mich diese Entscheidung nicht bereuen.“

Ein neuer Verbündeter

Thorak traute seinen Augen nicht, als er den Waldboden unter Arbor in der Nacht erreicht hatte. Tayla war zuvor in sein Baumhaus geschlichen und hatte ihn gedrängt in den Wald zu kommen. Nun, da er ihrer dringenden Bitte nachgekommen war, wünschte er, er hätte es nicht getan. Vor ihm standen Tayla und Elozar. In ihrem Schatten erblickte er Schattenläuferin, ein Labru und zwei Männer.

„Bitte beruhige dich, Thorak.“, begann Tayla, „ich bringe Arbor Verbündete im nahenden Krieg.“

„Verbündete?“, zweifelte er beim Anblick der Blutwölfin.

Diese hatte ihm und den Jägern schon oft die Jagd verdorben. Manche seiner Männer waren ihr sogar schon zum Opfer gefallen.

„Das ist eine *Blutwölfin.* Blutwölfe *fressen* Menschen!“, wisperte Thorak ihr beunruhigt zu, „sie wird noch vor der Schlacht unsere Reihen lichten.“

„Das wird sie nicht tun.“, sagte Tayla, „sie hat ein Bündnis mit mir geschlossen – so wie beinahe alle Tiere des Waldes.“

Thorak klappte die Kinnlade herunter: „Wisst Ihr was Ihr da sagt?!“

Tayla nickte und zeigte dann auf die beiden Männer: „Das sind ein überaus mächtiger Magier und ein talentierter

Bogenschütze. Sie werden Lorolas' Streitkräften von Nutzen sein. Außerdem haben sie mit den Arboranern etwas gemein."

„Und was soll das sein?" Thorak klang unüberhörbar misstrauisch.

„Sie sind Kratagoner."

Entsetzten dominierte die Gesichtszüge des arboranischen Kriegers: „Was?! Sind sie etwa Verbündete von diesem Gefangenen? Von diesem Zacharias?"

Rowan sprang unverhofft vor und schrie: „Was habt ihr ihm angetan?!"

„Nichts.", beruhigte Tayla, „er ist schon lange wieder frei und zurück in seiner Heimat."

„Warum, bei den Göttern, geriet er in Gefangenschaft?", verlangte Rowan zu wissen.

„Weil es so gekommen ist." Mehr sagte Thorak nicht dazu. Er wandte sich stattdessen zu Tayla: „Wir müssen Norolana holen. Sie wird entscheiden, was mit den Kratagonern geschieht. In dieser Angelegenheit vertraue ich nur auf ihr Urteil."

Thorak machte sich auf den Weg Norolana zu holen, während die Kratagoner voller Fragen und Misstrauen mit Tayla warteten.

Als Thorak mit Norolana eingetroffen war, dämmerte es bereits. Die Führerin der Arboraner begrüßte die Kratagoner, als wären es alte Freunde.

Tayla bemerkte, dass sie während des kurzen Plauschs in den Gedanken der Fremden stöberte und nach ihren wahren Absichten forschte.

Die Alte kam bald zu dem Schluss, dass der Hexenmeister wirklich die Seite wechseln wollte. Rowan war aber noch an Kratagon gebunden. Es war nicht der Gedanke an den kratagonischen König, an den er sich klammerte. Es war der Gedanke an seinen Freund Zacharias.

„Ich allein kann nicht über Euer Schicksal entscheiden.“, sprach Norolana, „Eure Macht, Magier, überschreitet die Meine. Ihr, Bogenschütze Rowan, wisst selbst noch nicht, welchen Weg Ihr beschreiten werdet. Geht und sucht nach dem, was Euch in Kratagon hält, und findet heraus auf welcher Seite Ihr kämpfen wollt. Ich würde mich glücklich schätzen einen Schützen wie Euch in meinen Reihen zu wissen.“

„Dann werde ich nach Kratagon zurückkehren. Ich bringe es nicht übers Herz meine Heimat zu verraten – mich zu verraten.“, entschied Rowan.

„Seid Ihr Euch sicher?“, fragte Tayla.

„Ja. Ich kann nicht einfach gegen Brüder und Schwestern meine Waffe erheben.“

„Dann sei es so.“, sprach Norolana.

Der Hexenmeister nahm das Wort: „Bittet mich nur darum und ich werde einen Zauber wirken der Euch nach Kratagon bringt.“

Rowan lehnte ab: „Ich danke Euch Hexenmeister, aber ich werde den Weg aus eigener Kraft bestreiten. Ich brauche Zeit, um meine Gedanken zu ordnen. Wer weiß, vielleicht kehre ich wieder um, wenn ich die Grenze überschritten habe.“

„Können wir darauf vertrauen, dass Ihr Eurer Entscheidung hier zu bleiben treu bleibt?“, fragte Tayla den Hexenmeister.

„Bei meinem Stab, Tochter des Lichts, das könnt ihr.“

Flüsse und Wege

Zwei Tage nach dem Aufeinandertreffen mit den Kratagonern, hatte Tayla mit dem Hexenmeister eine Verabredung. Sie saßen sich im hohen Gras auf dem Waldboden unter Arbor gegenüber.

„Spürt Ihr den Fluss der Energie in Euch?"

Tayla konzentrierte sich: „Ja."

„Könnt Ihr auf diese Energie zugreifen, als würdet Ihr die Hand in einen strömenden Bach halten?"

Sie spürte wie der Energiestrom in ihr unkontrolliert pulsierte. „Der Wasserspiegel steigt und sinkt.", meinte sie.

„Stellt Euch vor, Ihr würdet vor einem Bach stehen und durch ihn hindurch waten."

Tayla tat ihr Bestes, doch es schien ihr, als wäre der Bach in ihrem Innern von einem Schutzschild umgeben.

Sie öffnete frustriert die Augen: „Es funktioniert nicht. Vielleicht unterscheidet sich der göttliche Zauber von dem, den Ihr nutzt? Vielleicht kann ich den Zauber des Lichts nicht wie einfache Magie erlernen."

„Das könnt ihr.", beharrte der Hexenmeister entschlossen, „der Halbgott zur Zeit der Vereinten Welt hat es schließlich auch bewältigt."

Tayla blickte fragend auf.

„In den alten Schriften wird vermittelt, dass der Sohn des Lichts zu einem mächtigen Zauberer geworden ist. Meine eigenen Augen haben den ersten Halbgott gesehen. Wisst Ihr, ich bin schon sehr alt... Ich bin überzeugt, dass auch Ihr die Magie einmal meistern werdet."

„Norolana hat so oft versucht mir Verständnis für Magie zu lehren. Sie scheiterte jedes Mal aufs Neue."

„Norolana berichtete mir bereits davon. Sie sagte aber auch, dass Ihr in der Lage seid Euren Gefährten Elozar zu heilen – und das durch den Zauber des Lichts."

„Ja, das stimmt. Aber sind wir doch ehrlich. Gestern habt Ihr mir auch schon den ganzen Tag erfolglos Lektionen erteilt. Es hat keinen Sinn. Ich werde den Zauber des Lichts nie erlernen."

„Aber nur, weil Ihr Euch dagegen wehrt."

„Das tue ich nicht."

„Doch, das tut Ihr. Noch habt Ihr Eure Identität nicht angenommen." Er ließ seine durchdringenden Blicke auf ihr ruhen: „Etwas beschäftigt Euch. Was ist es?"

Tayla seufzte: „Zu viel, um es in Worte zu fassen."

„Ihr denkt an *ihn,* nicht wahr? An Zacharias."

Überrascht erwiderte Tayla: „Woher wisst Ihr das?"

Der weise Mann lächelte, steckte seine Pfeife an und nahm einen tiefen Zug.

„Ihr werdet es mit nicht verraten.", stellte Tayla deprimiert fest.

Der Zauberkundige lächelte.

„Ich finde meinen Platz in dieser Welt nicht.", erklärte Tayla, „ich kenne ihn – dennoch habe ich ihn noch nicht erreichen können."

„Was versperrt Euch den Weg?"

„Es ist nicht nur dieser Mann für den mein Herz schlägt und dem ich zugleich den Tod wünsche.", begann sie, „es sind Ängste die mich heimsuchen. Ängste und Zweifel."

„Erzählt mir davon."

„Ich fürchte mich vor dem was kommen mag, weil ich nicht bereit bin. Mein Bestes gebe ich von Tag zu Tag, doch im Schwertkampf bin ich wahren Recken und hünenhaften Kriegern unterlegen. Die Magie beherrsche ich keineswegs. Ich bin schwach. Mein Leib und mein Geist sind schwach. Die Halbgöttin ist in einer erbärmlichen, sterblichen Hülle gefangen. Nur der Tod vermag sie ausbrechen zu lassen."

Der Hexenmeister legte seine knochige Hand auf ihre Schulter: „Ich lebe seit Jahrhunderten. Das der Tag kommen würde, an dem ich Kratagon den Rücken kehre, wusste ich schon als junger Bursche. Weisheit leitete mich durch die finsteren Tage der Ungewissheit und des Selbsthasses. Nun, da sich die Richtigkeit meiner Entscheidung, mich Euch anzuschließen, gezeigt hat, bin ich glücklich."

„Ich sehne mich nach Glück. Ich glaube, ich war noch nie wahrhaftig glücklich."

„Leider kann ich Euch keine glückliche Zukunft zusichern. Dennoch will ich Euch sagen, dass Ihr Euren Platz in dieser Welt schon längst gefunden habt, denn der ist an Elozars Seite."

„Ich danke Euch für diesen Rat. Bitte beantwortet mit noch eine Frage."

„So sprecht."

„Hat er mich geliebt?"

Der Hexenmeister wusste, dass sie von Zacharias sprach: „Ich weiß es nicht, aber er hat etwas für Euch empfunden."

Tayla lächelte matt: „Dann verstehe ich seine Gräueltaten nicht." Nach kurzem Zögern setzte sie nach: „Wisst Ihr, ob er wohlauf ist?"

„Seht selbst.", meinte der Magier.

Er wirkte tonlos einen Zauber. Vor ihren Augen erschien

eine leuchtende Kugel. In ihr flackerte ein Bild auf. Es zeigte Zacharias, wie er gebeugt auf einem schwarzen Hengst durch eine weiße Landschaft ritt.

„Ist das in Kratagon?“, fragte Tayla.

„Ja. Und das was Ihr dort seht, ist das Land seines Vaters.“

„Was tut er dort im Eis?“

„Er reitet heim zu seinem König.“

„Zacharias hat mich vergessen.“, zitterte ihre dünne Stimme.

Sie streckte die Hand aus und legte sie an die leuchtende Kugel. In diesem Moment blickte Zacharias auf und sah sie an. Tayla schreckte zurück und und spürte den Schmerz des Verlustes.

„Kann er uns sehen?“, fragte sie.

„Es sollte uns nicht sehen können. Meine Kräfte sind durch die mächtigen Zauber vor zwei Tagen beinahe verbraucht. Es braucht Zeit, bis ich zu alter Stärke zurückfinde. Vielleicht habe ich das Netz des Zaubers nicht sorgfältig genug gewoben.“

„Hätte Euch dieser Zauber töten können?“, fragte Tayla schockiert.

„Jeder Zauber kann seinen Meister töten, wenn der Meister schwächer ist als sein vollbrachtes Werk.“

Das Bild von Zacharias verblasste mit diesen Worten und die Kugel verschwand.

Erschöpft entschied der Zauberkundige: „Ich bin müde und brauche Schlaf. Bald werden wir uns wieder der Magie zuwenden.“

Er erhob sich langsam und verschwand.

Tayla verabschiedete ihn nicht. Sie sah vor ihrem inneren Auge, wie Zacharias sie aus der magischen Kugel angesehen hatte. So, als hätte er direkt vor ihr gestanden.

Am späten Abend war Tayla mit Elozar nach Arbor zurückgekehrt. Sie waren hungrig in die Burg gegangen.

„Fanaria!“, rief Fanir seine Schwester an, die die geleerten Holzschalen vom Tisch im Palas abräumte, „bring uns noch etwas Wasser. Ich verdurste!“

„Seid gegrüßt.“, sagte Tayla, als sie mit Elozar zu Fanir und Thorak ging, die am Tisch saßen und aßen.

Die beiden Männer sprangen pflichtbewusst auf, als die Stimme der Halbgöttin erklang.

„Lasst euch von mir nicht stören.“, beruhigte diese, „alles was ich möchte, ist etwas zu essen. Am liebsten Beeren, wenn noch welche übrig sind.“

„Für Euch doch immer, Tayla. Darf es für den Halbgott auch etwas sein?“, fragte Fanaria die weiterhin die Holzschalen auflas.

„Nein.“, entgegnete Tayla, „er ist heute auf der Jagd gewesen.“

„Auf der Jagd.“, murrte Fanir, „wie schön wäre es, wenn wir Arboraner jagen könnten. Doch alles Vieh ist vor den Flammen nach Süden geflohen. Es ist zu weit weg, um es zu Fuß zu erreichen.“

Fanir sah Elozar an: „Kannst froh sein, dass du durch diesen Hokuspokus schnell wie der Wind laufen kannst, Löwe.“

Tayla war überrascht und zog die Brauen hoch. Noch nie hatte jemand so mit Elozar gesprochen. Dieser ignorierte Fanir geduldig. Er legte sich nahe einer Wand auf die Seite und schloss träge die Augen. Tayla setzte sich neben Thorak.

„Ich habe gehört, dass Euer Vater heute das Waldgebiet unter Arbor mit Kriegern passierte.“, meinte Thorak.

„Wirklich?“, fragte Tayla überrascht. Sie hatte davon nichts mitbekommen.

„Diesen Marlon hab ich auf seinem schwarzen Pferd

gesehen. Sein Gefolge aber ritt auf merkwürdigen Kreaturen.“, äußerte Fanir und schürzte die Lippen.

Seine Schwester kam mit drei Bechern Wasser und einer Schale gefüllt mit Beeren an die Tafel. Sie servierte und verschwand wieder.

„Was waren das für Wesen?“, wollte Thorak wissen.

Fanir trank einen Schluck und knurrte: „Ich habe keinen blassen Schimmer... Die sahen aus wie Echsen... Wie eine gewaltige Kragenechse gepaart mit einem Panzergürtelschweif... Die kenne ich nur in Handtellergröße. Nie habe ich eine Paarung dieser Wesen in solchem Ausmaß gesehen. Die hatten einen bunt schillernden Hautkragen, der sich wie eine Krause um ihren Hals gelegt hatte. Unfassbar, dass man sie reiten kann...“

„Was du nicht sagst.“, meinte Thorak, „ein solches Reittier hätte ich auch gerne.“

„Und schnell waren die!“, rief Fanir, „so schnell wie ein galoppierendes Pferd. Obwohl – nein! Noch viel schneller!“

„Mit Elozar können sie es dennoch nicht aufnehmen.“, warf Tayla lächelnd ein.

„Ein wahres Wort wurde gesprochen.“, bestätigte Thorak und stieß seinen Becher gegen Taylas.

„Naja.“ Fanir rümpfte die Nase: „Beeindruckend sind sie dennoch. Außerdem besitzen sie einen Panzer, der weitaus besser schützt als Fell.“

Tayla sah zu Elozar. Fanir hatte Recht. Sein Fell würde ihn im Kampf vor keiner Verletzung bewahren.

„Wisst Ihr ob Norolana in ihrem Baumhaus ist?“, fragte Tayla dann.

„Ja, sie sollte dort sein.“, antwortete Thorak, „ich glaube der Kratagoner ist bei ihr.“

Tayla zog überrascht die Augenbrauen hoch: „Ich werde zu ihr gehen. Euch beiden wünsche ich eine angenehme Nacht.“

Die Halbgöttin ritt auf Elozar bis zu Norolanas Baumhaus. Da der Löwe nicht durch die Türöffnung hindurchpasste, wartete er draußen auf Tayla, als sie nach dem Klopfen hineingebeten wurde. Wie Thorak zuvor gesagt hatte, war der Hexenmeister bei der Führerin der Arboraner.

„Seid gegrüßt.“, sagte Tayla, als sie eintrat.

Norolana erwiderte ihren Gruß. Der Hexenmeister blickte sie undeutbar an und sagte nichts.

„Wie kann ich Euch helfen?“, fragte Norolana und richtete sich auf.

Tayla wusste nicht, ob sie das Problem im Beisein des Zauberkundigen ansprechen sollte: „Mich plagen Sorgen und Zweifel, Norolana. Ich kenne niemanden außer Euch, dem ich mich sonst anvertrauen könnte.“

„Ach nein?“, fragte Norolana überrascht, „was sorgt Euch?“

Tayla ging zu ihr: „Niemand weiß, wie lange es noch dauern wird, bis der Krieg ausbricht. Den Zauber des Lichts beherrsche ich nicht im Geringsten und im Schwertkampf bin ich meinem Meister noch unterlegen. Die Krieger Arbors vermag ich zu besiegen, ja. Aber was wird sein, wenn ich einem Recken des fernen Landes gegenüberstehe? Bei dem Gedanken fühle ich mich wie ein wehrloses Kind. Was wird aus den Unschuldigen in Kratagon? Aus den unterdrückten Völkern? Wie viele gibt es von ihnen? Wie kann ich Völker verstehen, die mir so fremd sind wie die Magie?“

„Vielleicht solltet Ihr sie mit Euren eigenen Augen sehen.“, sprach der Hexenmeister.

Er strich sich durch seinen langen, weißen Bart.

„Was?“ Norolana und Tayla waren gleichermaßen entsetzt.

„Wollt Ihr sie etwa nach Kratagon schicken?“, verlangte Norolana zu wissen.

„Nur wenn sie zum Feind geht, gelingt es ihr ihn zu

verstehen. Auch aus diesem Grund wurden ich und meine einstigen Kameraden nach Lorolas gesandt.", erläuterte er.

Tayla grübelte über den Vorschlag des Kratagoners. Je länger sie darüber nachdachte, desto besser klang er in ihren Ohren. Die Diskussion die zwischen Norolana und dem Alten ausgebrochen war, blendete sie vollkommen aus.

„Vielleicht sollte ich wirklich nach Kratagon gehen...", überlegte sie, „vielleicht ist das der einzige Weg, um zu begreifen, was geschieht. Am Ende wird es gewiss die Aufgabe eines Königs sein, über das Leben jener zu urteilen, die den Krieg überlebt haben. Aber vielleicht kann ich jenen König beeinflussen und Leben retten... Vielleicht vermag nur ich zu erkennen, welche Leben schützenswert sind und welche nicht."

„Hexenmeister.", begann Tayla, „kennt Ihr den Weg nach Kratagon? Könntet Ihr ihn mir beschreiben?"

Bevor der Hexenmeister antworten kannte, ertönte draußen ein donnerndes Gebrüll. Gerade als es vorbei war, schepperte und knallte es heftig. Eine Staubwolke wirbelte in dem Baumhaus auf. Als sich diese wieder gelegt hatte, stand Elozar mit gebleckten Zähnen inmitten des Baumhauses.

„Halbgott!" Norolana war empört – empört über Elozars rücksichtsloses Verhalten und über den wahnwitzigen Vorschlag des Kratagoners.

Wie eine Statue verharrte Elozar in seiner lauernden Position.

„Elozar!", ermahnte Tayla, „es tut mir unendlich Leid, Norolana.", entschuldigte sie sich.

„Nein, Euch sollte es Leid tun!", herrschte die Alte sie an, „es überhaupt in Erwägung zu ziehen, diese Reise anzutreten! Sie gleicht Selbstmord!"

Mit ruhiger Stimme sprach der Hexenmeister: „Warum grämt es Euch, Norolana, wenn man den Tod in Erfüllung und Gewissheit findet?“

Norolana wusste darauf nichts zu sagen. Sprachlos hatte Tayla sie noch nie gesehen.

„Was sollte die Tochter des Lichts zurückhalten? Was sollte sie davon abhalten Antworten auf ihre Fragen zu suchen und zu finden, wenn sie Zweifeln und Ungewissheit verfallen würde?“, setzte der Alte nach, „natürlich birgt eine Reise nach Kratagon große Gefahren. Doch was soll dieses Mädchen denn anderes tun? Soll sie weiter am elendigen Gefühl des Scheiterns verzweifeln, wenn Ihr sie durch Magielektionen quält? Warum lasst Ihr nicht zu, dass sich die unheimliche Last auf ihren Schultern verringert? Warum wollt Ihr sie davon abhalten, Norolana, wenn es ihr danach leichter fallen würde das Schicksal dieser Welt in den Händen zu halten? Musste dieses Kind denn nicht schon genug Schmerzen erleiden? Musste sie denn nicht schon oft genug auf das verzichten, wonach sich ihr Herz sehnt?“

Ihr Herz sehnte sich nur nach einem, dachte Tayla. Der Hexenmeister wusste das.

Elozar trat neben Tayla und kauerte sich hin. Die Ohren angelegt und die Reißzähne bleckend, versuchte er sich zu beherrschen. Dieser Kratagoner redete Unfug. Tayla war es nicht vorherbestimmt in das ferne Land zu reisen. Sie sollte hier in Arbor an seiner Seite bleiben.

„Der Halbgott ist weitaus weiser, als Ihr es je sein werdet.“, spie Norolana aus. Sie sah den Hexenmeister herablassend an: „Er erkennt die Gefahren und die Torheit in Euren Worten! Tayla, ich verbiete Euch diesen Weg auf Euch zu nehmen.“

Sich unverstanden fühlend sah Tayla auf: „Warum?“

„Ich kann Euch alles über Kratagon und dessen Völker erzählen. Fragt mich und Ihr erhaltet Antworten.“, erklärte sie.

Über die Völker Kratagons vermochte Norolana Tayla vielleicht Auskunft zu geben. Doch sämtliche Worte würden sie Zacharias keinen Schritt näher bringen.

So selbstsüchtig durfte sie nicht sein, mahnte Tayla sich. Wenn Norolana ihr auf alle Fragen eine Antwort versprach, und sie dieses Versprechen einhielt, dann gab es keinen Grund, der ihre Reise nach Kratagon rechtfertigte.

„Wenn es so ist, dann werde ich bleiben.", sah Tayla ein.

Elozar entspannte sich ein wenig. Dennoch sah er Tayla beunruhigt an. Er spürte deutlich, dass mit ihr etwas nicht stimmte.

Norolana faltete die Hände: „Dem Löwengott und seinem Sohn sei Dank."

Tayla ließ betrübt den Blick sinken. Sie würde Zacharias wohl nie wieder in die Augen sehen können.

„Es ist schon spät.", bemerke Tayla, „die Sterne funkeln am Firmament. Wahrscheinlich ist es Zeit für mich zu gehen."

„Morgen, wenn die Sonne ihren Zenit erreicht hat, erwarte ich Euch hier.", verabschiedete Norolana.

„Bitte komm mit mir, Elozar.", bat Tayla den Löwen mit sanfter und beinahe wimmernder Stimme.

Besorgt kam Elozar auf die Beine und verließ das Baumhaus gemeinsam mit Tayla.

Vor der Baumhöhle hockte Tayla sich auf den breiten Ast vor dem Eingang. Elozar setzte sich dicht neben sie, damit sie seine Anwesenheit und Nähe spüren konnte.

„Ich wüsste nicht, was ich ohne dich täte.", hauchte sie.

Sie verbarg ihr Gesicht in seiner Mähne. Der Löwe drückte sein Haupt sanft auf ihren Rücken.

„Ich wünschte, ich wäre die Halbgöttin, die alle in mir sehen."

Das war sie, dachte Elozar, sie musste es nur noch

erkennen.

„Ob dein Vater es so wollte? Ob er bestimmte, dass es so kommen würde? Ich bin so schwach und unbelehrbar. Geist und Leib sträuben sich gegen den göttlichen Zauber. Mein Herz liebt einen Mann, den mein Geist nicht lieben kann und will.“

Elozar versuchte zu verstehen, warum Tayla um diesen Kratagoner trauerte. Warum sehnte sie sich nur nach diesem Verrichter von zahllosen Gräueltaten? Er wusste, dass die Sterblichen von der Liebe besessen waren. Tayla aber war keine normal Sterbliche. Sie war eine Halbgöttin.

„Ich werde ihm nie verzeihen können, dass er dich töten wollte.“

Es schmerzte Elozar seine Gefährtin so unglücklich zu sehen. Würde es nicht gegen die Grundsätze seines Denkens verstoßen, würde er selbst dafür sorgen, dass Taylas Liebe nicht länger unerfüllt bliebe.

Ein einzelner Windhauch kam auf und strich den Halbgöttern sanft über die Gesichter. Elozar schloss die Augen. Er wusste, dass sein Vater den Wind zu ihnen geschickt hatte.

Die Völker Kratagons

Am Mittag des nächsten Tages hatten sich Tayla und Elozar, wie vereinbart, mit Norolana getroffen. Zu der Verwunderung der Halbgötter stieß der Hexenmeister wenig später zu ihnen.

Die Wand in Norolanas Baumhaus, die Elozar am vorigen Abend eingerissen hatte, war noch nicht ausgebessert worden. So konnte der Halbgott der Versammlung beiwohnen.

„Lasst mich einige Dinge klarstellen.“, begann Norolana, „der Magier ist zu dieser Stunde bei uns, weil er fähig ist einen Zauber zu wirken, der uns Kratagon zeigt. Die Zeit ist knapp bemessen, also werden wir gleich beginnen.“

Bevor der Hexenmeister seinen Zauber wirken konnte, unterbrach Tayla: „Wie ist es möglich von hier in das ferne Land zu blicken? Ich glaubte die Schlucht zwischen den Ländern würde alles aufhalten was versucht von der einen auf die andere Seite zu gelangen.“

Mit rauer Stimme entgegnete der Hexenmeister: „Der Zauber des Lichts, der die Schlucht umwebt verliert an Macht. Der Löwengott scheint seine Gedanken auf etwas anderes zu konzentrieren. Gleichzeitig nimmt die Stärke des kratagonischen Königs zu. Er konzentriert all seine Macht auf die Schlucht.“

„Bedeutet das, dass der König bald mächtiger als der Löwengott sein wird?“, fragte Tayla entsetzt.

Elozars goldene Augen weiteten sich bei ihrer Frage.

„Nein.“, antwortete der Zauberkundige, „ihre Kräfte werden sich nie die Waage halten können, auch wird König Jadro nie so machtvoll wie der Löwengott sein.“

Elozar raunte und sah zu seiner Gefährtin.

„Was hast du denn?“, flüstere sie ihm zu.

Er bohrte die Krallen in den Holzboden. Tayla legte ihm beruhigend die Hand auf die Schultern.

Norolana räusperte sich: „Können wir fortfahren?“

„Ja.“, sagte Tayla, nachdem sie Elozar fragend gemustert hatte.

Der Hexenmeister festigte den Griff um seinen Stab und murmelte einen Zauberspruch. Das Ende seines Stabes leuchtete in blauem Licht, das sich in dem gesamten Baumhaus ausbreitete. Vor ihnen erschien eine Kugel aus Licht, die in ihrer Mitte schwebte. In ihr floss das Licht wie Wasser.

Eine Kreatur mit Schwingen von unglaublicher Spannweite erhob sich in der Kugel in die Lüfte. Noch sah die Kreatur aus wie ein dunkler Schatten, der sich vor die Sonne schob, um deren Licht zu verschlingen. Doch die Kreatur war ein drachenähnliches Geschöpf.

Tayla blickte gebannt in die Lichtkugel, in der sich ihr die Gestalt des Drachen offenbart hatte. Sie trat näher an die magische Erscheinung heran, als würde sie von ihr angezogen.

Plötzlich änderte sich die Flugrichtung des Drachen und er blickte in ihr Gesicht. Er starrte sie regelrecht an – so, als würde sie vor ihm stehen.

Taylas Körper durchfuhr eine Woge der Furcht. Sie

bemerkte, wie der Hexenmeister mit einer raschen Bewegung seinen Stab ergriff und ihn über den Kopf hob. Der Alte war bereit die Lichtkugel zu zerschlagen und ihren Zauber aufzulösen.

Tayla hingegen war unfähig, sich von der Lichtkugel und dem Bild, welches sie ihnen offenbarte, abzuwenden.

„Es ist der Wächter Satia!“, rief der Hexenmeister, „er kann uns sehen!“

Mit voller Wucht schlug der seinen Stab durch die Lichtkugel und sie löste sich, wie Nebel im ersten Morgenlicht, auf.

Tayla schüttelte den Kopf: „Was war das?“, fragte sie.

„Es war eine Kreatur, die der Magie mächtig ist. Ein Drache, wenn Ihr so wollt. Wir in Kratagon nennen dieses Geschöpf Satia.“

„Satia.“, wiederholte Tayla geistesabwesend.

Elozar funkelte den Hexenmeister wütend an. Er musste seiner Gefährtin mit Absicht den Wächter gezeigt haben. Was hatte der Alte nur vor? Wollte er sie weiter demoralisieren und mit ihr alle Lorolasser? Wenn sein Vater doch nur in das Geschehen eingreifen könnte.

„Warum habt Ihr der Halbgöttin den Wächter gezeigt?“, sprach Norolana Elozars Gedanken aus.

Der Hexenmeister ließ den Stab sinken und antwortete mit unnatürlich ruhiger Stimme: „Mein Anliegen war es, ihr das Elend in Kratagon zu zeigen. Glaubt Ihr etwa, ich wollte ihr die größte Gefahr des Landes zeigen?“

Norolana legte die Stirn misstrauisch geworden in Falten.

„Das ihr nur den Wächter gesehen habt, beweist lediglich, dass ihr nur Augen für das Böse in diesem Land habt, nicht jedoch für die Unterdrückten und Unschuldigen.“

Elozar musste an sich halten, damit er nicht auf den Zauberer losging. Wollte er Tayla so etwas vorwerfen?

Tayla ließ sich zu Boden sinken: „Ich habe wirklich nur den Wächter gesehen."

Triumphierend hob der Hexenmeister die Arme: „Wie ich sagte."

Norolana beugte sich mitfühlend zu Tayla herunter: „Niemand von uns hat etwas anderes gesehen."

„Er hat es." Die Halbgöttin deutete auf den Hexenmeister.

„Aber nur weil er die Lichtkugel beschwor und bestimmte, welche Bilder sie uns zeigt."

Tayla sah verstört auf ihre Hände hinab. Nun beugte auch Elozar sein Haupt zu ihr herunter und drückte seine Schnauze an ihre Wange.

„Ich bin nicht würdig die Götterbürde zu tragen.", stieß sie dann hervor.

„Tayla!", ermahnte Norolana, „hört Ihr denn nicht was Ihr da sagt?"

Tayla wollte dem Impuls aus dem Baumhaus zu flüchten nachgeben, doch sie zwang sich ihm zu widerstehen: „Mehr noch, ich *weiß* um die Wahrheit dieser Worte."

Jemand betrat das Baumhaus. Es war Lethiel.

„Ich glaube, Ihr seid zum falschen Zeitpunkt gekommen.", begann Norolana.

„Nein.", widersprach Tayla, „soll er doch sehen wie ich zum tausendsten Mal am Boden liege."

Lethiel kam entschlossenen Schrittes näher, packte sie an den Schultern und zerrte sie auf die Beine: „Genug Eures Selbstmitleids!"

Seine Stimme klang zornig.

Tayla machte sich keine Mühe selbst zu stehen. Lethiel hielt ihr Gewicht, ohne es sich auch nur im Geringsten anmerken zu lassen.

„Ihr glaubt, Ihr wärt nicht fähig eine Halbgöttin zu sein?!", schrie der Elf ihr ins Gesicht, „wer sollte Eurer Meinung nach dazu nur ansatzweise in der Lage sein?! Das Amulett erwählte Euch, Tayla – Ihr seid mit Gewissheit die, die einen Versuch wagen wird. Niemand kann allein gegen solches Unheil bestehen. Doch wer außer Euch würde es wagen kühn in die Schlacht zu ziehen? Ihr seid verdammt nochmal die Tochter des Wüstenkönigs, die Gefährtin Elozars und eine der Götter des Lichts! Lasst Eure Göttlichkeit wie das erste Licht nach einer schwarzen Nacht erstrahlen!“

Lethiel ließ sie los, da sie nun auf eigenen Füßen stand.

Verwundert sah er in ihr Gesicht, welches nun harte und entschlossene Züge aufwies.

„Dann werde ich einen Versuch wagen.“, sprach Tayla, deren Ängste wie durch ein Wunder zerstreut waren.

„Alle kämpfen bereits für die Sache, für die alleine ich einstehen müsste. Mein Vater, die freien Völker, die Arboraner, die Tiere, selbst Porter und ein Kratagoner. Ihr alle seid die Quelle meiner Kraft. Wenn diese Quelle versiegt, so werde auch ich nicht mehr sein.“

Bei dem letzten Satz hatte sie die rechte Hand an Elozars Flanke gelegt und alleine den Löwen angesehen.

„Bindet Euer Sein nicht an sterbliches Leben, welches gewiss verlöschen wird.“, riet Norolana.

„Es bleibt nichts anderes, an das ich meinen Willen, mein Handeln und mein Leben binden könnte. Den Sterblichen schulde ich alles. Ich stehe in ihrer Schuld und in ihrem Dienst, nicht sie in meinem.“

Kratagon

Herzloser

Rowan blickte in Gedanken auf die vergangene Woche zurück. Zu Fuß, nichts außer seinem Bogen bei sich tragend, war er von Arbor nach Kratagon aufgebrochen. Arkas hatte ihn zum Glück schon bald aufgespürt. Mit dem Greif hatte er dann das unterirdische Reich Dwars durchflogen und die Schlucht, die die beiden Länder der Sterblichen Welt teilte, unterquert. Rowan war aufgefallen, dass die unglaubliche Macht, die diesen Ort einst dominierte, verflogen war. Der Bogenschütze konnte sich nicht erklären warum, doch die Präsenz des einen Gottes, der doch der einzig wahre Herr der Welt sein sollte, war verschwunden.

Rowan war nicht gläubig. Ihm, einem Sohn Kratagons, war es nicht gegönnt zu glauben - es sei denn, es war der König oder der Wächter zu dem man betete.

In Kratagon angekommen hatte Rowan von geselligen Soldaten erfahren, dass König Jadro schon seit einigen Wochen die kratagonischen Heere in Skandor sammelte, und wohl einen ersten Schlag gegen Lorolas plante.

Überrascht hatte ihn diese Neuigkeit nicht. Dennoch war er seit diesem Gespräch unsicher geworden. Würde die Zeit bis zum Krieg noch ausreichen, um Zacharias zu finden? Nur wenn er ihn finden würde, könnte er sich guten Gewissens entscheiden, welchem Land er seinen Bogen in der Schlacht zusagen würde.

Nur wenige Stunden später hatte er den Ogeasee mit Arkas überflogen. In der Stadt Ogea hatte er von so manchen jungen, schönen Weibern von einem Krieger gehört, dem nicht nur die Tugend der Stärke, sondern auch der Schönheit zuteil geworden war. Wo sich dieser Krieger aber jetzt herumtrieb, vermochten sie Rowan nicht zu sagen.

Der Glaube, dass Zacharias vom König nach Skandor befohlen wurde und dass er sich noch immer dort in der Nähe herumtrieb, wuchs in dem Bogenschützen, als er von einem Pferdezüchter hörte, dass er neulich von einem Vagabund um sein bestes Pferd betrogen wurde. Somit sollte sein nächstes Ziel das Herz Kratagons, Skandor, sein.

Auf der weiten Grasebene nördlich von Skandor strich der Wind mit seinen kalten Händen durch das hüfthohe Gras. Die gelb-grünen Halme bogen sich und bewegten sich schwerelos scheinend wie seichte Wellen.

Ein einzelner Reiter preschte auf seinem schwarzen Pferd über die grüne Ebene.

Der kalte Wind peitschte in Rowans ungeschütztes Gesicht. Er presste seine Beine fester an Arkas' Flanken, da er befürchtete, von einer starken Böe von dem Greif herunter gefegt zu werden.

„Ob dieser Reiter Zacharias ist?“, fragte er sich.

Den einsamen Reiter verfolgten sie schon länger im sicheren Abstand. Rowan war im Ungewissen, ob der Reiter in Arkas bereits einen Greif erkannt hatte. Sie waren bewusst hoch geflogen, damit der Greif, der beinahe Pferdegröße maß, vom Boden aus lediglich wie ein prächtiger Adler schien.

„Wir müssen diese Höhen verlassen.“, dachte Rowan, „sonst werde ich nie Gewissheit darüber erlangen, ob dieser Reiter Zacharias ist.“

Der Bogenschütze bedeutete Arkas tiefer zu fliegen. Arkas legte die gefiederten Schwingen an und stürzte der Grasebene entgegen.

Plötzlich scheute das Pferd des Reiters. Dieser blickte auf und bemerkte den Greif, der ihm, wie eine tödliche Pfeilsalve, entgegen schoss. Der Reiter trieb sein Pferd in den Jagdgalopp.

Rowan schmunzelte: „Nur ein hitzköpfiger Narr würde versuchen einem Greif zu entkommen.“

Der Bogenschütze bemühte sich nicht mehr Arkas dazu zu bewegen seine Fluggeschwindigkeit zu drosseln. Nur wenige Schritt über dem Erdboden breitete Arkas seine Schwingen aus und brachte sich von einer nahezu senkrechten in eine waagerechte Position. Er segelte über den Reiter hinweg, legte die Schwingen an und landete mit einem gellenden Vogelschrei auf dem Boden. Arkas' Krallen pflügten durch die harte Erde und Rowan wurde wegen des harten Aufpralls beinahe von seinem Rücken heruntergeschleudert.

Zacharias riss an Sturmfalkes Zügeln und brachte ihn mit aller Kraft zum Stehen. Der Schwarze bäumte sich panisch vor dem kreischenden Greif auf und wollte seinem Fluchttrieb folgen. Zacharias aber hielt dagegen und zwang ihn zum Stehen.

„Arkas?“, fragte er, als er glaubte den Greif zu erkennen.
Argwöhnisch schaute Arkas auf sein mickriges Gegenüber hinab, welchem er einmal das Leben retten musste.
Zacharias stieg von Sturmfalke ab, behielt die Zügel in der Faust eingeschlossen und ging um den Greif herum.
„Rowan!“, stieß er freudig aus, als er den Bogenschützen auf Arkas' Rücken sitzen sah.
„Wir haben uns wirklich lange nicht gesehen, mein Freund.“, erwiderte Rowan mit einem Lächeln.
Er sprang von Arkas' Rücken und landete sicher vor Zacharias auf den Füßen. Rowan zog ihn in eine kräftige Umarmung.
„Sag, Rowan, was machst du hier? Befahl der König deinen Aufbruch aus Lorolas? Sind die anderen Gesandten mit dir gekommen?“
„Es ist in den vergangenen Wochen so viel geschehen. Dinge, die ich mir nicht einmal vorstellen konnte. Ich alleine bin aus freien Stücken nach Kratagon zurückgekehrt.“
„Was soll das bedeuten?“
„Zacharias, es ist zu viel geschehen, als das ich es kurz erklären könnte.“
Zacharias musterte Rowan. Die Freude in seinem Gesicht war verschwunden.
„Dann lass uns gemeinsam nach Skandor reiten. Du kannst mir alles auf unserem Weg berichten.“, schlug er dann vor. Rowan willigte ein.

Als sie nur einen kurzen Teil des Weges hinter sich gelassen hatten, bemerkte Rowan: „Wie ich hörte, hast du schon einigen Weibern in Ogea die Nacht versüßt.“
Ein schelmisches Grinsen überzog Zacharias' Gesicht: „Ja, Wahres ist dir da zu Ohren gekommen.“
„Wie in alten Zeiten, als wir noch gemeinsam durch die

Lande zogen und für unseren König eintraten."
Zacharias riss sein Schwert über den Kopf und brüllte: „Für Jadro, den König! Was haben wir gekämpft? Rowan? Sag, was haben wir gewütet?"
„Und was haben wir uns vergnügt.", fügte Rowan schmunzelnd an.
„Reiten wir einer glorreichen Zukunft entgegen! Entwischen wir dem, was hinter uns liegt, und stürmen wir dem entgegen, was uns erwartet!", rief Zacharias euphorisch aus.
„Ich bin mir nicht sicher, ob die Zukunft das bringt, was du dir erhoffst."
„Warum?"
„Ich spüre, dass dein Patriotismus nicht echt ist – er ist es nicht mehr. Einst branntest du regelrecht für Kratagon und deinen König. Heute ist von dem Feuer nur kalte Asche geblieben."
„Ich werde mein Herz in deiner Gegenwart nicht vor der Wahrheit verschließen, Rowan."
Zacharias ließ sein Schwert betrübt in die Scheide gleiten.
„Dein Leib ist hier in deiner Heimat, doch dein Herz hast du in Lorolas zurückgelassen. Ich habe die Halbgöttin übrigens selbst kennengelernt."
Zacharias blickte überrascht auf: „Warum? Ich meine, wie ist das geschehen?"
„Sie wollte mich und die anderen Gesandten töten. Eines Abends saßen wir um ein Lagerfeuer versammelt und plötzlich stürmte sie aus dem Dickicht des Waldes und griff uns an. Sie und Juda trugen einen verbitterten Kampf aus, in dem er schließlich die Überhand gewann. Bevor er sich an der Tochter des Lichts vergehen konnte, eilten ihr der halbgöttliche Löwe und eine Blutwölfin zu Hilfe."
Als Rowan bemerkte, wie sehr Zacharias diese Neuigkeiten schockierten, fügte er hinzu: „Kein Sorge, ihr ist nichts

geschehen. Ich selbst wusste nicht, wie sie uns finden konnte und warum sie sich gerade in diesem Moment für einen Angriff entschied. Der Tag endete damit, dass sich der Hexenmeister gegen Kratagon und die Gesandten stellte."

Rowan erzählte die gesamte Geschichte. Er ließ auch Arbor und seine schlussendliche Entscheidung nicht aus.

Als der Bogenschütze geendet hatte, fragte Zacharias: „Nur meinetwegen bist zu zurückgekehrt?"

Rowan verschränkte die Arme vor der Brust: „Nun ja... es scheint so. Es kam mir falsch vor, nicht auf der gleichen Seite wie mein engster Freund in einem Krieg zu stehen. Ich habe entschieden, dass ich an deiner Seite kämpfen werde, egal welchem Land du die Treue schwörst."

„Weißt du, was du da sagst, Rowan? Wie kann es sein, dass du dich von Kratagon lossagen könntest, nur wenn ich es tue?"

„Weil ich dir bis in den Tod folgen würde und weil du mein Freund bist, Zacharias. Glaube nicht, du seist alleine auf dieser Welt. Das bist du nicht. Jemand wird immer an deiner Seite stehen."

„Ich danke dir. Auch ich habe eine Entscheidung gefällt."

„Und die wäre?"

„Mein Schwert gehörte immer Kratagon und es wird meiner Heimat auch immer gehören. Mein tiefster Wille ist es, die Welt zu einen. Wenn dies erst einmal geschehen ist, bin ich meinem Herz wieder näher, auch wenn es auf ewig in unerreichbarer Ferne sein mag."

„Hast du diese Entscheidung mit deinem Kopf oder deinem Herz getroffen?"

Zacharias lächelte matt: „Ich habe kein Herz mehr, Rowan. Das Herz ist des Mannes größte Last und eines jeden Mannes Ärgernis."

Das Spiel

Er war einmal seinen Gefühlen gefolgt und hatte alles verloren. Der Liebe und aller Zuneigung hatte er abgeschworen. Ehrlos und gedemütigt kehrte er aus dem Weißen Gebirge nach Skandor zurück. Er war sich sicher, dass die Kälte aus dem Land seines Vaters, nun auch im Herzen Kratagons herrschen würde. Nicht aber, weil die Welt dort mit Eis und Schnee bedeckt war...

„Es überrascht mich, Zacharias, dass du schon zurück bist.“, sprach der König Kratagons.

Er saß auf seinem Thron in Skandor und war in Wolfspelz gehüllt. Hinter ihm kauerte ein angeketteter Morgorn.

„Tut es das wirklich? Die Begegnung mit Umbra war alles andere als erfreulich, aber das konntet Ihr gewiss erahnen.“, entgegnete Zacharias mit gesenktem Blick.

„Mir ist zu Ohren gekommen, dass der Fürst der Dunkelelfen dir angeboten hat, gemeinsam mit ihm im Weißen Gebirge zu herrschen. Ich hörte ebenso, dass du wutentbrannt ablehntest.“

„Verwundert Euch das etwa? Niemals würde ich freiwillig einen Fuß in dieses Gebirge setzen!“

„Dennoch ist es deine Heimat.“

„Meine Heimat ist Kratagon!“

In Zacharias stieg eine unheimliche Wut empor. Würde er sich seinen ungezügelten Gefühlen hingeben, dann würde er wild schreiend um sich schlagen. Doch er durfte die Gunst des Königs nicht gleich wieder verlieren, wenn er sie denn überhaupt zurückgewonnen hatte.

„Hat es dir bei deinem Vater etwa nicht gefallen, Zacharias?“, fragte Jadro. Das Wort *Vater* betonte er und zog es quälend in die Länge.

Zacharias hatte Mühe sich zu beherrschen. Er durfte die Kontrolle über sich nicht verlieren. Warum, zum Teufel, peinigte und demütigte der Herrscher ihn auch so mit diesem Gespräch?

„Ich habe gegen Fürst Umbra gefochten und ich war gewillt ihn zu töten. Genügt das als Antwort?“ Zacharias' Stimme klang ungewollt forsch.

„Wage dich nicht zu weit vor, Bastard.“, drohte Jadro mit beängstigend ruhiger Stimme.

„Vergebt mir, mein König.“

Jadro ließ die Blicke zu dem Morgorn wandern, der kehlig knurrte.

„Du nennst deinen Vater Fürst Umbra?“

Zacharias spürte, dass Jadro ihn in eine Falle lockte: „Ja, das tue ich.“

„Ich verlange, dass du *Vater* sagst, wenn du ab jetzt gleich von ihm sprichst.“

„Das werde ich nicht tun!“, weigerte Zacharias sich. Jetzt war es im gleichgültig, ob er den Herrscher mit seinem Ungehorsam verärgerte. Diese Demütigung würde er nicht widerstandslos über sich ergehen lassen.

„Sag es.“, verlangte König Jadro.

„Nein.“

„SAG ES!“

„DAS WERDE ICH NICHT!“

Plötzlich zersprangen die Ketten, die den Morgorn zurückhielten, und die Bestie stürzte sich auf Zacharias. Dieser riss seine Schwerter aus den Scheiden am Rücken und wich dem ungeheuerlichen, wolfsähnlichen Geschöpf aus. Der Morgorn attackierte ihn erneut, sprang in seine vorgesteckten Schwerter, sodass sie sich bis zur Parierstange in seine Brust bohrten und zwischen den Schulterblättern herausragten.

Zacharias wurde von dem Ungeheuer zu Boden geschleudert. Panisch wand er sich unter dem Morgorn und wehrte dessen unerschütterlichen Bisse mit den gepanzerten Armen ab.

Wie aus dem Nichts war der Wolf auf einmal bewegungsunfähig.

Jadros machtvolle Stimme drang an Zacharias' Ohren: „Sag es, oder ich werde dieser Kreatur erlauben, dich zu zerfetzen. Und du weißt, dass ich es tue...“

Zornig presste er hervor: „Umbra ist mein Vater.“

Er riss die Schwerter aus der Bestie, sprang auf und stach die Klingen unerbittlich, brutal und voller Wut in den Leib der Kreatur.

Völlig außer Atem hielt er inne. Der Morgorn war durchlöchert wie ein Sieb. Dickflüssiges, dunkles Blut tropfte von den Klingen seiner Schwerter.

Jadro lächelte undeutbar und erhob sich: „Tritt nun ein.“, rief er aus.

Das Tor zu dem Saal öffnete sich und Zacharias wollte seinen Augen nicht trauen, als er den Mann erkannte, der eintrat.

„Was verschlägt Euch hierher?“, fragte Zacharias und festigte den Griff um die Schwerter.

Juda lachte boshaft: „Meinst du das ernst, Bastard?“

Zacharias wollte auf Juda zustürmen und die Klingen seiner Schwerter in dessen Wanst graben. Der König aber hielt ihn zurück.

„Mäßige deinen Zorn, Zacharias.“, sprach Jadro, „gleich wirst du die Gelegenheit erhalten dich mit ihm zu messen.“

Zacharias hatte eine schreckliche Vorahnung, was ihn erwarten würde.

„Folgt mir.“, forderte der König auf und ging voran.

Jadro führte Juda und Zacharias durch mehrere abgedunkelte Gänge Skandors, bis sie, nachdem sie eine lange Treppe heruntergegangen waren, in einem alten Verließ ankamen. Die Wände und der Boden waren mit Blut beschmiert und bespritzt.

„Was habt Ihr mit uns vor, Herr?“, fragte Juda.

„Hier wird sich entscheiden, wer von euch der Überlegene ist.“, entgegnete Jadro, „alle Herrscher Kratagons liebten dieses Spiel... so tue ich es auch.“

Zacharias starrte den König an. Er kannte dieses tödliche Spiel, zu dessen Figur er jetzt geworden war. Er selbst hatte es einmal als Junge mitansehen müssen. Jadro hatte damals seine beiden Söhne gegeneinander spielen lassen.

Es war grausam gewesen.

Zacharias verdrängte die blutigen Schreckensbilder aus seinen Gedanken.

Jadro erklärte die Regeln des Spiels: „Ihr werdet gleich Eure Rüstung und Eure Kleidung ablegen, sodass Ihr Euch so gegenüber steht, wie ihr einst geschaffen wurdet. Jeder von Euch wird dann einen Dolch erhalten, mit dem er den anderen verletzen – und schlussendlich töten wird. Ziel ist es, den Gegner in seiner eigenen Zone ausbluten zu lassen. Er muss also durch Blutverlust sterben.“

Jadro deutete auf zwei gekennzeichnete Ecken in dem

Verließ.

„Das Spiel endet, wenn einer von Euch den anderen getötet hat, oder wenn beide von euch soviel Blut verloren haben, dass ihr gleichermaßen kampfunfähig seid. Leben darf in diesem Fall nur der, der sich in meinen Augen als Sieger herausgestellt hat...“

„Warum verlangt Ihr das von uns?“, fragte Juda.

„Weil ihr beide versagt und mich zutiefst enttäuscht habt. Doch seht diese Einladung zum Spiel als eine Chance an, eure Ehre wiederherzustellen.“

Ein Hüne in schwerer Rüstung betrat die Zelle. Er hielt in seinen Händen je einen blutverschmierten Dolch.

„Legt die Kleider ab und nehmt diese Waffen an euch.“, sagte er.

Zacharias und Juda taten wie ihnen geheißen. Die feuchte Kälte im Verlies ließ sie erzittern.

Juda ergriff zuerst einen Dolch und wog ihn in der Hand. Als Zacharias den Verbliebenen an sich genommen hatte, prüfte er dessen Klinge. Er bemerkte, dass man mit dem Dolch wohl wie mit einem Hammer kämpfen musste. Seine Klinge war sehr stumpf.

Der Hüne schaffte die Kleidung und die Waffen der Spieler fort.

Diese wurden von Jadro aufgefordert, sich in die jeweilige Zone zu stellen.

„Habt ihr die Regeln verstanden?“, fragte der König.

Judas und Zacharias' Blicke begegneten sich das erste Mal, seitdem sie verdammt wurden, bis auf den Tod gegeneinander zu kämpfen.

Nun wusste Zacharias, dass der einstige Anführer der Gesandten nicht zögern würde seinem Leben ein Ende zu bereiten – so von Zorn getrieben hatte er ihn angesehen.

„Ich habe die Regeln verstanden.“, presste Juda grollend

hervor.
„Ich auch."
„Dann lasst das Spiel beginnen."
Jadro nahm auf einem wuchtigen Stuhl mit Armlehnen vor dem Verlies Platz und das Eisengitter wurde heruntergelassen. Nun gab es für die Spieler kein Entkommen mehr.
Zacharias umklammerte seinen Dolch: „Wir beide sind Söhne Kratagons. Lasst Euch nicht zu einer dummen Figur eines Spiels machen, dessen Ende nur Leben oder Tod bereithält."
„Wage dich noch einmal uns beide als Söhne eines Vaters zu bezeichnen, Bastard!"
Der König beobachtete sie mit einem boshaften Lächeln auf den Lippen.
Zacharias pfiff nun auf den Respekt, den er seinem ehemaligen Anführer entgegenzubringen hatte: „Mach Gebrauch von deinem Verstand, Juda! Lass uns anderswo einen Kampf austragen, der ritterlich – und nicht so gefochten wird!"
Zacharias wusste nicht, warum er versuchte Juda davon abzubringen dieses Spiel zu beginnen. Es gab keinen außer seinem Vater, den er mehr hasste, als diesen skrupellosen Mann. Vielleicht ging es ihm einfach darum, dass er nicht ein weiteres Mal von dem König für seinen Verrat, den er mittlerweile ehrlich bereute, bestraft und gedemütigt wurde.
„Zu lange lechze ich schon nach deinem Blut, als dass ich es mir jetzt entgehen lassen könnte, es zu vergießen."
Mit diesen Worten stürmte Juda auf ihn zu.
Zacharias hob sogleich seine Arme zur Verteidigung. Dabei vergaß er, dass er keine Rüstung trug.
Juds Dolch bohrte sich in seinen Unterarm. Zuerst glaubte Zacharias, man hätte ihm ein Stück Holz in den Arm

gegraben. Dann blickte er auf den Dolch, der bis zum Heft in seinem Fleisch steckte.

Juda packte Zacharias mit seiner anderen Hand im Nacken und zerrte ihn nahezu im Blutrausch gefangen in seine Zone. Blut sickerte so langsam wie Schleim aus der Wunde.

Juda bohrte verbissen mit dem Dolch in der Wunde, sodass mehr Blut hinausquoll.

In dünnen Rinnsalen rann es über Zacharias' Arm.

Judas Augen leuchteten gierig, als sich der erste Tropfen von der Haut löste und auf den Boden fiel.

Da riss der einstige Anführer der Gesandten den Dolch aus Zacharias' Unterarm und hob ihn.

So schnell er konnte, wand Zacharias sich aus Judas tödlicher Umarmung und sprang zurück.

„Ich flehe dich an, Juda, lass Vernunft walten!“

„Ich soll Vernunft walten lassen? Das tue ich bereits! Ich soll deinem elendigen Leben ein Ende bereiten, und das werde ich tun. Ein Bürschchen wie du, der alle Weiber bespringt, seinen Anführer hintergeht und der Kratagon abtrünnig wird, um die Tochter des Lichts zu vögeln, verdient das qualvolle Ende!“

„Das habe ich nicht getan!“

„Jetzt bist du ein Bastard und ein Lügner! Selbst mir ist bei ihrem Anblick das Blut zwischen die Beine geschossen! Und ich hätte sie mir genommen! Bis zur Bewusstlosigkeit hätte ich sie genommen!“

Zacharias griff Juda an. Er sprang vor und ließ den Dolch davon schnellen. Die Klinge traf Judas Nacken. Der hünenhafte Mann versuchte den Dolch herauszuziehen, doch er bekam ihn nicht zu packen.

Leichtfüßig und wie ein Schatten tauchte Zacharias hinter Juda auf und ergriff den Dolch. Er übte leichten Druck auf

ihn aus und zwang Juda somit in seine Zone zu gehen.
„Jetzt hast du mich zum Feind.", flüsterte Zacharias.
Er schlug Juda den Dolch aus der Hand und trat ihn in die entfernteste Ecke des Verlieses. Zacharias vergrößerte den Druck, den er auf den Dolch ausübte, und Juda ging wehrlos scheinend in die Knie.
Plötzlich bäumte Juda sich auf und der Dolch grub sich vollständig in seinen Nacken. Die blutverschmierte Waffe glitt Zacharias aus den Fingern und verschwand ganz im Leib seines Gegenspielers. Dieser schrie vor Schmerz.
Niemals hätte Zacharias gedacht, dass Juda so weit gehen würde.
„Und was willst du jetzt tun?!", keuchte Juda und richtete sich zu voller Größe auf.
So überragte er Zacharias um beinahe einen Kopf. Er ließ seine rechte Hand vorschnellen und umklammerte Zacharias' Hals.
„Wenn du Stahl nicht zum Opfer fallen willst, werde ich dich erwürgen. Ich scheiße auf die Regeln!"
Zacharias schnappte verzweifelt nach Luft. Dann hob er die Faust und schlug sie versehentlich gegen Judas Unterkiefer. Er hatte die Schläfe treffen wollten, doch sein Sichtbild verschwamm auf einmal.
„So schnell wirst du mich nicht los." Juda spuckte einen Schwall Blut gegen Zacharias.
„In deine Zone kommt das nicht." Wieder spuckte er die rote Flüssigkeit. Dieses Mal gegen Zacharias' nackte Brust.
In Panik geratend, blickte Zacharias sich um. Ihm blieb nur ein verzweifelter Versuch dem tödlichen Griff zu entweichen.
Ohne einen weiteren Gedanken zu verschwenden, grub er seine Hand in Judas Schulter und wühlte, wie in einem Erdloch, nach dem Knauf des Dolches. Plötzlich ertastete er

ihn und riss ihn aus seinem fleischgewordenen Gefängnis.

Juda brüllte auf, als die Waffe seinem Leib entrissen wurde, und donnerte schmerzerfüllt die Fäuste gegen die Steinwand vor sich.

Wäre Zacharias nicht eine Figur dieses tödlichen Spiels, dann würde er Juda mit einem Stoß ins Herz töten. Hier aber galt es ihn qualvoll ausbluten zu lassen, um zu siegen – und vor allem den König zu unterhalten.

Der Kratagoner zerrte Juda mit aller Kraft, die er aufbringen konnte, zurück in seine Zone. Dieser stöhnte bewegungsunfähig auf, als Zacharias die Klinge des Dolches über seinen Unterarm zog und ihm einen unsauberen, aber tiefen Schnitt beibrachte. Dies tat er so oft, bis der Unterarm von langen Schnitten übersät war.

Zacharias' Hände hielten Judas Arm dabei wie Eisenfesseln. Auch als sich dieser wehrte, lies er ihn nicht gewähren.

In diesem Moment wurde Zacharias bewusst, dass er nicht der Sohn eines Menschen sein konnte. Auch wenn man ihm seine Stärke wahrhaftig ansehen konnte, und sein Körper einer der athletischsten war, die er je zu Gesicht bekommen hatte, wirkte er rein äußerlich neben Juda schwach. Für gewöhnlich würde er Judas Muskelkraft unterliegen, doch die Stärke, die er nun aus seinem blanken Zorn gewinnen konnte, machte ihn zu einem ernstzunehmenden Gegner.

Auf einmal donnerte etwas Hartes gegen Zacharias' Stirn. Er strauchelte und taumelte einen Schritt zurück. Juda hatte seinen Schädel gegen den Seinen prallen lassen.

„Dreckiger Bastard! Verrecken sollst du, Sohn einer Hure!“

Von Wut geblendet, sprang Zacharias brüllend auf seinen Gegner zu. Als er diesen beinahe erreicht hatte, holte Juda seinen Dolch hervor und ließ dessen Klinge genau auf Zacharias zeigen. Dieser hatte die Waffe nicht rechtzeitig gesehen und die eiserne Klinge grub sich zwischen seine Rippen.

Sämtliche Luft wurde aus Zacharias' Lungen gepresst. Er keuchte auf und tastete nach dem Dolch der ihm in der Seite steckte.

„Erbärmlich.“, spottete Juda.

Er schleifte Zacharias in seine Zone und wartete geduldig, als dessen Blut in diese ran. Dann stieß er ihm den Dolch erneut in die Rippen und zog ihn hinunter bis an die Leiste.

Zacharias wurde klar, dass ihn diese Wunde tötete. Innerhalb kürzester Zeit würde er so viel Blut verlieren, dass er in die Welt der Götter schied. Aber er weigerte sich, diese Welt alleine zu verlassen.

Er bäumte sich auf, zog den Dolch aus seinem Leib und rammte ihn Juda in die Magengrube.

Juda, der schon siegessicher darauf gewartet hatte, dass der König das Spiel beendete, sackte in die Knie.

Jadro erhob sich und trat in das Verlies.

Er schnalzte mit der Zunge: „Zu schade... nun werde ich wohl keinen Sieger beglückwünschen können.“

Seine freundliche Stimme schlug um und wurde kühl: „Auf die Beine! Geht in eure Zonen und verharrt dort, bis ich euch etwas anderes auftrage.“

Zacharias blickte Jadro ungläubig aus müden Augen an. Er hoffte, dass der König spaßte, doch er machte niemals einen Scherz.

Mühselig schleppten die Spieler sich in die dunklen Ecken des Verlieses.

Zacharias spürte deutlich, wie das Leben seinen Körper verließ. Mit jedem Tropfen Blut, den er verlor, wurde er schwächer. Der Dolch fiel ihm aus der Hand in die Blutlache. Seine Nacktheit kümmerte ihn nicht mehr. Er hatte zwar niemals gedacht, dass er völlig bloß und allein in einem dunklen Verlies in Skandor sterben würde, aber so sollte es nun enden. Die Vorstellung, einen ruhmreichen Tod zu sterben, entwich allmählich seinem Geist. Wie auch hätte sich dieser Wunsch noch erfüllen können?

Ein Mann, der den Idealen aller Kratagoner entsprach, war er seit dem Tag nicht mehr, an dem er feindlichen Boden betreten hatte.

Er sah völlig entkräftet zu seinem König. Dessen Blicke zerrissen ihn, wie Peitschenhiebe es getan hätten.

Was war das für ein Spiel, das Jadro da mit ihm spielte, hatte er sich gefragt, bevor seine Beine unter seinem Gewicht nachgaben und er stürzte. Nur noch wage bei Bewusstsein, spürte er wie das warme Blut seinen Körper umfing, sich seine Augen schlossen.

Kurze Zeit später sackte auch Juda in sich zusammen.

Als beide Kratagoner mit beinahe blutleeren Körpern in ihren Zonen lagen, schritt der König in das Verlies. Er beugte sich zu den Gefallenen herunter und der Rubin in seinem Ring glomm auf.

Nach dem Spiel

Zacharias öffnete benommen die Lider. Er blinzelte geblendet vom hellen Sonnenlicht, das durch die Lücke, die die schweren Samtvorhänge ließen, hereinbrach. Der Kratagoner war im Begriff mit einer Hand die Augen abzuschirmen, doch ein brennender Schmerz durchfuhr seine Glieder.

So verschwommen wie ein Traum kamen ihm die jüngsten Ereignisse ins Gedächtnis. Er war gezwungen gewesen sich mit Juda auf grauenvolle Art zu duellieren.

War das wirklich geschehen? Hatte er das Spiel der Könige Kratagons spielen müssen?

Die Bilder von seinem Kampf mit Juda verschwammen mit denen des Duells der Söhne des Königs, das er vor vielen Jahren hatte mitansehen müssen.

Zacharias verdrängte seine Erinnerungen und sah sich um. Er lag in einem Bett, so groß und königlich, wie er es noch nie gesehen hatte.

Wo war er? Oder war dieses Bett nur ein Trugbild? Er schaute an sich herab und bemerkte die Nacktheit und die Geschundenheit seines für gewöhnlich makellosen Körpers. Die vernebelten Erinnerungen an das königliche Spiel mussten also wahr sein. Dessen Bestreiter duellierten sich immer so, wie Gott sie geschaffen hatte.

„Schläfst du immer so lange, Zacharias?"

Er schreckte auf und erblickte den kratagonischen König, der vor den purpurnen Samtvorhängen stand.

Sofort griff Zacharias nach einem Pelz, der zu seiner Linken auf dem Bett lag, und bedeckte sich. Er wagte sich nicht, den König auch nur anzusehen.

„Was fürchtest du?", fragte Jadro mit seiner machtvoll klingenden Stimme, die Zacharias erschaudern ließ.

„Ich fürchte nichts, mein König."

Dieser lachte: „Das glaube ich dir nicht."

Jadro kam näher und ließ sich auf der Bettkante nieder: „Lange ist kein Knabe mehr in meinen Gemächern gewesen."

Zacharias sah sich um. So prunkvoll und angsteinflößend wie dieses Gemach war, konnte es nur das des Königs sein. Was meinte Jadro nur mit diesen Worten? Er hatte doch nicht etwa?

„Was ist Euer Begehr?", fragte Zacharias.

„Mein Begehr? Alles was ich erstrebte erhielt ich bereits. Dein Kampf war wirklich... sehr unterhaltsam. Nun ja, ich hätte gehofft, dass einer von euch als Sieger hervorgehen würde."

„Wo ist Juda?"

„Nicht hier."

„Wo ist er dann?"

„Fort, Zacharias. Du wirst ihn eine lange Zeit nicht mehr sehen."

Zacharias konnte ihm nicht folgen. Hatte Jadro ihn etwa umbringen lassen? Wurde er aus Skandor verbannt? Was hatte man diesem Scheusal angetan?

„Was soll das bedeuten?", fragte er dann.

Er erhielt lediglich einen strengen Blick zur Antwort.

„Sehnst du dich nach der Tochter des Lichts?", fragte der

König, während er ihn durchdringend ansah.

Zacharias begriff nicht, warum er ihn das fragte, dennoch antwortete er: „Es wäre gelogen, wenn ich Nein antworten würde."

„Das ahnte ich."

„Warum?"

„In der Nacht hast du von Schmerzen und Qualen erfüllt ihren Namen geschrien. Tayla heißt sie, nicht wahr?"

Zacharias wurde heiß und kalt zugleich, als er ihren Namen hörte.

„Ich habe mir erlaubt etwas in deinem Kopf herumzustöbern, als du bewusstlos warst. Es ist wirklich interessant, wie sehr sie dich und dein Denken verändert hat."

„Das ist nicht die Wahrheit!", protestierte er.

„Doch ist sie! Und das weißt du."

Jadro führte mit seinen Fingern einige anmutige Bewegungen aus und eine Lichtkugel erschien zwischen ihnen. Diese zeigte Tayla, wie sie im Waldgebiet unter Arbor neben einem arboranischen Krieger stand und mit Pfeil und Bogen ein Ziel anvisierte.

„Geschieht das gerade?", fragte Zacharias.

„Ja."

Zacharias streckte seine Hand wie in Trance nach der Lichtkugel aus, dann zog er sie wieder zurück. Er durfte sich selbst und Tayla nicht mit seiner benebelten Leichtsinnigkeit in Gefahr bringen.

„Sie ist sehr schön, nicht?", hörte er die Stimme des Königs in seinem Kopf.

„Ihr braunes Haar, ihre vollen Lippen, ihre Augen..."

Zacharias blickte erschrocken zu Jadro. Seine Lippen bewegten sich nicht. Dennoch musste er bei diesen Worten unweigerlich an den wohl endgültigen Abschied von Tayla denken. Er sah sie im Geiste aufgebracht vor sich stehen und spürte noch einmal ihren letzten Kuss.

„Sie liebt dich, Zacharias...“, flüsterte Jadro blutdurstig, „die verfluchte Halbgöttin und Tochter des Lichts liebt dich...“

Sobald Jadro diese Worte ausgesprochen hatte, verschloss Zacharias seinen Geist.

„Sie liebt dich, noch mehr aber liebt sie den halbgöttlichen Löwen... Aber sie liebt auch dich..“, murmelte der König in Gedanken versunken.

Jadro sah Zacharias an. Für einen kurzen Moment waren seine Blicke hasserfüllt. Der König hatte durch Zacharias' Erinnerungen gesehen, wie sie sich einander hingegeben hatten. Er hatte gefühlt, was sein einstiger Zögling in der Gegenwart der Halbgöttin gefühlt hatte. Nun wusste er nahezu alles von der Tochter des Lichts, was auch Zacharias wusste.

„Ich glaubte, die Tochter des Lichts wäre nur eine fatale Schwärmerei gewesen, die du bald wieder vergessen würdest. Erinnerst du dich an den Tag deiner Rückkehr, Zacharias? An diesem Tag schworst du, dass du nun wieder ein Krieger Kratagons, und nicht Taylas wärst.“ Plötzlich grollte Jadros Stimme: „Es erzürnt mich, dass die Zunge eines Bastards vor seinem König eine Lüge ausspricht! Nun denn, vielleicht können deine Lügen noch von Nutzen sein...“

Zacharias begriff, wozu der Kampf mit Juda eigentlich gedient hatte. Jadro hatte alleine das Ziel verfolgt in seinen gestählten Geist einzudringen und alles über die Halbgötter zu erfahren. Er musste gewusst haben, dass er lange nicht alles über sie preisgegeben hatte.

Wie oft hatte Jadro bereits nach seiner Heimkehr versucht in seinen Geist einzudringen? Zacharias schauderte es bei diesem Gedanken.

„Ich habe Euch meine Loyalität bewiesen, mein König. Ich ritt, wie Ihr es mir befohlen habt, in das Weiße Gebirge und das gemeinsam mit einem Dunkelelf."

„Das ist wahr, Zacharias, doch träumtest du nicht auch dort von dem Feind?"

Woher konnte Jadro das nur wissen? Hatte er auch in seinen längst vergangenen Träumen geforscht, als er in seinen Kopf eingedrungen war? Oder riet er nur ins Blaue hinein und hoffte ihn zu ertappen?

„Ich träumte oft von den Lorolassern. Diese Träume lassen sich jedoch eher als Albträume beschreiben."

Der König zog misstrauisch eine Braue hoch.

Plötzlich schwang die Flügeltüre des Gemachs auf und Rowan polterte herein. Er kam erst vor dem großen Bett zum Stehen.

„Himmel! Ich dachte schon, du wachst nicht mehr auf!" Der Bogenschütze schien den Herrscher Kratagons nicht bemerkt zu haben: „Wie geht es dir, Zacharias? Bist du wohlauf?"

Jadro räusperte und erhob sich: „Morgen wird Kriegsrat gehalten. Ich wünsche, dass du diesem beiwohnst, Zacharias."

„Sehr wohl."

Jadro schritt zur Türe und verließ den Raum.

Rowan ließ sich auf das Bett sinken und stöhnte: „Der Kampf mit Juda hat dich ja ziemlich aus der Bahn geworfen."

„Du weißt davon?"

„Ja. Ich hörte, dass Ihr Euch in einem Kampf gemessen habt."

„Nicht in irgendeinem Kampf, Rowan. Wir mussten das Spiel der kratagonischen Könige austragen."

„Was?“, rief er voller Verwunderung und Entsetzen aus, „ist es so, wie man es sich erzählt?“

Zacharias nickte: „Ja. Ich hätte nicht gedacht, dass ich je zu diesem Spiel antreten müsste. Ich glaubte, es hätte jeder Tropfen meines Blutes meinen Körper verlassen.“

„Wie lange war ich weggetreten?“

Rowan legte den Kopf schräg: „Eine Woche.“

„Was?! Das kann nicht sein.“

„Doch, mein Freund. Bald eine Woche warst du ohne Bewusstsein.“

„Eine Woche war ich Jadro schutzlos ausgeliefert.“

„Was sagst du da?“, fragte Rowan mit geweiteten Augen.

„Jadro hat nie die Absicht verfolgt, dass Juda oder ich in diesem grausamen Spiel sterben. Er wollte mich, oder uns beide, so stark schwächen, dass er mühelos in unsere Geister eindringen konnte. Er wollte bloß Informationen, die ich ihm verschwiegen habe. Rowan, er traut mir nicht mehr. Ich glaubte, ich hätte ihn bei meiner Heimkehr von meiner Loyalität überzeugen können.“

„Was hat er nur vor?“, fragte Rowan.

„Er will die Halbgötter noch vor dem Krieg töten. Etwas anderes kann ich mir nicht erklären.“

„Bist du sicher, dass du Kratagon die Treue schwören willst?“

„Warum sollte ich es nicht sein?! Kratagon ist meine Heimat und die Tochter des Lichts ein dahergelaufenes Weib, das dem Tode nah ist! Niemand entkommt Kratagons mörderischen Blicken! Jadro wird dafür sorgen, dass ihr Leben ein Ende findet und dass Lorolas Kratagon unterliegen wird. Er will alleine über die Sterbliche Welt herrschen. Er will die ungeteilte Macht und den Göttern die hohe Herrschaft streitig machen.“

Rowan legte ihm eine Hand auf die Schulter: „Versuche

nicht mich zu täuschen. Mir kannst du vertrauen."

„Ich täusche dich nicht. Mein Herz schlägt für Kratagon, wie das der Halbgöttin für Lorolas und ihren löwischen Gefährten schlägt. Ich könnte mein Schwert nicht gegen Kratagon erheben."

„Aber vielleicht könntest du dein Schild vor Lorolas halten."

Zacharias schlug Rowans Hand grob weg: „Bald glaube ich, dass du dich deiner Heimat längst abgewandt hast. Bring mich nicht zu dem, was du bereits getan hast."

„Ich habe noch nichts getan, Zacharias. Ich versuche dir nur ein Freund zu sein und bewahre dich vor unüberlegten Entscheidungen."

„Kratagon werde ich nicht abtrünnig. Nicht noch einmal."

Charaktere

Aélindir:	Prinz der einzigen Elfen in Lorolas.
Alrik:	Er zählt zu den Jägern der verborgenen Stadt Arbor.
Arianna:	Sie ist Serais Gemahlin und Königin von Lorolas.
Arroth:	Der Graf von Mortem Mar'Ghor ist Derethors Sohn.
Baarjan:	Baarjan ist der Graf von Osgardth.
Baarlor:	Er ist Baarjans alter Vater.
Carla:	Sie ist Taylas Mutter und Marlons Gemahlin aus Dunathon.
Derethor:	Der Stadthalter von Mortem Mar'Ghor und Arroths Vater.
Drakan:	Er ist der Khandras der unabhängigen Kharr im Norden Lorolas'.
Dwar:	Er ist der Fürst der Schattenaffen des Valeduaras.
Éndariel:	Repräsentant der Dunkelelfen aus dem Weißen Gebirge.
Elias:	Der General lebt in Gelese.
Elnor:	Er ist Elias' Vater und Admiral in Gelese.
Elozar:	Der halbgöttliche Löwe ist der Sohn des Löwengottes und Taylas treuer Gefährte.

Fanaria:	Die Arboranerin ist Fanirs Schwester.
Fanir:	Er ist ein Jäger Arbors.
Gaia:	Auch *Kratagons goldene Tochter;* Tochter Galdors und Glenns aus den Palanthras Tälern.
Galdor:	Galdor ist als Talkönig aus den Palanthras Tälern bekannt.
Gerion:	Gerion ist ein Waffenschmied Arbors.
Glenn:	Auch *Die Kalte;* Galdors Weib und Gaias Mutter.
Der Hexenmeister:	Ein uralter Magier aus Kratagon.
Hilda:	Die Diebin aus Lorolas ist Ugbolds Komplizin.
Ires Nickles:	Sie ist Porters Gemahlin und lebt in Gelese.
Jadro:	Auch *König der Welten;* Der König Kratagons will die Weltherrschaft und beherrscht den Wächter Satia.
Juda:	Der cholerische Anführer der Gesandten aus Kratagon.
Karlsson:	Der kratagonische Erfinder gehört zu den Gesandten.
Lara:	Ein junges, arboranisches Mädchen.
Lya:	Sie ist Laras Mutter.
Lethiel:	Der arboranische Elf ist Waffenschmied und Taylas Meister.
Der Löwengott:	Der Gott der Herrlichkeit und des Friedens ist der Erschaffer der Sterblichen Welt und Elozars Vater.
Loran:	Loran ist ein Jäger aus Dunathon.

Marlon:	Er ist Taylas Vater und der Gladio'Arenam der Dunathon.
Norolana:	Norolana ist die Führerin der Arboraner aus dem Lorolas Wald.
Orléan:	Der Greis ist ein berühmter Kartograph aus Gelese.
Porter Nickles:	Der Wissenschaftler dient König Serai, ist mit Ires vermählt und lebt in Gelese.
Praiodan:	Praiodan ist ein Fürst der Kristallbucht.
Rowan:	Der Bogenschütze aus den Palanthras Tälern ist Zacharias' Freund und zählt ebenfalls zu den Gesandten.
Satia:	Auch *Der Wächter;* ein gottgleiches Wesen aus Kratagon.
Schattenläuferin:	Die graue Blutwölfin gehört zu den Hütern des Waldes.
Serai:	Der König von Lorolas ist mit Arianna vermählt und lebt in Gelese.
Steve:	Er ist Taylas Freund und Meister aus Arbor.
Tayla:	Auch *Die Tochter des Lichts;* Sie wurde in der Wüste Iskéan geboren und ist die auserwählte Halbgöttin, die der Welt Frieden bringen soll. Elozar ist ihr Gefährte.
Thorak:	Der arboranische Krieger zählt zu Taylas Freunden.
Ugbold:	Ein Dieb aus Lorolas. Hilda ist seine Komplizin.
Umbra:	Er ist der unsterbliche Fürst der Dunkelelfen aus dem Weißen Gebirge.
Zacharias:	Der ehemalige Schüler von König Jadro gehört zu den Gesandten. Er ist ein Bastard. Ihn und Tayla zeichnet eine Verbindung.
Zer'Gohr:	Ein Schattenaffe aus Dwars Horden.

Leseprobe

Göttliches Vermächtnis - König der Welten 2

Kathrin Buschmann

Das Ende der Geschichte um die Halbgötter Tayla und Elozar ist noch nicht erzählt. Dunkelheit bricht über Lorolas herein und der Krieg gegen Kratagon naht – doch es kommt alles anders als erwartet.

Es entscheidet sich, wer der wahre *König der Welten* sein wird. Wer wird künftig über die Sterbliche Welt herrschen? Der Löwengott oder einer seiner Untertanen?

Mitten in diesem Geschehen müssen die Halbgötter ihrer Bestimmung und dem Ruf nach Gerechtigkeit folgen.

Im Strudel der Politik und der Mächtigen gefangen, entscheidet sich auch, ob es für Tayla und Zacharias noch eine Zukunft gibt. Wird die Schlucht, die die Länder des Löwengottes spaltet, auch sie auf ewig voneinander trennen?

Ein Tod wie die Nacht

Kälte umhüllte die Sterbliche Welt. Die Kälte des Herbstes und die Kälte des Krieges.

Tayla sah zu Thorak, Lethiel und Norolana. Heute war es soweit. Ein Herold König Serais würde kommen und Bericht erstatten, wie kooperativ sich Taylas Vater während den Verhandlungen des Kriegsrates gezeigt hatte.

Die Halbgöttin ließ sich auf ihr Lager fallen: „Ich bin aufgeregt."

Norolana, die an der Feuerstelle inmitten des Zeltes saß, entgegnete: „Es wird alles gut verlaufen."

„Seid Ihr Euch sicher?"

„Das bin ich.", versicherte Norolana, die sich schon seit vielen Tagen mit Thorak im gewaltigen Lager vor der Hauptstadt befand.

„Ihr seid zu ungeduldig. Es ist wie im Kampf: Es braucht sehr viel Zeit, um eine Technik perfekt zu beherrschen.", belehrte Lethiel.

Thorak setzte sich neben Tayla: „Dein Vater wird keine Schwierigkeiten bekommen."

„Marlon ist der *König* der Dunathon. Er hat viele Jahre unabhängig und frei vom Großkönigreich Lorolas gelebt und regiert. Es wird nicht einfach für ihn werden, sich mit Serai zu einigen.“, warf Tayla besorgt ein.

„Große Entscheidungen werden noch nicht getroffen. Es ist gerade einmal die Hälfte des Rates eingetroffen.“, versuchte der Krieger ihr Gemüt zu beruhigen.

„Ich weiß...“, murmelte sie, „aber Marlon wird die Machteinbußen, die eine Vereinigung mit dem Königreich in Kriegszeiten mit sich bringt, nicht einfach hinnehmen.“

„Und daran ist nichts Verwerfliches.“, meldete sich Norolana zu Wort, „es zeigt nur die Loyalität Eures Vaters zu seinem Volk. Ich sollte in die Stadt zurückkehren. Es gibt Gerede, wenn ich so lange fort bin.“

„Ich wünsche Euch eine gute Nacht.“, verabschiedete Tayla sie. Dann ließ sie sich zurückfallen und baumelte gelangweilt mit den Beinen: „Ich hätte nicht gedacht, dass ein Krieg in Debatten von Räten geschlagen wird, die der Öffentlichkeit verschlossen bleiben.“

„Ich bin davon überzeugt, dass König Serai dich bald bittet, dem Kriegsrat beizuwohnen.“, ermutigte Thorak, „ich hingegen bin dazu verdammt, hier in einem Zelt zu warten!“

„Der Kriegsrat wird wahrscheinlich über mehrere Tage, wenn nicht einige Wochen tagen. Es braucht Zeit, um so viele Kronen unter einem Banner zu vereinen.“, warf Lethiel ein.

„Leider ist es so, dass Zeit gerade das ist, was wir nicht haben.“, entgegnete Tayla, „ich bin entschlossen, für Lorolas und den Löwengott in den Krieg zu ziehen. Ich will endlich zu dem Hoffnungsträger und der Halbgöttin werden, die ich sein soll. Ich wurde geboren, um allein diese Bestimmung zu erfüllen.“

Thorak boxte aufmunternd gegen ihre Schulter: „Und das wirst du.“

Tayla sah zur beigen Zeltwand und beobachtete die

Schatten, die das flackernde Feuer auf sie warf. Plötzlich schreckte sie hoch.

„Habt ihr das gesehen?!"

„Nein, was denn?", fragte Thorak.

Der Elf hingegen stand geräuschlos auf: „Ja. Ein Schatten schoss schnell wie ein Pfeil vorbei. Ich werde sehen, was da vor sich geht."

„Wie spät ist es?", fragte Tayla, als Lethiel Anstalten machte das Zelt zu verlassen.

„Der Mond hat seinen Zenit lange überschritten. Normalerweise hält sich um diese Zeit nie jemand draußen auf."

In Lethiels Augen trat ein dramatisches Funkeln, das Tayla vermuten ließ, dass er eine dunkle Vorahnung hatte, was vor sich ging. Sie folgte ihrem Meister aus dem Zelt, denn sie fühlte sich dazu verpflichtet, jegliches Unheil von den Lorolassern fernzuhalten. Außerdem war es eine spannende Abwechslung zum ewigen Warten.

Gerade, als sie in die Finsternis trat, sah sie etwas Silbriges hinter ihrem Meister aufblitzen.

„Lethiel!", schrie sie alarmiert.

Augenblicklich duckte er sich unter einer blattdünnen Klinge hinweg, die ihm ansonsten den Kopf von den Schultern getrennt hätte. Der Elf und Tayla zogen beide ihre Waffen. Ihr Gegner verschmolz mit der Nacht.

Lethiel hielt sein unvergleichliches Schwert zur Verteidigung vor sich. Seine Blicke streiften durch die schwarze Nacht, durchbrochen von den orangenen Lichtpunkten der Feuer. Plötzlich wirbelte die silbrige Klinge erneut durch die Luft. Lethiel parierte jeden einzelnen der fließenden Hiebe.

Anhand der nahezu perfekten Führung der Klinge erkannte Tayla, dass der nachtgleiche Kämpfer elfischer Abstammung sein musste. Ihr Meister ließ keinen Angriff seine Verteidigung durchbrechen.

Tayla wusste nicht, ob sie diesem Elf etwas entgegenzusetzen hätte.

Plötzlich sprang Thorak durch Taylas Schreie alarmiert aus seinem Zelt. Mit Schwert und Schild bewaffnet stürmte er neben Lethiel und half ihm den Angreifer zurückzuschlagen. Tayla konnte das Gefecht nur beobachten. Der Schwertarm wog mit einem Mal schwer an ihrer Schulter.

„Dieser Elf muss ein Meuchelmörder aus Kratagon sein.“, überkam sie eine Welle der Angst.

Sie bemerkte, dass Lethiel und Thorak den Kampf unterbrochen hatten. Von aufkommender Panik ergriffen sah sie sich um. Wo war dieser Elf? Wem galt sein Angriff? Warum war er ausgeschickt worden?

Taylas Blicke blieben zwischen zwei unbeleuchteten Zelten haften. Ein Mensch, genauer gesagt ein Mann, stand dort, wahrscheinlich im Glauben unentdeckt zu sein. Er trug eine silber-rote Rüstung und einen Umhang um die Schultern, der die Kälte abschirmte. Tayla erkannte Geleses Löwenwappen auf seinem Harnisch und fragte sich, warum er nicht in das Geschehen eingriff. Er musste doch sehen, dass sie in Schwierigkeiten waren!

Innerhalb eines einzigen Wimpernschlags tauchte der feindliche Elf vor der Halbgöttin auf. Tayla wich überrumpelt einen Schritt zurück. Doch dann ging sie mit erhobenem Säbel zum Angriff über.

Es bereitete ihr trotzdem Angst, gegen einen Gegner kämpfen zu müssen, dessen Leib sie nicht zu sehen vermochte. Bei diesem Gedanken kam ihr eine Idee, die ihr den entscheidenden Vorteil verschaffen konnte. Sie hechtete vor ein Zelt, in dessen Inneren ein Feuer brannte.

Ungeachtet der dortigen Helligkeit, setzte der Gegner ihr

nach.

Im ersten Moment erstarrte Tayla, als sie die schlanke, hochgewachsene Gestalt vor sich sah. Ihr eigener Atem ging stoßweise und stand in weißen Wolken vor ihrem Gesicht.

Der Elf lauerte wenige Schritt von ihr entfernt und schien verunsichert, was er tun sollte. Darum erlaubte Tayla sich einen Blick zu dem unbekannten Mann in rot-silberner Rüstung zu werfen. Er war verschwunden.

Tayla schrie auf einmal auf, als ein brennender Schmerz durch ihren Oberarm schoss. Sofort suchte sie Blickkontakt mit dem Elf. Er trug eine weite Kapuze, doch seine schmalen, mandelförmigen Augen funkelten. Zum Glück war der Schnitt nicht tief. Sie wollte gerade zum erneuten Angriff ansetzen, da ging Lethiel dazwischen und trieb den Feind einige Schritte fort.

„Was wollt Ihr, Dunkelelf?!", rief Lethiel.

Tayla sah ihren Meister erschrocken an. Hatte er gerade *Dunkelelf* gesagt?

Der Dunkelelf zog mit dem Fuß einen Kreis über den Boden, zog einen Dolch aus seinem Waffengurt und warf ihn gezielt in die Mitte des Kreises. Mit dieser Geste verschwand er lautlos wie ein Schatten.

Taylas Atem kam keuchend vor Anstrengung: „Was hat das zu bedeuten?"

Lethiels Züge verhärteten sich: „Der Rat. Sein Ziel ist der Rat!"

Außerdem von Kathrin Buschmann

Göttliches Vermächtnis –
Tochter des Lichts (2015),
König der Welten 1 (2015),
König der Welten 2 (2016),
Zeit der Brüder (2017)

Mit Widmung erhältlich unter
www.kathrin-buschmann.de